Eito & Shiki
「真夜中の寮に君臨せし者」

真夜中の寮に君臨せし者

夏乃穂足

キャラ文庫

この作品はフィクションです。
実在の人物・団体・事件などにはいっさい関係ありません。

目次

口絵・本文イラスト／円陣闇丸

第一章

タラップから降り立った天国瑛都《あまくにえいと》が最初に驚いたのは、空の青さだった。鮮やかで深いサファイアブルー。東京《とうきょう》の空とは、まるで色が違う。

桜の花びらが周辺に吹き寄せられたヘリポートから、校舎の方角へと視線を向けると、船着き場に小型客船が停泊しているのが見えた。本土とこの学園島《がくえんとう》を繋《つな》いでいる連絡船だ。瑛都と同じ制服を身に着けた少年達とその保護者とが、続々と下船している。

生徒同士、さも慣れた様子で連れ立っている連中もいて、瑛都が眩《まぶ》しい気持ちで見つめていると、彼らもまたこちらに気づいたようだった。

「何、あの髪。うちって染めるの禁止だったよな?」

「ハーフじゃね?　やたら整った顔してるし」

「うっわ、あいつヘリで来たのかよ。何者?」

自分の噂《うわさ》をしているのがわかって、風にあおられたヘーゼルカラーの髪を隠すように押さえ、おろしたてのローファーの先に視線を落とす。

（ハーフじゃなくて四分の一だけ英国人の血が入ったクォーター。それに、おれだってほんとは連絡船《そっち》の方がよかったんだ）

有名女優である母に生き写しの美貌を持つ瑛都は、ただでさえ目立つ。その上、プライベートヘリで乗り付けた成金の息子だなんて知られて、噂の的になりたくはない。でも、これが父流の愛情表現なのだと知っているだけに、有難迷惑だとはとても言い出せなかったのだ。

そんな瑛都の気持ちも知らず、父、雄平《ゆうへい》は得意げに言った。

「な？　ヘリにしてよかったろ。何でも最初が肝心なんだ。高校からの入学組だからって、中学からいる連中に舐《な》められないようにしないとな」

瑛都の父は一人息子の瑛都にかける金を惜しまず、高価なプレゼントで多忙の埋め合わせをしようとする傾向がある。

父のことはとても好きだし、一代で会社を築いてここまで大きくした手腕を尊敬してもいるが、札片《さつびら》を切りたがるところや勝ち負け思考には、正直ついていけないと感じることも多い。

迎えに出てきた叡嶺《えいれい》学園の事務長が、瑛都の父に向かってやたらに頭を下げている。揉《も》み手をせんばかりの態度は、父が払った高額の寄付金のせいだろうか、と瑛都は思った。

働きながら夜間高校を出た父にとって、ハイソサエティ御用達《ごようたし》のこの学園に息子を進学させることは、到達点の一つだったのかもしれない。

でも、父はわかっていないのだ。どれだけ瑛都が悪目立ちするのを恐れているか、どれほど周囲に溶け込みたいと切望しているのかを。

学園島は瀬戸内海《せとないかい》に浮かぶ総面積二十ヘクタールほどの島で、島全体が丸ごと、全寮制の男子校である私立叡嶺学園の敷地となっている。

聳《そび》え立つ校舎は、近づくにつれて要塞《ようさい》めいた印象が強くなる。門をくぐって、入学式の会場である大ホールへと向かうと、入り口で受付をしている上級生達が、水色のリボン徽章《きしょう》をつけてくれた。

大ホールに足を踏み入れた瑛都は、眩しさに目を細めながら、高い天井を見上げた。真上には巨大なシャンデリア、左右には桟敷席《さじき》。瑛都は幼い頃から母に連れられて芝居やオペラを見てきたが、それらの歌劇場と比べても引けを取らない本格的な造りだ。

父は後方の保護者席に座り、瑛都は指定された前の席へと進む。落ち着かない気持ちで座っていると、後ろの方から何やらどよめきが伝わってきた。

(何だろう?)

振り返った視線の先に、優雅な物腰で入ってくる母、本条《ほんじょう》マリサの姿があった。シンプルなグレーのスーツを身に着けていても、美人女優が放つオーラは桁《けた》違いだ。まるで特殊な磁場が発生したかのように、人々の意識と視線が一点に集中していくのがわかる。

瑛都の周囲でも、囁《ささや》き交わす声が聞こえ始めた。

「あれ、本条マリサじゃね?」

「やべえな。マリサなら抱けるわ」

(映画の撮影中で来られないって言ってたのに)

確か現場は九州《きゅうしゅう》だったはずだが、撮影の合間に駆けつけてくれたのだろうか。母の気持ちが嬉《うれ》しいには嬉しかったけれど、誰が見ても見間違えようがないほど母そっくりな自分の顔にも、少しずつ周囲の視線が集まってくるのを感じて、冷や汗が流れた。

(困ったな。本条マリサの息子だって、できるだけ気づかれたくないんだけど)

少しでも小さくなろうと首をすくめながら、保護者席をそっと窺《うかが》うと、父の雄平も近づいてくる妻の姿をじっと見つめている。瑛都には、父の横顔に誇らしさと満足感が滲《にじ》んでいるように見えた。

各界の重鎮達が財力と理想を注ぎ込み、後継者の創出を目的として設立したのが、この叡嶺学園だ。学校としての歴史は五十四年とまだ浅いが、出自や能力によって選別されたトップエリートの育成校として、富裕層の間で高い人気を誇っている。

瑛都もまた、そういった野心的な起業家の親を持つ新入生の一人だ。

この学園への入学が決まるまで、父と母との間では何度も壮絶なバトルが繰り広げられたものだった。瑛都を自分の後継者にしたい父と、役者にしたい母。物心ついてからずっと、瑛都は自分の進路のことで諍《いさか》う両親を見てきた。

　結局、瑛都がどちらに進路をとっても有利なスタートを切れる叡嶺学園に進学することで、両親のバトルは休戦となった。とはいえ、この平和は期限付きのものだ。学園では、二年生に進級する際、政財医コースと芸術芸能コースに進路が分岐する。その時には、全ての生徒がどちらかを選択しなければならない。

　コース選択のことを思うと、瑛都の気分は重くなる。

　初年度の奨学金を獲得した優秀な頭脳に、数々の習い事によって培われた高い身体能力、加えて人を惹《ひ》きつけてやまない美しさ。中学ではいつも学年トップの成績だったし、中学校卒業まで所属していた子供劇団では、当然のように主役を務めていた。

　父母どちらにも強い期待を持たせてしまう優れた素材でありながら、瑛都自身には、将来どうしたいという確たる意志がない。

　父は瑛都に自分の会社を継がせる準備を着々と進めているようだし、芸能関係者からは、何度もプロダクションへの所属を打診されている。僅《わず》かなチャンスすら掴《つか》めない人だって多い中で、自分がどれほど恵まれた立場であるのか、わかってはいるつもりだ。

　ただ、両親の期待が一枚岩ではないだけに、一方を選べば他方を失望させてしまう。両親どちらのことも好きな瑛都には、それが負担で辛《つら》いのだ。

　選べない、選びたくない、選ぶのが怖い。でも、Xデーは否応《いやおう》なくやってくる。

（この一年で、自分の適性と望みを見極める。今年度中には必ず答えを出さなきゃいけないんだから）

これまでずっとそうしてきたように、懸命に頑張りさえすれば、自《おの》ずと道が開けるはずだ。将来への不安を覚えるたびに、瑛都は繰り返し、自分に言い聞かせていた。

滞りなく式が進んでいく中で、特に印象に残ったのは、昨年度の卒業公演のダイジェスト版だという、芸術芸能コース演劇科の二、三年生による短い一幕の舞台だ。

女たらしの遊び人と、品行方正な貴公子が、ひょんなことから手を組んで悪を成敗する、ミュージカル仕立ての喜劇だった。最初は遊び人を「不埒《ふらち》だ。人として最悪の部類だ」と嫌っていたお堅い貴公子が、少しずつ遊び人と心通わせていく様が、実に軽妙かつ自然で、クライマックスは最高に盛り上がった。

（みんな上手《うま》いなあ。特に主役の遊び人役の人と、貴公子の役の人。かっこよくて華があるし、声もいい）

プロはだしの演技を見せた上級生達への憧れと同時に、焦りも感じる。まだ瑛都は志望を決めていないけれど、もし演劇科に進んだとしたら、このレベルでの競争に勝ち抜かなければならなくなるのだ。

毎年三月に行われる卒業公演に出演できるのは、演劇科の生徒の中でもトップクラスの成績を収めた者だけであり、中でもメインキャストに選ばれた者は、叡嶺芸術大学への全給付型奨学金付きでの入学資格を付与される。

卒業公演には演劇関係者が多数訪れ、スター候補の青田刈りを行うという噂もある。噂の真偽はわからないが、卒業公演のメインキャストを務めた卒業生の多くが、舞台を中心に活躍する人気俳優になっているのは事実だ。

入学式が終わると、両親とは少し言葉を交わしただけで、すぐに別れの時間になった。

「瑛都、必要なものや困り事はすぐに知らせるんだぞ」

「うん、ありがとう。父さんも元気でね」

「甘いものや油ものを摂《と》り過ぎないのよ。貴方《あなた》は私に似て、胃腸も肌も弱いんだから。送っておいたシャンプーとブラシなら、貴方の柔らかい髪でも絡まないわ。あとは……」

「わかってるよ、母さん。荷造りの時、全部聞いたじゃないか。それより時間は大丈夫？」

永遠に続きそうな母の申し送りを瑛都が遮ったところで、父が母に向けて言った。

「君は九州の現場に戻るんだろう。近くまでヘリで送っていくよ」

「結構よ。港にマネージャーの車を待たせてあるから。それじゃ瑛都、しっかりね」

父の誘いを断ると、母は迷いのない足取りで船着き場に向かって歩き出した。そのすっきりとした美しい背中を見送りながら、瑛都は淡い失望を感じずにはいられなかった。

（折角父さんがああ言ってくれたのに。母さんの方でも歩み寄ればいいのに）

瑛都が幼稚園に通っていた頃、自宅で催されたホームパーティーの折に、「トロフィーワイフ」という言葉を初めて耳にした。立食テーブルの下で遊んでいる瑛都に気づかず、招待客達が笑い混じりに口にしたそれが、金に飽かせてお飾りの妻を娶《めと》った成り上がり者への揶揄《やゆ》だったと気づいたのは、その後何年も経《た》ってからだ。

あの大人達が噂していた通り、父は母を見せびらかすためのトロフィーのように思っているのだろうか。母は自分が世間からそう見なされていることを、どう思っているのだろう。両親は瑛都のことをとても大事にしてくれているけれど、二人の間にはもう、家族としての情愛は残っていないのだろうか？

瑛都は辺りを見回しながら、案内図を片手に、自分が入る『薫風寮《くんぷうりょう》』を目指していた。寮は中高合わせて全七寮あり、全て同学年同士の相部屋だ。

寮は、低層マンションのような外観を持つ三階建ての建物だった。入ってすぐのラウンジ風のスペースを横目に見ながら、階段を上る。

（三階の西端、三〇一号室。ここでいいんだよな）

ノックしたが応えはない。部屋のドアはオートロック式で、もらったばかりの学生証をカードキースリットに差し込む。開いたドアの中に同室者の姿はなかった。

部屋の左右にベッドが置かれ、クローゼットに本棚と机、一人掛けソファもシンメトリーに配置してある。正面の出窓いっぱいに見えるのは、空と海のサファイアブルーだ。

瑛都は一目でこの部屋が気に入ってしまった。学校見学の際に見た部屋より広いし、角部屋だけあって、明るくて開放感がある。

シャワールームやバルコニーを出入りしてみたり、まだ空っぽの引き出しを開け締めしたりしているうちに、自分が生まれて初めて親元を離れ、新しい冒険に踏み出したんだという実感が湧いてきた。

（ここが、おれの部屋）

ここで三年間を過ごすのだ。同室になったのは、どんな少年なのだろう。

できればルームメイトと仲良くなって一緒に食事をしたり、他愛無い《たわい》雑談に花を咲かせたりしたいし、時には夜更かしして深い話もしてみたい。親友を得ることは、瑛都にとって悲願でもある。

不在の少年は、早々と荷解《にほど》きをすませてしまったらしく、向かって左の窓際のベッドには既にシーツが敷かれていて、左側の本棚と机にも、本や学用品が整然と収納されている。ポスターや雑貨の類は一切なく、簡素なまでにミニマムだ。

一方、向かって右のベッドの脇には、瑛都が自宅で荷造りをした覚えのある段ボール箱が高く積み上げられていた。

「さて。片づけますか」

瑛都は独り言を言いながら、最初の段ボールのガムテープを剝《は》がした。

瑛都には友達がいない。と言うか、本当の友達だったと確信を持って言えるのは、中一の頃に仲良くしていた松本《まつもと》くんただ一人だ。

小柄でぽっちゃりしていて、垂れ目気味の目が優しくて、ゲームがとても上手い少年だった。彼の父親は転勤族で、小学校は三回も転校したのだと言っていた。

彼は内気で目立たない、女子からは空気のように扱われてしまうタイプの少年だったけれど、瑛都のことを特別扱いしない彼といると、普通の子供でいられた。忙しい習い事の合間に松本くんと遊ぶのは、瑛都にとって息継ぎにも等しい時間だった。

松本くんが特に強かったのが、アニメ化までされた人気ゲーム「コロロッカモンスター」だ。旅をしながら魔法動物達を育成して共闘しながらレベルを上げていくゲームで、当時にして彼は全国百位以内に入るランカーだった。

一度は松本くんの家で、彼と二人でお菓子を作らせてもらったこともある。今思い出してみても、あの時二人で粉まみれになって作ったバナナ入りのアップサイドダウンケーキほど、幸福な味をしたお菓子を食べたことがない。

でも、穏やかな時間はそう長くは続かなかった。地味な松本くんが目立つ瑛都を独占していることを快く思わない連中が、陰で松本くんを執拗《しつよう》に苛《いじ》め始めたからだ。

それを知った時に感じた鋭い哀《かな》しみと怒りは、今でも火傷《やけど》の痕《あと》のように瑛都の心に刻まれている。自分が粘着されたり中傷を受けたりすることには、ある程度慣れているつもりだ。だが、何の罪もない友人が攻撃されるのは耐えがたいことだった。

日頃は怒ったことなどない瑛都が、あの時ばかりは本気で切れた。首謀者だった生徒の机の天板を割り、扇動していた女子を泣き出すまで面罵《めんば》した。駆け付けた教師が止めなかったら、誰かに怪我《けが》をさせていたかもしれない。母親が学校に呼び出され、担任から暴力行為について謝罪するよう求められても、瑛都はけっして謝らなかった。

自分だけが謹慎処分を受け、苛めの事実が曖昧《あいまい》に処理されたことよりも、暴れたことでクラスメイトから遠巻きにされたことよりも、一番堪《こた》えたのは、振り返った先にいた松本くんのショックを受けた表情だった。初めて見る瑛都の激高した姿に、彼が恐怖を覚えたとしても仕方のないことだが、彼にだけはそんな目を向けてほしくなかった。

ろくに話もできないでいるうちに、松本くんは父親の転勤に伴って他県に転校していった。その後の瑛都は友達らしい友達を作ることもなく、残りの中学生活を過ごした。

松本くんとの思い出は、いつも懐かしさと少しの切なさを連れてくる。あれから一度も会っていないし、彼の方ではもう瑛都のことを友達だと思っていないかもしれないけれど、瑛都にとっては今でもたった一人の大切な友人だ。

（松本くん、元気かな。今でもロッカモン好きだといいな。おれも今度こそ友達を作れるよう頑張るけど、友達作りって一番難しいよ。何をどう頑張ったらいいのかな）

勉強やスポーツみたいに、努力を積み重ねるだけで成果が出るなら楽なのに。

これまでだって、皆に馴染《なじ》もうと瑛都なりに努力はしてきたつもりだ。けれど、色素の薄い華やかな容姿と有名人の息子であることが、いつでも瑛都を浮いた存在にした。人目につく外見とは裏腹に目立つことを好まず、性格はむしろ素朴な方なのに、外人と囃《はや》し立てられ、派手なおうちの子だからと特別視される。

そういうことがあるたびに、この容姿は、この日本においては一種の異形であること、自分の家は「普通」ではないのだということを思い知らされた。

幼い頃から女子には絶大な人気があったが、幼稚園時代にはお姫様ごっこの王子様役として、小中学校では告白合戦の的として、女子同士の攻防を間近で見せられてきたせいで、女子の群れが少し苦手になってしまった。加えて中学では、例の謹慎騒動があり、おとなしい生徒や優等生からは敬遠された。

人恋しくなって、積極的な女の子とデートしてみたこともあるし、声をかけてきてくれた連中とつるんでみたこともある。でも、誰も手を付けないケーキの上の砂糖菓子みたいな瑛都に近付いてくる者達は、それ相応にしたたかな手合いばかりだった。

瑛都との時間を四六時中ＳＮＳに流し続けるガールフレンドや、うまみのある話を引き出そうとする連中といると、確実に気持ちのどこかがすり減っていった。彼らは本当に瑛都のことを気に入ってくれたわけじゃなく、ただ自分やグループのステイタスを上げるために、瑛都を持ち札にしておきたいだけだったからだ。

最後には辛くなって、一人を選んだ。距離を置いた瑛都を、離れた相手は悪《あ》しざまに噂することが多かった。

（じろじろ見られたくない。見た目で勝手なイメージを持たれるのも、利用するために近づいてこられるのも、もううんざりなんだ）

普通がよかった。誰からも振り向かれることのない、目立たない容姿に生まれたかった。

持て余すような豪華なプレゼントやヘリでの移動なんかいらないから、家に帰れば母親がお帰りと迎えてくれて、休日には父親が近場のショッピングセンター辺りに連れて行ってくれる、松本くんの家みたいな家庭に生まれてきたかった。

寂しくなったり、落ち込みそうになったりした時にはいつも、瑛都は空想の中のロッカモン達と遊んだ。どことなく松本くんに似ているアルマジロ型のマジロンが、特にお気に入りのイマジナリーフレンドだ。友達もなく、両親が深夜まで帰宅しない日も多い瑛都にとって、空想の世界に意識を飛ばすことが自分を癒《いや》すたった一つの術《すべ》だったのだ。

家から送った荷物は多くないから、片づけ終えるまで、そう時間はかからなかった。厳選して持ってきたロッカモン達のミニフィギュアをベッドのヘッドボードの上に一つ一つ丁寧に並べながら、瑛都は祈った。

（どうかルームメイトと仲良くなれますように。そして進路をちゃんと選べますように）

マジロン達を飾り終えてしまい、やることがなくなった瑛都が教科書を読んでいると、ノックの音がした。

「入るよ」

瑛都が「はい」と返事をするのとほぼ同時に、すらりとした姿のいい上級生がドアから顔を覗《のぞ》かせた。赤い襟章は三年生のものだ。手元のファイルを確認しながら、瑛都に話しかけてくる。

「新一年だね。特待生バッジをつけてるってことは、君が天国瑛都？」

「はい、そうです」

緊張した面もちで立ち上がった瑛都は、上級生の顔を見て、あっと声を上げた。

「ミュージカルの……？」

「観てくれたんだ」

にこっと笑ったのは、さっき観た卒業公演のダイジェスト版で貴公子役を務めていたその人だった。首筋がすっと伸びた優美な容姿の持ち主で、間近で見るとより一層華と迫力がある。

「俺はこの寮の三年、寮監補佐の水川爽《みながわそう》だ。よろしくね」

水川は改めてまじまじと瑛都の顔を見つめてきた。

「演劇科には見場のいい奴《やつ》も多いけど、君ほど整った子はいない。騒ぐ奴らがいそうだな。同室の子は？」

「戻っていません。実はまだ顔を合わせていないんです」

ファイルを確認して、水川は表情を改めた。

「同室は、八鬼沼志季《やぎぬましき》か。君、苦労するかもね」

「え？」

「八鬼沼ならオリエンテーションの必要もないだろ。この学園の主《ぬし》みたいなものだから」

「主って、どういう意味ですか？」

苦労するという言葉も気になる。なんだか胸がざわざわしてきた。その八鬼沼という少年の同室であることに、何か心構えのようなものが必要なら、あらかじめ知っておきたい。

「八鬼沼家は叡嶺の中心的創始者の一族で、君のルームメイトは八鬼沼理事長の孫だよ」

「理事長の……」

驚いた瑛都に向かって、水川は頷《うなず》いた。

「全ての寮の中で、この薫風寮だけが高入生専用になってる。彼が中等部の頃いた雛菊《ひなぎく》寮の寮生は、そのまま桜花《おうか》寮へスライドするのが普通なんだ。なのに彼だけ、どういうわけか薫風寮に入ることになった。中等部の頃から高等部まで噂が伝わってくるような子だったから、何かよほどの事情があったんだろうな」

（噂って？　よほどの事情って何だよ）

聞きたいことがいっぱいあったのに、水川は一階集会室への集合を言い置いて立ち去ってしまった。

叶《かな》うことなら親友になりたい、それが無理でもそれなりに仲良くしていきたいと思っている当の相手は、何やら訳ありらしい。

（どんな奴なんだろ。八鬼沼、志季）

ざわついた気分を抱えたまま階下に下りると、集会室には既に新入生が集まっていた。

「あ、あの、天国瑛都くんですよね？」

ふいにフルネームで呼びかけられて、振り向いた先には、おとなしそうな少年が頬を染めて立っている。ブレザーの襟に瑛都と同じ特待生バッジが光っているのが目にとまった。顔の覚えは悪い方ではないはずだが、この少年の顔には見覚えがない。

「ごめん。どこかで会ってるかな？」

「すみません、こちらが一方的に存じ上げているだけなんです。『十二夜』で、ヴァイオラ役をされてましたよね？」

「もしかして舞台を観てくれたの？」

「はい！」

瑛都が所属していた子供劇団『山鳩《やまばと》』では、確かに一昨年、シェイクスピアの『十二夜』を公演していた。

　瑛都が演じたのは、双子の兄セバスチャンと船の難破で生き別れになった少女ヴァイオラだ。彼女は男と偽ってオーシーノ公爵に仕えながら、彼に秘《ひそ》かな思いを寄せている。だが、公爵は伯爵令嬢のオリヴィアに恋をしていて、ヴァイオラに恋の橋渡し役を命じる。そのオリヴィアがヴァイオラの男装姿に恋をしてしまう、という物語だ。

「舞台の上の天国さん、天使みたいに綺麗《きれい》で、今でも思い出すとドキドキします。ずっと憧れていたので、同じ高校に通えるなんて夢みたいです。あの舞台を観て、僕も演劇をやってみたいなって思うようになったんですよ」

　そんな風に言ってもらえるのは嬉しいけれど、手放しで褒《ほ》められるのは、少し面映《おもは》ゆい。

　瑛都は何でも器用に演じられるので、子供劇団では重宝されていたけれど、その演技のバリエーションのストックは、これまでに母から見せられた膨大《ぼうだい》な量の映画や舞台からのコピーに過ぎないということが、自分でもよくわかっていたからだ。

「名前、聞いてもいい？」

「あ、名乗りもせずにすみません。僕、露木千景《つゆきちかげ》って言います」

「露木くんもどこかの劇団に入ってたの？」

「いえ、うちには余裕がなくて。実は高校も特待生じゃなくなったら続けられないんです」

　叡嶺学園では、瑛都を含む特待生の名前は学生手帳の模範生徒欄に記載されるし、バッジも付与される。だから、苦学生の証《あかし》と言うよりは一種の称号のようなものなのだろうと理解していた。

だが、千景のように背水の陣を敷いてこの場に臨んでいる少年もいるのだ。同じ特待生と言っても、瑛都とは抱えている重圧も覚悟もまるで違う。それに比べて恵まれた環境を甘受している自分を、瑛都は恥ずかしく感じた。

「凄《すご》いな。尊敬する」

「尊敬だなんて。諦《あきら》めが悪い、ただの馬鹿なんです。僕には華もないし、そんな経済状態で入学するなんて無謀でしかないいんだけど、どうしても諦めきれなくて」

慎ましい環境で育つ中で、この少年は演劇への夢を捨てることなく大切に育んできたのだろう。桁外れの情熱は瑛都にはないもので、もっと千景のことを知りたいと思った。

「もしよかったら、おれと友達になってくれないか？」

勇気を出してそう言ってみたら、千景の頬の赤味がみるみる顔全体に拡《ひろ》がっていった。

「ええっ？　天国さんと、僕が、と、友達？　そんなっ」

「……駄目かな」

友達いない歴が長いせいで、諦めも早くなっている。肩を落としかけた瑛都に向かって、

「だっ、駄目なはずないです！　ほ、本当に僕なんかでよければだけど、どうぞよろしくお願いします！」

真っ赤になって何度もお辞儀する千景がおかしくて、つい笑ってしまった。

「おれなんかにそんなにかしこまらないでよ。敬語もなしで。呼び方も、名前で呼んでくれたら嬉しい」

「そ、それじゃ、……え、瑛都くん」

「うん、千景くん、よろしくね」

（やった！　高校で最初の友達！）

念願だっただけに達成感が凄い。嬉しくて思わず微笑《ほほえ》みかけると、千景の表情がぱっと弾《はじ》けて、花が咲いたように艶《あで》やかになった。目が覚めるような変化に目を瞠《みは》ってしまう。

千景はぱっと見には地味な印象だが、頭が小さくて手足も長く、整った顔をしている。本人は華がないと謙遜《けんそん》するけれど、自信をつければ化けるのではないか、と瑛都は思った。

そうしているうちに、上級生達が部屋に入ってきた。新一年生に比べると、体や顔つきがしっかりしていて大人っぽく、ずらりと前に並ばれると威圧感がある。

「これで全員集まったか」

朗々とした声が室内に響き渡った。

「新入生諸君、入学おめでとう。俺は政財医コース三年、寮監を勤める伊吹《いぶき》 諒太《りょうた》だ」

短髪で目力がある上級生が、名乗りながら一歩前に進み出た。

「そしてこちらが寮監補佐の二人、牛田《うしだ》泰正《たいせい》と、水川爽だ」

「三年、牛田だ。よろしく！」

「同じく三年の水川です。何か困ったことがあったら、遠慮なく言ってね」

体格のいい牛田に続いて、先ほど部屋に来てくれた水川が軽く頭を下げる。

「薫風寮生一同、君らの入寮を心から歓迎する」

伊吹の発声で、室内の上級生が一斉に拍手を送った。

「最初に伝達事項だ。寮では六時半に起床のチャイムが鳴る。朝食は七時から、夕食は十九時から寮の食堂で。昼食は校舎に三か所あるカフェテリアでとってもらう。要項にもあったと思うが、校内では現金は使えない。何をするにも、学内通貨である叡嶺コインをチャージした学生証が必要になるから、紛失には気をつけてくれ。就寝時間は自由だが、二十二時頃に我々が在室チェックの点呼に回る」

伊吹から幾つかの生活上の注意を伝えられ、それが終わると、新入生達は伊吹、牛田、水川の率いる三グループに分けられた。瑛都は水川に、友達になったばかりの千景は牛田に寮内を案内されることになった。

水川はゆったりした速度で寮内を歩きながら、後ろの新入生達に話しかけてくる。

「俺は芸術芸能コースの演劇科なんだけど、この中で俺のところ志望の子、手を挙げて」

十名ぐらいの手が挙がる。

「お、結構いるね。レッスンはきついけど凄くエキサイティングだよ。どうか楽しんで」

挙手した生徒達にそう言った後、水川は瑛都に向かって訊《たず》ねてきた。

「君は？　演劇科志望じゃないの？」

「……まだ志望を固めてないんです」

どっちつかずな自分を見透かされたような気がして、気後れしながら何とかそれだけ返答すると、水川はじっと瑛都の顔を見つめた後で、「ふーん？」と言ったきり、それ以上は追及してこなかった。

水川は、寮の中を歩きながら設備についての説明をしてくれた。洗濯室には、クリーニング用の回収ボックスとコインランドリーが設置されている。ジャグジーつきの広い大浴場もあった。食堂は、総勢百二十名が一時に座れるだけの広さがある。

最後に回った娯楽室には百二十インチの大型モニターが設置され、ビリヤード台や卓球台、ダーツ等もあって、ちょっとしたスポーツバーのようだった。

「知っての通り、俺達生徒は長期の休み以外には島の外に出ることができない。だからこうして気晴らしのための設備が充実してるんだ。校舎の方にはショッピングモールやゲーセン、カラオケルームもあるよ」

「凄いね。寮の中とは思えないぐらいだ」

瑛都のすぐ前を歩く背の高い少年が、のんびりとした声で感想を漏《も》らした。若木のような長身とあくのない横顔に、育ちの良さが滲んでいる。その隣を歩く華奢《きゃしゃ》な少年が、ふんと鼻を鳴らした。

「その分学費がバカ高いんだろ。校舎内のモールもシティホテル並みだったし、ちょっとどうかしてるよね。桜花寮の設備は、ここよりもっと凄いってよ」

（水川先輩の話に出てきた寮の名前だ。本来なら八鬼沼って奴が入るはずだった）

今に至ってもまだ姿を見ていないルームメイトのことが気になって、

「桜花寮って？」

思わず問いかけると、小柄な方の少年がくるりと振り返った。

驚くほどの美少年だ。柔らかそうに毛先がカールした髪や少女めいた愛くるしい顔立ちに、なぜか見覚えがある気がする。美少年は不躾《ぶしつけ》なほどじろじろと瑛都の顔を検分した。

「すっごい綺麗な顔してんね。俺、美人が好きなんだ。俺と友達にならない？」

「えっ？　あ、うん？」

甘く可愛《かわい》い顔立ちにそぐわないずばっとした物言いに戸惑っていると、さらに断定するように畳みかけてきた。

「本条マリサが入学式に来てたけど、あんた、彼女の息子だろ。そっくりだもん」

「……うん」

瑛都の声が少しトーンダウンする。有名人の息子だと知るや喰《く》いついてくる手合いには散々会ってきたけれど、この学園でも同じようなことが起こるのかと身構えてしまう。

「やっぱり！　あ、俺のこと知らない？『夢見るくちどけ、まほろのホロン』」

　声優顔負けの可愛い声を出して、ステッキでも回すように手首を回転させる。それを見て、お菓子のＣＭで一時期よく見た人気子役を思い出した。

「桃枝《ももえだ》まほろ……？」

「そ！　桃枝まほろは芸名で、本名は、百の枝に、真実の真の旧字に、優秀の秀って書いて、百枝《ももえだ》眞秀《まほろ》。以後、お見知りおきを！」

　あっけらかんとした眞秀の態度に、瑛都は警戒心を解いた。自分も芸能の仕事を経験しているなら、女優の息子というだけで特別視されたり詮索《せんさく》されたりすることもないだろう。

「おれは天国瑛都。三〇一号室、西の一番端だよ」

「角部屋か、いいなあ！　俺は三〇八号室で、こっちのでかいのがルームメイト」

　でかいの、と紹介された長身の少年が、癖のない爽《さわ》やかな顔でにっこりと笑った。

「太刀川晴臣《たちかわはるおみ》、中学までは晴《はる》って呼ばれてた。よろしくね」

　晴臣は伸びやかな雰囲気を持っていて、傍《そば》にいると木陰にいるような心地よさがある。

（癒し系。マイナスイオンが出ていそう）

　眞秀が瑛都の問いかけに話を戻した。

「さっきの質問に答えると、桜花寮には、有力者の子息ばかりが選別されて集められてるんだって。代々政治家の家系の息子とか、財閥系の御曹司とか。で、その桜花寮の奴らが学園内で権勢をふるってるらしいんだよね」

「入学したばかりなのに、どうして内部事情に詳しいの？」

「俳優の藤波紫苑《ふじなみしおん》、知ってる？」

「うん。ここ出身なんだよね」

叡嶺学園を検索すると必ず上位に出てくる名前だ。コミックを二次元化した舞台から人気に火が付き、今ではイケメンランキング常連のトップ俳優である。第二の藤波紫苑を目指してこの学園を志望する者も少なくないようだ。

「あれ、俺の従兄《いとこ》でさ」

「えっ、そうなの？」

「そうなの。あいつ、ここ出身だから、以前からいろいろ聞かされてたってわけ」

「そんな話を聞いて、よく入ろうと思ったな」

瑛都だってネットでの口コミは一通りチェックしていたが、そこまで詳細なことは書かれていなかった。眞秀が今話してくれたような生々しい勢力図をあらかじめ聞かされていたら、進学を躊躇《ちゅうちょ》したかもしれない。

「魑魅魍魎《ちみもうりょう》が跋扈《ばっこ》する芸能界と比べたら、生徒同士のそんなの、ままごとみたいなもんだよ。俺、卒業したら芸能の仕事にカムバックする予定なんだ。でも、可愛かった子役がただでかくなって戻ったって、需要ないでしょ？　演技の力つけて、舞台への足掛かりを作るためにも、ここで学ぶのが一番かなって」

「卒業後のことを今からちゃんと考えてるんだな」

「こう見えてゼロ歳児の頃から仕事してますし。ってか晴だって将来はもう決まったようなもんだろ。京友禅の老舗《しにせ》の跡取りなんだから」

「どうかなあ。呉服は衰退産業だからね。家業に新風を呼び込むためにも、叡嶺で視野を広げられたらいいなと思ってるよ」

気負いのない穏やかな口調ながら、晴臣も家業についていろいろ考えているらしいことが窺えた。自分探しをこれからしようとしている瑛都と比べて、同級生達はいかにもしっかりしたビジョンを持っているように見えて、内心少し焦ってしまった。

寮の中を巡る間に、眞秀と晴臣とはかなり打ち解けることができた。好奇心旺盛でおしゃべり好きな眞秀のお陰で話が弾んだし、その傍でゆったりと笑いながら時折合いの手を入れる晴臣は、眞秀といいコンビだ。

（おれにしては凄くないか。初日で三人も友達ができた！）

一番の懸案事項であった「友達ができるか問題」が、初日にして解決してしまった。幸福感のあまり、カイロでも抱えているように胸がほかほかする。

集会室に戻る廊下で、水川が窓の外を指さした。

「あそこに立ってる大きなムクの木が見える？　あの木、呼び名は『天使の木』って可愛いんだけど、曰《いわ》くつきだから近寄らないでね」

（曰くつきって？）

「学園に伝わる七不思議の中でも真打って言われてる『天使の仮面』の話。聞きたい？」

新入生達が戸惑いながら頷くと、水川が表情を改めて語り始めた。

「天使の仮面は、あの木に願い事を書いた短冊を結び付けた人の中でも、仮面に選ばれた人の前にだけ現れると言われている。その仮面を手にした人は、どんな願い事でも叶えてもらえる。ある少年は、家が貧しかったから、まず特待生の資格を仮面に願った。すると望みはたちまち叶えられた」

最初は無欲だった少年は、演劇の才能、学園の劇での主役の座と、次第に望みをエスカレートさせていく。そして最後に少年は神隠しに遭ったようにかき消え、仮面も行方が分からなくなったのだと言う。

「都市伝説みたいなものだけど、短冊を結んだ者の中には実際に失踪した奴も、仮面の男に襲われた奴もいるって噂だ。短冊は何度外しても、いつの間にかまた結び付けられている。それだけ切実な望みがある奴が後を絶たないってことかな。ともかく、うちの寮の方針として、あの木には近寄らないってことで、よろしくね」

さっき千景と話したばかりだからか、瑛都にはこの話が妙に生々しいものに感じられた。

今は何も下がっていないムクの巨木の枝々に、無数の短冊が揺れている様を想像してみる。

都市伝説のような噂に縋《すが》って、あの枝に短冊を下げに行く生徒が実際にいる。何不自由なく見えるこの学園の生徒達の中に、そこまで追いつめられる者がいるのだという事実が、瑛都の胸にざらりとした感触を残した。

一通り寮生活についてのオリエンテーションが終わると、食堂での歓迎会になったが、その席にも八鬼沼志季は現れなかった。

上級生達の許可をもらって、食事をとっていないかもしれないルームメイトのために、歓迎会で出た料理を皿に盛り、部屋に持ち帰ることにした。

三〇一号室の前に立つと、扉の隙間から照明の光が漏れている。

(帰ってるのか?)

扉を開けると、窓が大きく開け放たれていて、その窓に一人の少年が、風に髪をなぶらせながら座っていた。

「あ……」

瑛都はしばし言葉を失った。

夜空に透けるレースのカーテンが少年の肩先を包み込んでいるさまが、一瞬、羽を広げて闇の中へ飛び立とうとしている天使のように見えたからだ。

そう錯覚したのは、少年の容姿のせいもあるだろう。

母を取り巻く芸能人達の美貌を見慣れた瑛都の目で見ても、少年の姿は際立っていた。シャープな顎のラインにも高く通った鼻筋にも、曖昧な線はどこにもなく、窓から下ろした足がはっとするほど長い。襟を覆う黒髪や襟元をくつろげたシャツ姿が、同学年とは思えないほど大人びたこの少年に、こなれた雰囲気を与えていた。

「はじめまして。八鬼沼志季くんだよね？　俺は天国瑛都。これからどうぞよろしく。夕食、食べてないんじゃないかと思って、これもらってきたんだ」

瑛都が食べ物の載った皿を差し出すと、やっと少年がこちらに視線を向けた。深々とした瞳に見つめ返されて、瑛都は夜を連想する。月も星もなく、何が潜んでいるかも定かではない、ぬばたまの闇。

こんな眼《め》をした人間を、瑛都は他に知らなかった。不思議な吸引力を感じて、もう少し見ていたいと思った時、

「どうしてこの島に来た」

背筋が凍るような声が部屋の空気を打った。

「……えっ？」

「来なけりゃいいのに。ここはお前のいるべき場所じゃない。荷物をまとめてさっさと帰れ」

咄嗟《とっさ》に何を言われたのか、理解ができなかった。

友好的とは到底言えない相手の険しい表情を見て、ようやく自分が歓迎されていないこと、ルームメイトと親友になるという夢が粉々に打ち砕かれたことを知る。

「え……、なんでそんな風に言うの？　おれ、何か気に障ることとした？」

「ここにお前のような奴が入ってくること自体が間違いだと言ってるんだ」

指先が冷たくなって、急に体が頼りなくなり、瑛都は手に持っていた皿をサイドテーブルの上に置いた。そうしてみてようやく、瑛都は自分が傷ついたことを知る。

とんとん拍子に三人も友達ができたことに浮かれて、失念していた。自分が割と人から嫌われやすいということを。

志季という少年とは間違いなく初対面であるはずだ。こんなに印象的な容姿なら忘れるはずがない。会ったばかりで、なぜこんなに嫌われてしまったのだろう。荷物は志季のスペースと同じように片づけたし、部屋を汚してもいないのに。

（おれのような奴、って？　高校から入ってくる奴ってこと？　親が成金で本物のセレブじゃないから？　それとも、見た目がハーフっぽいから？）

冷ややかな視線に耐えられなくなり、志季に背を向けて、ぎこちない動きでルームウェアを手に取った。傷ついたことを相手に知られたくなかったし、日常的な動作をしているうちに、ショックを受け流せるような気がしたからだ。

その背中に、志季が容赦なく言葉をぶつけてくる。

「この学園島は、飢えた獣共を閉じ込めた檻《おり》だ。お前みたいなのが入ってきたらどういうことが起こるか、想像したことがあるか？」

「どういうことって、どんなこと？」

「お前が思ってもみないような、とても酷《ひど》いことだ」

着替えのためにシャツのボタンを外しながら、瑛都は志季の言葉を咀嚼《そしゃく》していた。言葉は乱暴だけれど、ひょっとしたら新入りの瑛都が危なっかしく見えて、苦言を呈してくれているのだろうか？

（単に表現がきつくて無愛想なだけで、実はそんなに意地悪な奴じゃないって可能性もあるのか？）

そうだとしても、一瞬でも気を許せば襲われるかのような口ぶりは、いくらなんでも大げさだと思う。刑務所やスラム街ではあるまいし、ここは裕福なお坊っちゃんの集まる進学校で、厳重な警備システムを売りの一つにもしているのだ。

ただ、瑛都みたいに目立つ生徒が絡まれやすいことや、男子も性犯罪の対象になり得ることは知っているから、馬鹿馬鹿しいとは思わなかった。実際、通学路で何度か不審者に尾行されたこともあって、瑛都は幼少時より護身術を習わせられてきた。

少しだけ気持ちが緩んで、瑛都は振り向いて志季に微笑みかけた。

「おれのこと、心配して言ってくれてるんだよね。ありがとう。でも、大丈夫だよ。自分の身ぐらい守れるし、こう見えて結構強いんだ」

「へえ。じゃあ、その強さのほどを試してやるよ」

志季の気配が剣呑《けんのん》になり、体がぐうっと膨《ふく》れ上がったように見えた。

何を思うよりまず本能的な危険を覚えて、体がひとりでに逃げようとしたが、あっと思った時には、後ろに手を捻《ねじ》り上げられ、口に何か布のようなものを押し込まれていた。着替えの最中だったことが災いし、脱ぎかけのシャツで両腕を背中側で縛り上げられ、ベッドの上に突き飛ばされてしまう。

頭の中は疑問符と恐怖でいっぱいだった。

(何故《なぜ》こんなことになってる？　こいつは何をするつもりだ？)

「アナルセックス、したことあるか？」

ざあっと全身の毛穴が粟立《あわだ》った。

自分とは無縁に過ぎて、セックスファンタジーの一つのように思っていたその単語が、急に極めて邪悪な、すぐそこに迫る危機として響いてくる。

死にもの狂いで逃れようとするが、瑛都を押さえ込んでいる志季は、細身に見えてびくともしない。自分より上背のある相手に、要所を押さえてのしかかられれば、そう簡単にはね退《の》けることなどできないのだと知った。

「清潔そのものの坊やに、そんな経験あるわけないか。それじゃ想像してみろよ。お前の狭いこの穴に」

触れられてもいないのに、脚の間の奥まった窄《すぼ》みを強く意識させられ、呻《うめ》き声が漏れる。

「う、ううっ」

「男の硬く勃起《ぼっき》したモノを無理矢理ねじ込まれて、滅茶苦茶に出し入れされるんだ。お前が流血しようが泣き叫ぼうがお構いなし、綺麗な顔を歪《ゆが》ませることで一層興奮する奴もいる。相手の気が済むまで凌辱《りょうじょく》は終わらないし、誰も助けには来ない」

押し込まれた布が声を吸収して、外には届きそうもない。固い蕾《つぼみ》が今にも押し開かれそうな気がして、全身の血が冷えているのに、額には汗が浮かんでくる。

「むぅっ、ふっう、ううーっ」

まさか本当に、このまま犯されてしまうのか？

（怖い。嫌だ！　誰か、誰か助けて！）

パニックで息ができない。男としてのプライドが砕けて、自分が非力な女になってしまったように感じられた。

涙で視界が滲んできた時、不意に体が軽くなる。

志季が瑛都の上からどいたのだ。口の中に押し込まれたハンカチを抜き出されると、肺に空気がどっと入ってきて、瑛都は激しく咳《せ》き込《こ》んだ。

「これでわかっただろう。お前は自分で思うより弱い。油断していればこういう目に遭う」

（……え？　これで終わり？　おれを脅そうとしただけ？）

助かったという気持ちより先に、震えるほどの怒りが突き上げてくる。

（酷い）

酷い奴。嫌がらせにしたって度が過ぎている。本気で怖かったし、プライドもずたずたにされた。絶対に許せない。

「最低だ！　お前なんか大っ嫌いだ！　おれは弱くない！　不意うちなんて卑怯《ひきょう》だ！」

悔しいことに、全身の戦慄《おのの》きを拾って声が震えてしまう。

「不意うちじゃないレイプ魔がどこにいる。いくら護身術に長《た》けていたって、不意をうたれればひとたまりもない。ましてや相手が複数だったら？　薬やナイフを持ってたら？　せいぜいお前は、自分が飢えた獣の檻に放り込まれた美味《うま》そうな肉だってことを自覚して震えてろ」

完全に頭に血が上っていた。腕のシャツを外してもらい、全身に自由が戻るやいなや、瑛都は間髪を入れず回し蹴りを放った。ぶん、と風鳴りがして、志季の髪が舞い上がる。

「あぶねっ。殺す気か？」

「死ねよっ。変態野郎！」

何度目かの空振りの後で、バランスを崩したところをベッドの上に突き飛ばされ、再び体の上に乗り上げられる。

「はい、また俺の勝ち。お前じゃ俺には勝てないよ」

くっくっと笑う男が憎くてたまらない。怒りで人を燃やせるなら、今頃志季は火だるまだ。

「どけっ！　くそがっ」

「育ちのいいお坊っちゃん風に見えて、案外気が強いのな。簡単に挫《くじ》けてされるがままになるより、ずっといい。見た目の割に闘えるってとこだけは認めてやるよ」

星のない夜のように昏《くら》かった瞳が、今は面白そうに瑛都を見下ろしている。手首をシーツの上で磔《はりつけ》にされながら、瑛都が毛を逆立てた猫のようになっていると、鋭いノックの音がした。

「暴れているような物音がするという知らせがあった。何があった？」

この声は、寮監の伊吹だ。

「何でもありません。ちょっとふざけてただけです」

落ち着き払った声で志季が答えたが、

「天国は？　本当に大丈夫か？」

伊吹の声はまだ疑っているようだ。志季は瑛都の耳元に唇を寄せてきた。

「寮監はマスターキーを持ってる。このまま黙ってると、俺らのラブシーン、伊吹さんに見られちゃうかもな」

上裸で志季に押し倒されている状況に気づき、はっとする。

入学早々、ルームメイトに襲われかけたなんて、どんな噂になるか知れない。少なくとも、周囲は何かしらの色つきで瑛都のことを見るようになるだろう。友達だってできたというのに、こんな奴のせいで初っ端《しょばな》からつまずきたくはない。

悔しい思いを押し殺し、瑛都は努めて平静な声を出した。

「……はい、騒いですみません。大丈夫ですから」

「それならいいが、あまり騒ぐなよ」

遠ざかっていく足音に耳を澄ませて唇を嚙《か》んでいると、志季が言った。

「お前は災いの元だ。お前みたいなのが何も知らずにのこのこ入ってくるから、起こらなくていいことが起こるんだ。これに懲《こ》りたら、お前を守ってくれる人間がいる場所に、一秒でも早く帰るんだな」

言いたいだけ言うと、志季はひらりと身を起こして部屋を出て行ってしまった。後には、ぐったりとなった半裸の瑛都だけが残る。

一体これは何だろう。入学式の夜に同室の奴から襲われ、あげくにとっとと家に帰れと言われた。

（おれみたいなの、って何？　出てけって言いたいためだけに、初対面の人間相手にここまでするか？）

あまりの理不尽さに震えが戻ってくる。瑛都に嫌がらせをして追い出し、この広い角部屋を独占しようとでもいう腹積もりか。それとも、単に瑛都が気に食わないだけか？

何度か唾を飲み下し、せり上がってくる泣きたい気持ちをどうにか追いやった。恐怖が収まると怒りだけが残って、一周回って逆に闘志が湧いてくるのが、我ながら不思議だ。こうなったら、何が何でも居座ってやる。いくら志季が理事長の孫だからといって、何も悪いことをしていない生徒を追い出すことまではできないはずだ。

（あんな奴、一瞬でも天使みたいだなんて思って損した。天使と言うより悪魔、いや、傲岸不遜《ごうがんふそん》で髪も目も真っ黒なところなんか、魔王みたいじゃないか）

怒り慣れていないから、感情を爆発させると反動が凄い。すっかり疲労困憊《こんぱい》していたせいで、自分がここまで感情を爆発させたのは松本くんの苛め事件以来だったということにまでは気づけなかった。

風呂は簡単に部屋のシャワーで済ませ、早々にベッドに入った。入寮初日はベッドが変わって眠れないかもしれないと思っていたが、濃すぎる一日がもたらした疲れもあって、すぐに睡魔が襲ってくる。

その夜見た夢の中で、瑛都はロッカモン達と共に死力を尽くして敵と闘っていた。回復役のロッカモンも倒れ、矢筒の矢も尽き、絶望の淵で見上げた魔王の顔は、性格最悪のルームメイトに瓜《うり》二つだった。

第二章

目覚めた瞬間、自分がどこにいるのかわからなかった。

見慣れない天井を眺め、部屋の様子を見回してみて、ようやく自分が学園島の寮の部屋にいることを思い出す。同時に志季《しき》から襲う真似事《まねごと》をされた記憶も蘇《よみがえ》ってきて、少しの間むかむかしたが、ベッドから起き上がった時の気分はそう悪くなかった。

今日から高校生活が始まる。新しい教科書に新しいクラス、寮の朝食だって楽しみだ。できたばかりの友達と会えるのも嬉しいし、島内探検もしたい。緊張感はあるけれど、わくわくする気持ちの方が強い。ろくでもなかった昨夜にばかり拘泥《こうでい》していられない。

ルームメイトはもう、制服姿だった。瑛都《えいと》の視線を感じたのか、志季はぐっと眉根を寄せて、睨《にら》むように瑛都を見返してくる。

「お前、いつ帰るんだ」

朝から魔王全開だ。こいつが機嫌よくしていることってあるのだろうか？

「は？　折角入学したのに、帰るわけないだろ」

「自分を襲った相手と同室で暮らせんのかよ。昨日も戻ってみたらぐっすり寝てるし、お前見た目の割に神経太いよな」

反省の色もなく、平然と昨夜のことを持ち出してくる態度にかちんときた。こっちは本気で震えあがって、悪夢まで見たというのに。

「本気で襲う気なんかなかっただろ。あんなことぐらいで思い通りになると思ったら大間違いだ。残念だったな」

呆《あき》れたような沈黙の後、「勝手にしろ」と言い捨てて、志季は出て行った。

(言ってやった)

瑛都は本来、人の顔色を見て出方を決めるタイプで、ずけずけものを言う方ではない。でも、この相手には図太くいかなければ負けてしまうと思ったから、密《ひそ》かに緊張しながら言い返してみたら、思った以上にスカッとした。志季には今後もこの感じでいこうと心に決める。

そうこうするうちに、寮の食堂が開く時間になろうとしていた。瑛都も手早く制服を身に着けて部屋を後にした。

食堂の席は既に三分の一ほどが埋まっていて、そのほとんどが新一年生のようだった。初日ということで、皆気が張っているのだろう。ぐるりと見渡したら、隅の席で無表情にサンドイッチを口に運んでいる志季と目が合う。途端に睨むように視線を強くするから、瑛都の方でも睨み返した。

かない)

(何だよ。こっちに来るなって？　そんなに睨まなくたって、おれだって一緒に食べる気なん

「瑛都くん、おはようございます」

朝食のトレーを手にした千景《ちかげ》が、はにかんだ様子で声をかけてきた。

「おはよう。一緒に食べてもいい？」

「はい、そうさせていただけたら嬉しいです」

「千景くん、また敬語になってる」

「申し訳ありま、あ、また……、ごめん。タメ口に移るのが下手で」

そう聞いて、自分の距離の詰め方が不快だったのではないかと、急に不安になる。

「もしかしておれ、馴《な》れ馴れしかった？」

「まさか！　凄く嬉しかった。ただ、ほんとに僕しゃべるの下手で。それで中学でも友達できなくて……。僕の方こそ、嫌な気持ちにさせてたらごめん」

申し訳なさそうな様子を見て、瑛都は千景に一層の親近感を抱いた。真っ先に自分の方が何かやらかしたのではないかと思ってしまう思考回路や、友達を作るのがちょっと不得手なところが、自分と同じだと感じたからだ。

「嫌な気持ちになんてなるはずないよ。おれも中学では友達がほとんどいなかったんだ。おれと君って、似てるんだね。君と友達になれてよかったな」

「……ありがとう。瑛都くんからそんな風に言ってもらえるなんて。子供の頃の自分に教えてあげたいな……」

千景は感激したように頬を染めている。ふふ、と笑い合うと、気持ちが通じ合った気がして、胸が温かくなる。心の距離が近づいた気がした。

千景のトレーには、オムレツやクロワッサン、ココット皿に盛りつけられた焼き野菜やデザートが、彩りよく並んでいる。

「美味《おい》しそうだね」

「バイキング形式だから、目移りしちゃって」

「おれも取ってくるから待ってて」

トレーを持って列に並んでいると、後ろから声をかけられた。

「おっはよ！　瑛都は今日もすこぶる美人だね！」

列の後ろで眞秀《まほろ》が潑溂《はつらつ》と手を振っている。その傍らにいる晴臣《はるおみ》も、「おはよう、瑛都。昨日はよく眠れた？」と声をかけてくれた。相変わらず、歩くパワースポットみたいだ。

「瑛都、一緒に食べよ！」

「友達と食べる約束をしてるんだ」

「じゃあ、俺と晴もいい？」

どうしようかな、と一瞬迷ったけれど、同じ寮なのだから、今後千景とも接点はあるだろう、それなら、早めに紹介しておいてもいいかもしれないと考え、千景の待つ席に、眞秀と晴臣を連れて戻った。

「千景くん、彼らも一緒でいいかな」

「もちろん。どうぞ」

一つのテーブルに、四人分のトレーが並ぶ。瑛都は油ものや甘いものは控えろという母の言いつけに従い、大根おろしを添えた焼き鮭《ざけ》と青菜のお浸し、わかめの味噌汁《みそしる》とカットフルーツを選んだ。眞秀のトレーには、生野菜のサラダと、ドライフルーツを添えたヨーグルトのみだ。

「眞秀はそれしか食べないの？」

「俺、太りやすいんだよね」

「充分細いのに。モモは気にし過ぎなんじゃないかな」

そう言った晴臣のトレーには、菓子パンや肉料理が塔のように積み上げられている。

「そう言うお前は馬のようだよ。よく朝からそんなに食えるよね」

「食べないと昼前にガス欠になるからね。それに、いくら食べても太らない体質なんだ」

「禿《は》げればいいのに……」

「眞秀くんと晴臣くんは仲がいいんだね」

同室組二人の掛け合いを見て、千景がくすくす笑っている。急に相席になって大丈夫かなと心配していたから、ほっとする思いだった。

雑談を交わすうちに、四人は自然に打ち解けていった。

こんな風に、友達と呼べる誰かとしゃべりながら食事をすることに、ずっと憧れていた。友達と一緒だというだけで、ただの食事の時間がこんなに楽しくなるなんて。このためだけにでも、叡嶺《えいれい》学園に入学してよかったと心から思う。

トレーを下げる際に、もう一度だけ食堂を見渡してみたが、いつ出ていったのか、志季の姿を見つけることはできなかった。


それから十分後。クラス分けの掲示を見つめながら、瑛都は自分の運のなさを呪《のろ》っていた。同じクラスに朝食を共にしたメンバーの名前はなく、代わりに志季の名前があったからだ。苦手な奴と自室でも教室でも一緒だなんて、引きがいいにもほどがある。

教室に向かうと、席は名前の順になっていて、瑛都は廊下側の一番後ろだった。志季は窓側の一番前で、瑛都とは教室の対角線上の端と端になったことに、少しだけ安堵《あんど》する。

担任は、優形で中肉中背の、どこにでもいそうな容姿をした若い教師だった。

「碓氷《うすい》護《まもる》　高一化学基礎担当　二十七歳」

黒板に達筆な字で自己紹介を書きつけていく。最後に「独身　彼女募集中」と書き加えたので、教室が和やかな笑いに包まれた。

「君達は今、親元を離れて学園島に来たばかりで、期待と不安でいっぱいだと思います。叡嶺は授業の進みも速いので、毎年、勉強についていけなかったり、ホームシックになったりする人が出ます。困った時には一人で溜《た》め込まず、相談してください。親代わりにはちょっと頼りないかもしれませんが、全力で君達をサポートしたいと思います」

熱心で優しそうな先生だな、と瑛都が思った時、志季が「はっ」と嘲《あざけ》るような声を出した。

「八鬼沼《やぎぬま》くん、何か?」

「別に」

どっかりと椅子の背もたれに体を預け、態度が悪いことこの上ない。

(全力で関わりたくない……)

幸い、志季の方でも瑛都に関わる気はなさそうだった。機嫌も態度も悪いルームメイトにそれ以上煩《わずら》わされることもなく、その日は比較的平穏に過ぎて行った。

翌週から始まった授業は、碓氷の予告通りに進み方も速く、内容も充実したものだった。

特待生の瑛都でも、気を抜くと置いて行かれそうだが、中学時代は授業時間を持て余していたから、この緊張感がむしろ心地いい。内容の濃い授業内容は歯ごたえがあって、ゲームのエンドコンテンツに挑戦しているような楽しさがあった。

叡嶺学園高等部の授業には、全員が受ける必修科目と、事前登録した選択科目とがあり、必修科目はクラス単位で授業を受けるが、選択科目では、また違った顔ぶれと席を並べることになる。

芸術芸能コースへの進級を希望している者には、美術や音楽、演劇といった志望別の実技の授業が、晴臣のような政財医コース希望の者には、主要科目の補強カリキュラムが用意されていて、各自の志望に沿って無駄のない時間割が構成できるようになっていた。

瑛都はまだコース選択の希望を固めていないけれど、演劇科に進路をとった時のことを考えて、演劇と歌とダンスを選択している。千景と眞秀も演劇やダンスを選択したと聞いていたので、最初の演劇の授業を、瑛都はとても楽しみにしていた。

だが、レッスンルーム横にあるロッカールームに志季が入ってきた時には、悪い冗談かと思ってしまった。

「……魔王」

脳内での呟《つぶや》きが、思わず唇からこぼれ出てしまう。

(選択科目まであいつと一緒って、どういうことなんだよ！)

志季は芸術芸能コース志望だったのか。そもそも、いつも不機嫌顔を貼り付けているような男に、演技なんかできるのだろうか。

「へえ、彼、まおうくんっていうんだ。食堂で見かけて、イケメンだなって思ってたんだ。ねえねえ、まおうくん！　俺、百枝眞秀《ももえだ》。瑛都の友達だよ。よろしく！」

止める間もなく、眞秀が志季に話しかけてしまった。当然のことながら、恐ろしい目で睨み返される。

「誰が魔王だ」

地獄の底から響いてくるような低音があまりに不穏で、瑛都は頭を抱えたくなった。

「えっ何、怖っ。瑛都、あいつ怖いんだけど！」

さしもの眞秀も怯《ひる》んだ様子で、瑛都のジャージの袖をつかんだ。

「彼は八鬼沼志季。おれのルームメイトだよ。いつもあんな感じだから気にしなくていい」

「じゃあ、まおうっていうのは誰？」

「頼むからそれは忘れてくれ……」

「感じ悪い奴だなー。いくら顔が良くても性格悪過ぎ。あいつとは一生仲良くなれそうもないね」

コミュ力の塊のような眞秀にそう言わしめるなんて、さすがは魔王だ。

「食堂でも、一人で食べてるよね？」

千景が控えめにそう言った。

入学から十日が過ぎようとしていたが、部屋での志季はほぼ無言で、気詰まりなことこの上なかった。食堂でも教室でも、見かける時はいつも一人だ。誰とも馴れ合わず、一人つまらなそうに窓の外を眺めている志季の姿は、はっきり言って酷く浮いている。

自分と仲良くするつもりがないのはよくわかったが、他に友達を作る気もないのだろうか。クラスには桜花寮の生徒もいて、中学時代は同じ寮だったはずなのに、彼らとも口をきいている様子がない。

中学の頃は自分もそうだったから、つい気になってしまう。

（いつも一人で、寂しくないのかな。……別にあいつのことなんか、どうだっていいんだけど）

演技の授業を担当するのは、演出家で俳優経験もある大河内《おおこうち》了《りよう》だ。大河内は入ってくるなり、自己紹介もせずに前列にいる生徒にプリントの束を渡した。

「一枚ずつ取って後ろに回せ。今日は二人一組になってこれをやってもらう」

だらしなく着崩した派手な柄のシャツやサングラスが、物凄く胡散臭《うさんくさ》い。おまけに、何だかアルコール臭い気もする。

A３のプリントは、短い台本だった。

＊＊＊

夜。アパートの室内。

男　二十代の男が、腕組みをして立っている。
女　男より幾分年上に見える女は、椅子に座り、男の横顔を見つめている。
男　もうこれ以上止めないでくれ。俺には、行かなきゃならないところがあるんだ。
女　どうしても行くの？　行かないでって頼んでも？
男　ああ、どうしてもだ。
女　待てるわ。私、いつまでも待ってる。
男　……。
女　必ず帰ると、言ってはくれないの？
男　約束はできない。
女　酷い人。

男、無言のままコートを羽織り、部屋から出ていこうとする。
女、男の背中に言葉を投げかける。

女　女の十年は長いわ。
男　時間の流れに、男と女で違いはないさ。

女　貴方なしで、この先どうやって生きればいいの？　私、どうなってしまうの？

＊＊＊

男女の別れのシーンのようだが、どんな設定で、どうして別れに至ったかまでは書かれていない。そこは各自解釈して肉付けしろということなのか。

不安そうにプリントと教師の顔を交互に見つめている生徒達に向かって、大河内が言った。

「言っておくが、俺は今超絶眠い。朝の四時まで飲んでたからな。眠たい演技で、俺を寝かせつけてくれるなよ。十分で台詞《せりふ》入れろ。はい、始め」

（何だ、この教師は）

戸惑いを覚えたが、他の生徒が台本に集中し始めたので、瑛都もそれに倣《なら》うことにする。この程度の短い台本なら、三分もあれば頭に入る。瑛都は脳内に蓄積された俳優の演技データを探り、それらを参考に、自分なりに場面の肉付けをすることにした。

「終わり。覚えたか？」

大河内の号令で、あっという間に十分が経過したことを知る。教師は教室を一渡り見渡してから、「見た顔がいるな」と言った。

「八鬼沼志季と音無《おとなし》伊澄《いすみ》。お前ら、中学の授業で要領はわかってんだろ。男役、八鬼沼。女役、音無。やってみろ」

いかにも面倒そうに進み出た志季と、口元のほくろと身のこなしに妙な色気のある伊澄が、前に呼び出される。伊澄とは学科の教室も同じクラスで、確か彼は自己紹介の時に桜花寮だと言っていたはずだ。桜花寮生は、いつも寮生だけで集まっている印象があって、伊澄とも言葉を交わしたことはない。

前に立った途端、志季の気配が変わった。

だるそうな姿勢からすっと背筋を伸ばす。急に年齢が上がって見え、背丈まで伸びたように見える。シリアスな別れの空気をまとった風情は、まるで出征していく青年将校のそれだ。

(もう役に入った、のか……?)

今の今までいつも通りの不機嫌顔をしていたのに、こんなに一瞬で切り替えられるなんて。志季の突き放す演技が、男と女の温度差を浮き彫りにする。女の情念を感じさせる伊澄の芝居もなかなか巧みだったが、場を支配しているのは完全に志季だ。

プロの舞台では、上手い役者であるほど、役の人物そのものに見えるものだ。だが、冷たげでいてどこか投げやりな表情は志季独特のもので、瑛都は今見ているのが志季自身なのか、彼が演じている役なのか、よくわからなくなっていた。

二人の芝居が醸し出す緊迫感に、レッスンルームにいる生徒の誰もが息を飲んでいる。

彼が放っている圧倒的なオーラ。身のこなしがいちいち様になっているだけでなく、強い眼《まな》差《ざ》しが、ドライアイスに触れた痛みを連想させる。

普段とはまるで違う、酷く剝《む》き出しの眼だ、と瑛都は感じた。まるで、閉め切りになっている遮光カーテンが、いきなり開かれたみたいだ。

(悔しい)

シンプルにそう思った。志季には明らかに演劇の才能があるし、ある種の吸引力もある。認めたくない相手の才能を認めざるを得ないことが、悔しい。彼の視線一つ、指先の動き一つに、こうも目を奪われている自分にも腹が立つ。

瑛都だって子供劇団では頭一つ抜けていたし、当然のように主役をもらえていたから、こんな風に誰かに対してライバル意識を抱いたことはなかった。

あんな、いかにも演劇なんてどうでもいいって顔をしている奴に、負けたくない。たとえ力では敵《かな》わなくても、芝居では。

悔しさだけでなく、未知の高揚で感情が沸きたって、じっとしていられない気分だった。

(やってみたいな。あいつの相手役)

ぎりぎりのところでせめぎ合うような芝居で、志季と真剣勝負できたなら、きっと今まで経験したことのない血の滾《たぎ》りを感じることができる気がする。普段はすぐにそらされてしまう視線も、演技の間だけは、瑛都から離れることはないだろう。

「よし、そこまで。二人共、なかなかよかったぞ。次、女役だけ代われ。天国《あまくに》」

望んでいたことがいきなり実現して驚いたが、体中を駆け巡る野蛮な血潮を確かに感じた。これはチャンスだ。

瑛都が前に立つと、志季がいつもの昏い眼で見返してきた。ふと口元に、面白がるような薄い笑みが浮かんだ、と思った次の瞬間、

『もうこれ以上、止めないでくれ』

腕が大きく振られ、激しい拒絶が表現される。前触れもなくいきなり始まった芝居は、さっき見たのとはまるで違っていて、より劇的だ。

刺すような視線に、挑発的な動作。瑛都と協調しようとは微塵《みじん》も思っていないらしい相手の圧に押されかけながらも、瑛都はぞくぞくする興奮を覚えていた。

なんて鮮やかで容赦がないんだろう。この二人芝居はきっと、ラリーを続けることを目的とするのではなく、スマッシュの打ち合いになる。

(食われてたまるか。そっちがその気なら、こっちだって全力で行く)

今の志季の演技に合わせるなら、瑛都が台本読みの十分で用意したバリエーションのうちの「アンナ」が相応《ふさわ》しい。DVDを何度も観た、母の代表作の一つである舞台『アンナ・カレーニナ』のヒロインだ。

母が演じた高慢で哀しい女を自分の中に下ろし、アンナの動きが体の隅々まで浸透すると、瑛都は操られるように動き出した。

今の瑛都は、かつて社交界の花だった女だ。全てを捨てて道ならぬ恋に走るが、若い恋人の心変わりを疑うようになるにつれ、薔薇《ばら》の花びらが散り落ちるように色褪《あ》せていく。

志季が演じる「男」の冷ややかな顔が、今の瑛都には、魅力的で自己中心的な恋人ヴロンスキーに見えている。

恋しい。憎い。愛が足りないから呼吸ができない。

『酷い人』

私は家も子供も名誉もなくしたのに。

崩壊していく己をかき寄せようとするように、自分の腕を抱いて呟いた。

『貴方なしで、この先どうやって生きればいいの？』

男に愛されるという形でしか、自分の輪郭を保てない女。男と別れた場面の後、きっとこの女は破滅するだろうと観客の誰もが思う、悲劇的な余韻《よいん》の中に立ち尽くす。

『……私、どうなってしまうの？』

目が覚めたようにアンナから瑛都に戻ると、歓声に包まれていた。既に役から抜けている志季が、奇妙なものを見る目でこちらを見ている。

「ふむ。面白い。そう来たか。次、男役、来嶋《きじま》。天国は同じことやるなよ。眠たくなっちまうからな」

志季が後ろに下がるのを、思わず残念だと思ってしまった。嫌いな相手ではあるけれど、志季と演じるのは、首筋に刃を当てられているような緊張感があって酷く興奮する。

次は別のバリエーション、近未来の日本を舞台にリメイクされた映画『わたしを離さないで』のヒロイン「キャシー」でやってみることにした。清純派女優の佐波田文《さわだあや》と、眞秀の従兄である藤波紫苑《ふじなみしおん》の出世作だ。透明感があって痛切な佐波田文の演技を、曲をダウンロードするように、自分の中に下ろす。

閉塞《へいそく》的な世界を覆う諦観《ていかん》の中に、ゆっくりと身を浸していく。自分達に待ち受ける残酷な運命を知らされた、キャシーとトミー。この運命から逃れられるたった一つのチャンスに賭けるが、その希望も儚《はかな》く潰《つい》える。

来嶋の演技は棒に近かったけれど、自分の演技に没入している瑛都にはどうでもいいことだった。先ほどの「アンナ」の演技が「動」ならば、「キャシー」の演技は「静」だ。水が流れるように、本のページを繰るように、訪れる終末を静かに受け入れる。

演技を終えた時、大河内が褒めてくれた。

「ちゃんと別の解釈になってた。天国、お前筋がいいな。今年のこのクラスはちょっと楽しみだわ」

「ありがとうございます」

二時間続きの授業の中で、眞秀や千景もそれぞれ女役で前に立った。

眞秀の演じた「女」は、大河内が「振られ女には見えねえなあ」と笑い交じりに言ったほど、生命力に溢《あふ》れていた。そのせいで、芝居そのものが、愛が終わった後にもこの女なら逞《たくま》しく生き延びるだろうと予感させられる、後味のいいものに変わって見えた。演じ方次第で、こうもストーリーが別物に見えることに驚かされる。

　千景が前に進み出た時、酷く緊張している様子が丸わかりだったから、瑛都もハラハラしながら見守っていた。だが、最初の台詞を言った途端に、内側から何かが溶け出すように、演技がスムーズになった。まるで、水を得た魚だ。だが、一つだけ気になったことがある。今さっき自分が演じたキャシーと、動きがそっくりだったような気がしたことだ。

（もしかして、おれがやったのを参考にしたのかな？）

　そうだとしても、別に悪いことじゃない。教師に褒められた演技に影響を受けるのは自然なことだと思うし、実際、それっぽく見せようとしているのかなと感じた生徒は、他にもいた。でも、そっくりだとまで感じたのは千景だけだ。

　瑛都も形態模写には自信があるが、もし、千景が瑛都を真似たのだとしたら、彼のその能力は瑛都以上かもしれない。

　授業の後で制服に着替えている時、千景が興奮したように目を輝かせて言った。

「やっぱり瑛都くんは凄いよ！　二年前よりもっと凄い。先生も言ってたけど、僕もこれからのこの授業がとても楽しみだ」

　手放しの賞賛が気恥ずかしくなって、「千景くんこそ」と言おうとした時、少し離れた場所で着替えていた伊澄が、隣の生徒に話す体で、聞えよがしにこう言った。

「人の演技を見て後からやる方が、有利に決まってる。知ってる？　あいつの母親が昔、大河内先生とつきあってたって噂。贔屓《ひいき》って言われても仕方ないんじゃない？」

瑛都の母のことを言っているのだとわかって、鳩尾《みぞおち》が熱くなっていく。自分のことは何と言われてもいいが、母を侮辱するのは許せない。共演した俳優との熱愛疑惑にいちいち取り合っていたらきりがないわ、と母は笑い流しているけれど、相手が担当教師となればあまりにも生々しいし、たちが悪い。

「男の嫉妬《しっと》は可愛くないぞー」

眞秀が冗談めかしてそう言ったことで、沸騰した薬缶《やかん》の蓋《ふた》を開けたように、怒りの内圧が急速に下がっていくのを感じた。

入学したばかりのこの学園で、中学の頃のような悶着《もんちゃく》を起こすわけにはいかない。瑛都は眞秀に感謝の視線を送ったが、茶化されたことが気に入らなかったのか、今度は伊澄の矛先が眞秀に向かった。

「ふん。育ち過ぎた子役がかわい子ぶって、痛いったら。まだ自分に需要があるとでも思ってる？」

(何言ってるんだ、こいつ)

こんなの、ただ手当たり次第に因縁をつけているだけだ。

元々は瑛都に売られた喧嘩《けんか》だし、言い合いになるようなら自分が盾にならなければ、と身構えたが、意外なことに眞秀はしょんぼりと俯《うつむ》いてしまった。

「そ、か。需要ない、か。……そうだよね。可愛くないのは、俺の方だね」

小さな肩が落ち、長い睫毛《まつげ》も伏せられている。苛められている子猫を見ているような気分になったのは、瑛都だけではなかったようで、隣の生徒が何故か顔を赤らめながら、「そんなことない」と早口で言った。

それを皮切りに、周囲にいた男共が、熱に浮かされでもしたように口々に言い始める。

「そうだよ。需要はあるって」

「うん、全然いける」

「みんな優しい……。ありがと」

眞秀が長い睫毛を何度もまばたかせて潤んだ瞳で見上げると、周りの男共がへろへろになった。伊澄が悔しそうに唇を歪めてロッカールームを出て行くと、眞秀は瑛都だけに見えるように、完璧なウィンクを一つ決めて見せる。

(え？　さっきの、しょげたふり？)

可愛い外見を武器に、周りを味方につけたのか。さすが芸歴が長いだけのことはある。

各々の教室に向かう廊下で、瑛都は眞秀に礼を言った。

「さっきはおれへの攻撃をかわしてくれてありがとう。眞秀、かっこよかった」

「どういたしまして。でも本当は、音無の言葉に一理あるのもわかってるんだ。子役出身で大成した役者、思い浮かべてみてよ。演技力が桁違いの奴か、造形的に美形の奴だけだろ？　あーあ、俺も瑛都の顔だったらなー。その顔であの演技力って何なの。チート過ぎ」

冗談めかしてそう言った友人の表情に、思いがけない憂いを見つけて、瑛都は動揺してしまった。

「そんなこと……。眞秀は上手かったし、唯一無二の魅力があるよ。さっきロッカールームで、みんなそう言ってただろ」

積極的で明るくて、将来をきちんと見据《みす》えているこの友人が、子役出身であることに誇りを持っているものだとばかり思っていた。でも、彼だって将来に不安を覚えたり、人を羨《うらや》んだりすることもあるのだ。見慣れた絵の裏に、全く違う別の絵が隠されていたことを知らされたような、ある種の衝撃を覚えた。

「ありがと。俺も頑張って在学中にブレイクスルーするぞー」

明るい声と表情でそう言った時にはもう、眞秀の様子はすっかりいつも通りに戻っていた。


昼休みになり、銘々が校舎内にあるカフェテリアへと向かい始めた時、瑛都の前に数人のクラスメイトが立ちふさがった。

桜花寮生からなる、特に目立つグループだ。グループのリーダーと思しき栶沢帝《くるみざわみかど》が、瑛都に笑いかける。

「僕ら桜花寮の者は、伝統的に薫風寮の人間には声をかけないことにしているんだが、天国くん、君だけは特別に我が寮のサロンへ招待したいと思ってね。この昼休み、僕らと有意義な時間を過ごさないか？」

いかにもありがたがれと言わんばかりの態度が、瑛都の気に障った。

（伝統的に声をかけない、って何だ。うちの寮のことを見下してるのか？）

「……どうしておれを？」

「君を見かけた我が寮の上級生が、ぜひ君と懇意になりたいそうなんだ。これはとても名誉なことなんだよ」

帝の吊《つ》り気味の目もキュッと上がった口角も本当には笑っていなくて、悪くはない造作を狐《きつね》のように見せている。さっきロッカールームで意地悪だった伊澄もその一団にいて、何がおかしいのかずっと含み笑いをしている。

何だか嫌な感じだ。この連中と親しくなりたいとは思えない。

「昼休みは寮の友達と約束してるんだ。だから悪いけど」

「まさか、断ったりしないだろうね？」

帝のまとう空気がすっと冷えた。

「入ったばかりでここでの常識を弁《わきま》えていないのだろうけど、この学園で桜花寮を敵に回すのは愚かだよ」

「敵に回すつもりなんてないよ。ただ先約があるだけだ。せっかく誘ってくれたのに、気を悪くさせたならごめん。それじゃもう行くよ」

できるだけ穏便にと心がけながら席を立つ。

「きっと後悔するよ。ちゃんと警告はしたからね」

帝の言葉がいつまでも追いかけてくるようで、カフェテリアに向かう道すがら、嫌な寒気が止まらない。

カフェテリアで友人達の顔を見ると、ほっと肩の力が抜けた。窓際の定位置に陣取り、皆と離れてつまらなそうに食事をしている志季も、いつも通りだ。

部屋でも教室でも、瑛都と口をきくことはほとんどないくせに、志季とはやたらと目だけは合う。それだけ頻繁《ひんぱん》に睨みつけられているのかもしれない。いつも通りの睨みを利かせるような一瞥《いちべつ》にも、通常運転への妙な安堵を感じて、今日だけは腹が立たなかった。

ランチタイムを楽しく過ごすうちに、動揺は収まっていった。だが、呪《しゅ》でもかけられたようなうすら寒い感覚だけは、友人達と談笑している間もずっと消えてくれなかった。

「天国」

千景達とカフェテリアで別れ、教室に戻る途中で、呼び止めてきた者がいる。同じクラスの岡田《おかだ》だ。彼とは一度も話したことはなかったはずだ。

「碓氷《うすい》先生が呼んでたよ。視聴覚室横の教室に来いって」

（何の用だろう）

ふと岡田の方を見ると、酷く青い顔をしているのでびっくりした。

「大丈夫？　具合でも悪いのか？」

「俺は大丈夫だから。早く行って」

碓氷の担当教科は化学だ。呼び出しを受けるような覚えも特にないし、呼び出された場所が化学準備室ではないことを少し不審に思ったけれど、

（調子が悪そうなのにわざわざ言伝《ことづて》に来てくれたんだ。早く行かないと）

そう考えて気持ちを切り替えた。

「わかった。教えてくれてありがとう」

指定された部屋は、校舎の西の外れにあった。扉をノックし、「天国です」と名乗ったが応えはない。少し考えてから、そろそろと引き戸を開ける。

そこは、倉庫代わりに用いられている部屋のようだった。未開封の備品の箱が積まれている奥に、数人の上級生が座り込んでいる。教室を間違ったかと思った瞬間、横から勢いよく腕を

引かれて、つんのめるようにして部屋の中央に立たされた。

「……何ですか」

嫌な雰囲気だった。肌がぴりぴりするような緊張感が、危険を伝えてくる。

(これ、まずいんじゃないか。もしかして、待ち伏せされた?)

でも、会ったこともない上級生達が何故こんな真似を?

三年の襟章をつけた男がゆっくりと立ち上がり、にやにや笑いながら近づいてきた。

「丁重にお誘いしたのに振るんだもん、俺、傷ついちゃった。やっぱり伊吹は躾《しつけ》がなってねえなあ。学園でこの先困らないように、いろいろ教えてやらねえとな」

「や~らし。何教えるつもりなんだか」

意味ありげに笑っているのは伊澄だ。レスラーのような体格をした別の三年に腰を抱かれている伊澄を見て、この連中が桜花寮の上級生であることを確信した。

扉に走ろうとしたが、さっき腕を引っ張ってきた上級生に行く手を阻まれる。

「おっと」

「何逃げようとしてんだよ。怖がんなくてもだいじょぶだって。いい子にしてたらたっぷり可愛がってやるし、身の安全も保障してやる。この学園で俺らのペットに手を出す馬鹿はいねえから」

「授業が始まりますので、教室に戻らせてください」

「へえ、強情。帝の言ってた通りだな」

笑いを引っ込めた男の声が、にわかに凄みを帯びる。吊り気味の目元と口角の上がった口元が栩沢帝にどことなく似ているが、この男から受ける全体の印象は狐より狼《おおかみ》に近い。

「甘くしてりゃあつけあがりやがって。いい気になってんじゃねえぞ、成金風情が。監視カメラにここは映ってねえし、人払いもしてある。誰も助けに来やしねえんだからな」

嫌な汗が額に滲んで、動悸《どうき》が速くなる。多勢に無勢だ。さっきみたいに逃げようとしても、また簡単に阻まれてしまうだろう。

どうしよう。どうしたらいい。

廊下で足音が響いた、と思った次の瞬間、音を立てて引き戸が開け放たれた。そこには、光の乏しい目をした志季が立っていた。

（え、……何で？）

突然ルームメイトが現れた理由がわからなくて、フル稼働中の警戒心が一層募る。

去年までは志季も、栩沢帝や伊澄と同じ雛菊寮で暮らしていたらしいし、桜花寮のこの連中とも顔見知りのはずだ。志季もこいつらの仲間なのか？　例えば、気に入らない瑛都を学園から追い出すために、古巣の仲間に協力を仰いだとか。

「八鬼沼。何でここがわかった？」

狼めいた三年が、憎々しげに志季を睨みつけるが、志季は意に介さず平然と言った。

「何ででしょう？　そうだ、この先の監視カメラが曲がってたんで、直しといてあげましたよ」

「桜花寮から省かれた分際で、しゃしゃってんじゃねえぞ」

「省かれたんじゃなく、自分から出たんですよ。栩沢センパイ」

栩沢と呼ばれた三年だけでなく、部屋の面々全員が、志季に不穏な表情を向けている。

どういう状況なのか、理解できなかった。志季とこの部屋の連中は敵対しているように見える。それなら志季は、敵だらけのこんな場所に、何をしに来たと言うのか？

その時、伊澄が対話に割って入った。

「志季。もしかしてそいつにも、もう手を出したの？」

志季が、背筋が凍りつきそうな冷たい眼を伊澄に向ける。

「そうだとしても、それがお前に何の関係がある？」

教室や選択科目のクラスでは、言葉を交わすところを見たこともない二人が、名前呼びするような関係だということに、ちょっと驚いた。少し前まで同じ寮の寮生だったのなら、当然なのか。

それより気になるのは、「そいつにも」と伊澄が言ったことだ。他に誰か手を出した相手がいるという意味だろうか？　確かに、入学初日の夜に瑛都を組み伏せた動きは、やけに手馴れていたけれど。

すげなくされた伊澄が、悔しそうに口元を歪めた。

「どこがいいの。そんな顔だけで色気のない奴。セックスだって絶対マグロでしょ」

(ま、まぐろ?)

故もなく愚弄《ぐろう》された気がするが、それより、志季とセックスなんかしていないし、今後もするつもりはない。手を出した云々《うんぬん》は志季からちゃんと否定してもらいたい。

「伊澄。まだこいつに未練があるのかよ」

伊澄の腰を抱いている男が、尖《とが》った声を出す。すると、男の腕の中で伊澄が身をくねらせた。

「まさか。使い古しはあの子にあげる。幹人《みきと》の方が上手だし」

(……えっ?)

未練。使い古し。確かにそう言った。その三年とだけじゃなくて、過去には志季とも関係があったと言うのか。伊澄の口元のほくろから放たれる得体の知れない色気の正体が、わかったような気がした。

(乱れてる……)

衝撃を受けて立ち尽くしていると、志季が瑛都の手首をつかんで引き寄せてきた。

「何ぼけっと突っ立ってんだ。帰るぞ」

「あ、うん」

どうやら瑛都をここから連れ出そうとしているようだ。

嫌いで追い出したいはずの瑛都を、何故助けてくれるのだろう。それに、誰にも言わずにここに来たのに、どうしてこの場所がわかったのか。

疑問は尽きないが、今はここから脱出するのが先決だった。扉を出ようとした二人を、剣呑な気配が取り囲む。

「おめでたいな。帰れるとでも思ってんのか」

「桜花寮のいわゆるサロンで行われているあれこれを、祖父に伝えましょうか？　目ぼしい美形を狩り集めた乱交パーティー。叡嶺コインを賭けたカード賭博」

志季が無表情のまま、読み上げるように話し出す。

「井口《いぐち》センパイ。確か去年も留年ギリギリでしたよね？　下級生との不適切な関係と、同級生への恫喝《どうかつ》で、イエローカード二枚。貴方のお父さんでも、次はさすがに揉み消せないんじゃないですか？」

「うっ……」

伊澄の腰を抱いていた体格のいい三年が、あからさまにたじろいだ。

「井口、がたがたするんじゃねえ！　舐めるなよ、八鬼沼。楜沢が毎年いくら学園に積んでると思ってる。桜花寮の治外法権は、八鬼沼の爺《じじい》だって認めざるを得ねえんだよ」

凄んだ楜沢に向かって、唐突に志季が言った。

「天使の仮面」

水川《みながわ》から聞かされた、学校の怪談。

たった一言、その言葉が置かれただけで、部屋にいた全員が怯むのがわかった。その言葉が持つ効力の目覚ましさに瑛都は驚いていた。

「現在の保持者は俺だと言ったら？」

「……ただの作り話だろ。そんな子供騙《だま》しの脅しが通用すると思うのか？」

「作り話かどうか、試してみますか？」

志季が長い指を鳴らした。

次の瞬間、様々な電子音のメロディが一斉に鳴り始める。スマートフォンを慌てて取り出している上級生達に、志季が告げた。

「次は何します？　梛沢センパイの大事な弟さんにでも、ご登場願いましょうか？」

「てめえ、帝に何か――」

志季が再び指を鳴らし、その指をすっと窓に向ける。

それは瞬きするより短い時間のことだった。窓の外を、制服色の塊が上から下に通過していく。

伊澄が甲高い悲鳴を上げた。梛沢達が窓に飛びついた隙を見逃さず、志季は瑛都の手首を摑んで部屋を出た。

「だ、誰か落ちた！」

動転している瑛都に向かって、志季はこともなげに言った。

「ああ。あれ、舞台用の人形だから」

「人形?」

「お前をはめた岡田な。あいつを脅して上の階のテラスに待機させてた」

生きた人間が落ちたのではないとわかって、ひとまず安堵する。まさかとは思ったが、志季が天使の仮面の力を使って、椥沢帝を転落させたのだったらどうしようと思ってしまった。そんなことを信じてしまいそうなぐらい、一種の魔力のようなものがあの場を支配していた。

「岡田くんにとっても散々な昼休みだったな」

思わず岡田に同情した瑛都の言葉を聞くなり、志季は思いきり嫌そうな顔をした。

「はあ?　どんだけ頭がお花畑なんだよ。あいつのせいで危ない目に遭ったんだろうが」

「岡田くん、凄く青い顔してた。椥沢達から脅されるか何かして、仕方なかったんだと思う。それに、彼の協力のお陰で助かったんだから、相殺だよ」

「救いようがねえな」

志季には呆れられてしまったけれど、あの連中に逆らうなんて誰にでもできることではないと思うし、岡田を恨む気持ちにはなれなかった。

「じゃあ、奴らの携帯は?　絶妙なタイミングで一斉に鳴り始めたのはどうして?」

「アプリ開発が俺の得意分野」

そう聞いても、その方面に疎い瑛都には、何をどうやったのか想像もできない。要は、志季が彼らの携帯にあらかじめ何らかの細工をしていて、それを発動させたということなのだろう。

「そもそも、岡田くんがおれを誘導したのを、どうやって知ったの?」

「どうしてどうしてってうるせえな。三歳児かよ。この話は終わりだ」

聞きたいことが山ほどあるのに、志季は話を打ち切ってしまった。

「ねえ、どうして魔王は……」

うっかり呼びかけて、しまったと思う。案の定、ぎろりと凄い目で睨まれる。

「ご、ごめん。つい」

「つい、じゃねえよ。お前が言い出したのか。そんなことだろうと思った」

「……ごめん、八鬼沼くん」

「志季でいい。自分の苗字、嫌いだから」

ぼそりと返される。

混乱と恐怖が収まってくるにつれ、志季が助けに来てくれたという事実が、胸を浸していった。志季は瑛都を救出するためだけに、手数をかけて仕掛けを施し、敵陣の中まで出向いてくれたのだ。

瑛都が嫌いなはずなのに、どうしてそんなことをしたのかわからない。もしかしたら瑛都のためなんかではなく、榊沢達に対抗するゲームの一コマとして利用されただけだったのかもしれない。

（たとえそうだったとしても、志季が恩人であることに変わりはない）

今の瑛都の目には、不機嫌面の志季が救世主のように映っていた。

さっきは本当に危ないところだった。もし志季が来てくれなかったら、今頃どうなっていたかわからないと思うと、遅れて身震いがやって来る。今日限り、魔王と呼ぶのはやめようと、瑛都は心に誓った。

「入学式の夜に志季が言ってたこと、大げさだなって思ってたけど、そうじゃなかったってことがよくわかったよ」

「家に帰る気になったか？」

まだ追い返したい気持ちに変わりはないらしい。

（変な奴）

本気で瑛都が邪魔なら、助けたりせず見殺しにすればよかったのだ。あいつらのペットにされることになんて耐えられないから、瑛都は学園島を出ていくことになっただろうに。

敵が多く、誰とも馴れ合おうとしない、綺麗で不遜な一匹狼。悪ぶっていても、言葉がきつくても、根はそう悪い奴ではないんじゃないかと初めて思った。

「まさか。帰らないって言っただろ」

瑛都がそう答えると、志季がチッと舌打ちをした。

「なら、せめてもっと危機感持って自衛しろ」

「うん。……助けてくれてありがとう」

「自分を襲いかけた相手に、簡単に礼とか言ってんじゃねえよ」

きつい口調で言われても、温《ぬく》いものに浸された胸がほかほかして、自然に笑みが浮かんでくる。

志季がいかにも嫌そうに「笑うな」と言ったが、瑛都の口元に浮かんだ笑みが消えることはなかった。


いつもより早い朝食の席で、志季の姿を見つけた。毎朝瑛都より早く部屋を出てしまうルームメイトに追いつくため、今朝は超特急で身支度をして、部屋を出てきたのだ。

志季はいつも通りつまらなそうな顔をして、一人で朝食をとっていた。瑛都はほとんど吟味せずに急いで何品かをトレーに並べ、内心ドキドキしながら、サラダとトーストとコーヒーだけのトレーが置かれたテーブルに自分のトレーを置いた。

「あ?」

前髪の隙間から睨みつけてくる相手に怯みそうになるが、自分を励まして極力明るく言ってみる。

「ここ、いいかな？」

「……お前の思考回路はどうなってんだよ。自分を襲った相手だぞ。危機感が死滅してんのか？　言っておくが、一度や二度関わったぐらいで、馴れ合う気はないからな」

「同じ食べるなら、別に一緒だっていいじゃないか。同じ部屋で生活してるのに、話もしないなんて不自然だ。食堂でも教室でもよく目は合うのに」

「目なんか合ってない」

志季が身じろぎしたように感じたが、気のせいかもしれない。

「合ってるよ」

自分でも、どうしてこの感じの悪い男相手に、こんなに必死になっているのかよくわからない。瑛都が本来友達になりたいと思うタイプは、松本《まつもと》くんのような優しく穏やかな少年だ。でも、昨日志季が助けに来てくれたのだと知った時、確かに胸が震えた。

友達になれる気も今のところしないし、完全に気を許したわけでもない。けれど、この謎めいたルームメイトのことをもっと知りたいと、初めて心からそう思ったのだ。

瑛都が志季とテーブルをはさんで向かい合っているのに気づいた眞秀が「げ」と言った。

「なんでそいつと一緒のテーブルに？」

「たまには志季も、みんなと一緒に食べたらどうかなと思って」

「「はあ？」」

志季と眞秀の声がシンクロする。

「勝手に決めんじゃねえよ」

志季が乱暴に立ち上がった勢いで、瑛都の味噌汁が椀《わん》から零《こぼ》れたのを見て、眞秀が噛みついた。

「一匹狼を気取るのはどうぞご勝手にだけど、瑛都にきつく当たるなよ！　瑛都はユニコーンの皮を着たバンビちゃんなんだから！」

「バ、バンビ？」

表現が独特過ぎて、どういうイメージなのかよくわからない。

「CGみたいに完璧なビジュアルで、黙ってるといかにも深遠なこと考えてそうだけど、中身は綿菓子並みにぽわぽわなピュアっ子なんだからな！」

「ぽわぽわ……？」

眞秀の中で、自分の評価は一体どんなことになっているのか。瑛都が目を白黒させている横で、千景までもが頷いている。

「わかる。瑛都と話すとほっこりするよね」

晴臣もそう相槌《あいづち》を打った。歩くパワースポットが何を言う。

それを聞いた志季が、不敵な笑みを浮かべた。

「知ってる。こいつの脳内じゃお花畑でロッカモンがピクニックしてんだろ」

（酷い）

悔しくなって「おれだっていろいろ考えてる」と言い返すと、すぐに「例えば？」と切り返される。

「……昼ごはんは何食べようかな、とか。今日はいい天気だから、外で写真を撮ったら映えるだろうなとか」

一人遊びの時間が長かった瑛都の趣味の一つに、写真がある。学園島の豊かな自然や校舎の一角を背景にして、ロッカモン達のフィギュアを撮影するのが、目下の楽しみだ。

「ロッカモンの人形とだろ」

「えっ。見てたの？」

志季以外のみんなが笑い出したので、何だかいたたまれなくなる。

「で？　何があったの？　何で瑛都は急に魔王に心を許したわけ？」

瑛都は、視聴覚室横の部屋で起こった出来事を、みんなに話して聞かせた。志季に悪印象を抱いている眞秀のために、志季が助けてくれなかったらどんな目に遭っていたかわからないということを、特に強調する。

「根は悪い奴じゃないと思うんだ。それに、悪巧みの天才なんだよ。顔は怖いし、態度も悪いし、目つきも感じも酷く悪いけど」

「お前。それがフォローのつもりか」

キー三つ低くなった声でそう言って睨まれれば、やっぱり怖い。

眞秀は疑わしそうに志季を眺めながら、「評価は保留ってことで」と言った。

「だって瑛都、意地悪な奴からちょーっと優しくされたら、ギャップでころっと絆《ほだ》されちゃいそうなんだもん」

「おれは眞秀から、どれだけちょろいと思われてるんだよ……」

「この人、エロ系の噂も多いし、そう簡単には信用できない。だから、俺が引き続き監視する」

志季は眉根に皺《しわ》を寄せて腕を組み、カフェテリアの椅子にどかっと背中を預けた。

「俺を監視する暇があるなら、悪どもに目をつけられたこの間抜けの身辺監視でもしろよ、ばーか」

「馬鹿って言った方が馬鹿なんですー。言われなくたって、当然そっちも怠りませんしー」

小学生の口喧嘩みたいな掛け合いを見ながら、晴臣がゆったりと言った。

「案外、相性悪くなさそうだよね。この二人」

そうだといいな、と思う。昨日までは大嫌いだったルームメイトと、少しずつでも距離を縮めていけたら、とても嬉しい。

食堂の窓から見える空が、今日はとびきり青かった。

第三章

水分をたっぷりと含んだ梅雨時の大気が、肌にまとわりつくようだった。

簡単なストレッチをしただけで汗が滲《にじ》んでくる。瑛都《えいと》がタオルで汗を拭《ぬぐ》っていると、大河内《おおこうち》が忙《せわ》しない足取りでレッスンルームに入ってきた。手に冊子の山を抱えている。

「卒業公演の台本ができたぞ。俺が受け持つ一年のトップツーに、火の国の王子マウリシオ役と、水の国の姫ロザリンド役をやってもらう。この二人はロミジュリ的な恋人同士だ。三位だった奴《やつ》に主役のアデルを探す王使を帯びた密偵ジェラルド、四位に狂言回しの役割を担う道化師ピッポを任せる予定だ」

大河内が台本を配りながらそう言うと、レッスン室は騒然となった。

公演の主要な役は三年が務めるが、一、二年生の中でも特に演技の授業で好成績をとった数名が、毎年いくつかの役に抜擢《ばってき》される。当然、演劇科を志望する生徒にとって、演目と配役は最大の関心事だ。

「代役も合わせて、選抜メンバーは一年二クラス八十二名中、計八名。この先は通常の授業に加えて、今渡した台本を使った授業も並行して行う。授業がオーディションも兼ねてるわけだ。役が欲しい奴は、キャストが発表になる九月まで、心して励めよ」

夕食もシャワーも終えて、簡単な予習だけ済ませてから、瑛都は自室のベッドに寝転がり、台本を読んだ。

今回のために書き下ろされたオリジナル作品『アデルとオルフェ』は、水の神を信仰する水の国と、火の神を信仰する火の国との間で続く戦乱を描いた、一大叙事詩だ。

捨て子として森で拾われたアデルは、火の国の民であるオルフェの家に引き取られ、二人は兄弟同然に育つ。実はアデルは水の神の落とし子であり、水の国の王は、最終兵器としての利用を目論《もくろ》んで、血眼になってアデルを探している。

成人に達したオルフェは火の国の兵となり、武勲を立てて軍の中で成り上がっていく。戦争によって敵味方に引き裂かれた二人は、最終決戦の戦場で再会を果たす。

アデルとオルフェが辿《たど》る運命を縦軸に、両国の王の策謀と苦悩、マウリシオとロザリンドの恋を横軸に、物語が進んでいく構成になっていた。

（どの役も面白そうだけど、できるならマウリシオかロザリンドを演じてみたいな）

入学して二か月と少し。瑛都は自分でも意外なほどに、演劇に熱中していた。初対面ではろくでもない印象しかなかった大河内だが、さすがは第一線で活躍しているプロだけあり、課題の内容はよく練られているし、たまにされる無茶ぶりも含め、生徒を飽きさせない。

選択クラスの生徒達は、本気で演劇人を目指している者がほとんどで、子供の頃から劇団に所属し、何らかのレッスンを受けてきた者も少なくない。そんなハイレベルの生徒同士で切磋《せっさ》琢磨《たくま》する感じが、瑛都には刺激的で楽しかった。

大河内は瑛都と志季《しき》を気に入っているらしく、新しい課題が出される際には、志季と二人でデモ代わりに前に出されることがよくある。そのせいか、瑛都が参加しているクラスでは、マウリシオが志季、ロザリンドが瑛都で決まりだろうという前評判が立っていた。

王子か姫の役を獲得できれば、もちろん嬉《うれ》しいし、狙《ねら》いたいとも思っている。でもキャストの発表は九月だと言っていたし、大河内が受け持つ一年生クラスは二クラスあるから、決まりだなんてことがあるはずもない。

志季の方に目をやると、机に向かってノートPCを開き、超絶技巧のピアニストみたいな勢いでキーボードを叩《たた》いている。

(何やってんのかな。何だっけ、アプリ開発？　きっと説明されてもおれにはわかんないような、難しいことをやってるんだろうな)

彼ともっと演劇の話をしてみたいな、と思う。どんな芝居が好きなのか。授業では何を思って演じているのか。どうしたらあんな風に斬新に、あるいは抉《えぐ》るように、台本上の人物の感情を表現できるのか。

志季の演技は、目指す形に向かって練り上げていく瑛都のそれとは真逆のタイプだ。セオリーを無視した間や大胆な動きは全くの我流のようでもあり、次に何をやるか予測がつかない。向かい合って演じていても横で見ていても、どうやって着地する気なんだろうと、毎回はらはらする。

なのに、いや、だからこそ、強く惹《ひ》きつけられて目が離せない。

長く演技指導を受けてきた者達を彼が凌駕《りょうが》している点はただ一つ、役を深掘りする力が尋常ではないことだ。どんな役でも、志季が演じると、それぞれの人生を辿ってどうしようもなくそこに至った、人一人分の奥行きがある人間に見える。余命いくばくもない青年でも、女を泣かせる色悪でも、猟奇殺人を犯すサイコパスでも。

彼だけが持つ、ある種の凄《すご》み。瑛都は演じている時の志季を、世の中の裏の裏まで見てきた酷《ひど》く年上の人のように感じる時がある。同時に、自分の芝居がいかにも上っ面のものに思えて、焦りと羨望《せんぼう》を感じてしまう。

（志季にあっておれに足りないものって何？　感受性？　洞察力？　それとも経験値？）

性的な経験値は明らかに上そうだ。そう思ったら、伊澄《いすみ》とのことを具体的に想像しそうになって、物凄く不快な気分が込み上げてきたので、急いでそのイメージを振り払う。

最近では、食堂で瑛都が同じテーブルについていても、志季は席を立とうとはしなくなった。部屋でも自分から話しかけてくることはないけど、最低限の返事はしてくれる。

相変わらず、教室や廊下で目だけはよく合うのだが、見られていることに瑛都が気づくと、すぐに視線はそらされてしまう。好意的とは言えないけれど、以前のように完全に拒む風でもない、微妙な距離が何だか歯痒《はがゆ》くて、そんな時瑛都は、無理やり相手のパーソナルスペースに踏み込んでしまいたいような気分になる。

（組んで演じてる時だけは、本当に楽しいんだけど）

そう、楽しいのだ。自分でも戸惑いを覚えるほどに。

普段感じている距離が、芝居の間だけはぐっと縮まる。打てば響く以上の思いがけない反応が返ってくると、瑛都の体は何故《なぜ》だか熱くなる。友達未満のこの男との間だけに生じる、不可解な熱。全身全霊での闘いみたいな掛け合いを、震えるほどに気持ちいいと思ってしまう自分が、瑛都は不思議だった。

（それにしてもこいつって、しかめっ面さえしてなければ、腹が立つぐらいかっこいいよな）

若竹の涼やかさと獣の獰猛《どうもう》さが共存する無駄のないシルエットを見つめる。演技の授業のたびに、彼がいかに優れた容姿の持ち主であるかを再認識させられている。口に出そうものなら、嫌がられるだけだと思うから、本人に告げるつもりはないけれど。

そんなことばかり考えていたせいで、凝視し過ぎたのかもしれない。志季がくるりと椅子を回して振り向いた。

「何？　用があるなら言えよ」

（見てたのばれてた）

君のことを考えていたと口にするのは恥ずかしいから、急いで会話の糸口を探す。

「えっと……そう、台本。卒業公演の台本はもう読んだ？」

「ああ」

「志季はどの役をやってみたい？」

「別に。どの役でも、来たらやるだけだ」

やけに他人事《ひとごと》みたいな、冷めた態度だ。

「芸術芸能コースを目指してるんじゃないのか？」

「正直、どうでもいい。何か知りたきゃ本を読めば済むのに、わざわざ教わる必要性を感じない。座学よりは、実技の方がまだだるくないって程度だ」

志季の本棚に視線をやると、経営や経済学の本、プログラミング言語の分厚い教本、情報処理関係の学会誌がぎっしりと並んでいる。知りたいことは自学自習で事足りるというわけか。

志季にとっては演劇もただの暇つぶしに過ぎないのかと思ったら、気持ちが少し萎《しぼ》んだ。

「じゃあ、マウリシオとロザリンドの役は、誰がとると思う？」

「飲んだくれのおっさんの脳内なんてわかるはずないだろ」

「そうだけど……」

瑛都が少しだけしょんぼりしていると、志季が言った。

「俺があのクラスから選ぶとしたら、現状では俺とお前」

「そ、っか」

顔が火照《ほて》るのがわかった。少なくとも、瑛都の芝居をそれなりに認めてくれているのだと知って、嬉しかったのだ。萎んだばかりの気分が再び膨《ふく》らむのを感じて、おれって単純なのかな、と思う。

「他は？　志季なら誰を選ぶ？」

そう訊《き》いたのは、会話をまだ終わりにしたくなかったからだ。質問ばかりして鬱陶《うっとう》しがられるだろうと思ったのに、志季は答えてくれた。

「桃枝《ももえだ》眞秀《まほろ》と音無《おとなし》伊澄。あとは露木《つゆき》千景《ちかげ》」

納得できる選出だ、と瑛都は思った。

眞秀は何を演じていても眞秀で、役に寄るのではなく、役を自分に引き寄せてしまう。魅力と華がずば抜けていて、くるくる変わる表情や動作に魅せられているうちに、うっかり心を摑《つか》まれている。良くも悪くも主役タイプだ。

伊澄は意地悪な奴で人としては嫌いだが、彼の演技力の高さは認めている。できにはむらがあるものの、はっとするような情感溢《あふ》れる芝居を見せることがあり、身体能力も高い。役がはまれば大きく跳ねる予感がする。

そして一番のダークホースであり、瑛都が内心舌を巻いているのが千景だった。

学園に来るまで一度も演技の指導を受けたことはなかったはずなのに、最初から彼の芝居には素人臭さがなかった。演技のタイプは瑛都に近く、緻密《ちみつ》で正確。その上、授業の回を重ねる毎《ごと》に精度が上がる。この先どこまで伸びるのか見当がつかない。

——人付き合いが苦手で、お友達がいなかったから、録画したお芝居やドラマを真似《まね》する一人遊びばかりしてた。……暗いよね。瑛都くんのヴァイオラも、思い出しては真似させてもらってたんだ。

千景は恥ずかしそうにそう打ち明けてくれたが、それで初手からこんな演技ができるのなら、天才と言う他はない。

もし、前評判通りに自分が役を誰かと争うことになるのなら、最大のライバルになるのは千景ではないかと、瑛都は密《ひそ》かに思っていた。

瑛都が考え込んでいると、珍しく志季の方から「お前は？」と訊《たず》ねてきた。

「何の役をやってみてえの」

「やっぱり、マウリシオかロザリンドかな。大役だし、出番も多いから」

「卒業公演のキャストでの賭けが盛況らしいぜ。一番人気は、俺のマウリシオとお前のロザリンドだってよ」

「なんでおれの方が姫役なんだよ……」

志季と比べれば、背は少しだけ低いし、若干線も細いかもしれない。けれど、それでも百七十五センチあるし、特に女性的な容姿というわけでもないはずだ。瑛都の方が女役で当然みたいになっている風潮には、釈然としない。

知らず知らず口を尖《とが》らせている瑛都を見て、志季がふっと笑った。

嘲《あざけ》るようではない、思わず零《こぼ》れたといった温かな笑みに驚いて、瑛都が目を瞠《みは》った時にはもう、志季は椅子を回して机に向かってしまっていた。話は終わりだとばかりに、キーボードを叩く音が再び部屋に響き始めると、一瞬の笑みは見間違いだったような気がしてくる。

(もう少しだけ、話をしていたかったのにな)

多忙な両親や、入れ替わりの多い大人に囲まれて育ったから、しつこく求めたら相手を困らせるだけなのはよく知っている。基本、去る者は追わないようにしてきたし、引き際だけは心得ているつもりだ。

なのに、志季に関してだけは、いつまでも構って欲しがる子供のようになってしまう自分の心が、瑛都にはよくわからなかった。

七月も半ばになり、季節は本格的な夏を迎えようとしていた。

渡り廊下はうだるような暑さで、冷房がきいた寮に戻ると生き返った心地になる。

「あれ？　眞秀は？」

寮の階段を一人で下りてきた晴臣《はるおみ》に向かって、瑛都がそう訊ねると、晴臣は頭を振った。

「夜は食べないって」

「昼も半分以上残してただろ。今日はダンスレッスンもあったのに、あれじゃ体がもたないんじゃないか？」

「そう思って、さっぱりした口当たりのいいものを差し入れたりしてるんだけど、どうしても食べてくれないんだ。今も、しつこいって追い出されて来たんだよ」

「眞秀くん、体調が悪いのかな」

千景も心配そうに顔を曇らせる。

「体より心の問題じゃないかな。何がきっかけなのかはわからないけど、拒食気味になってるんだと思う。これが続くようなら、医務の先生か担任に相談してみるよ。勝手なことするなって、モモをもっと怒らせるかもしれないけどね」

よほどルームメイトのことが心配なのだろう、じっと考え込んでいる晴臣からは、いつもの癒《いや》しオーラが消えている。明るく賑《にぎ》やかな友人一人の姿が見えないだけで、夕食の席は火が消えたようだ。

元々食が細かったのに、眞秀は最近ますます食べなくなった。暑さが厳しくなってきたし、放課後の稽古で体も酷使しているのに、このままでは早晩倒れてしまう気がする。

夕食を終えてから、眞秀の部屋を訪ねてみた。眞秀と話してみると言った瑛都の言葉を受けて、晴臣は戻る時間をずらしてラウンジで時間をつぶしてくれている。

「眞秀、入るよ」

「あれー？　瑛都、遊びに来てくれたの？　ちょうどよかった、さっき実家からクール便が届いたんだ。見て見て！」

弾《はじ》けるように元気な身振りは、何も変わりがないように見える。だが、顎が以前より尖って、華奢《きゃしゃ》な体は目に見えて薄くなっている。

眞秀が見せてくれたスチロール箱には、つやつやしたさくらんぼがぎっしり並んでいる。

「美味《おい》しそうだね」

「でっしょー。もう時期的におしまいだからって山ほど送られてきたんだ。さくらんぼって可食部少ないくせに、見た目の可愛《かわい》さで得してると思わない？　瑛都、半分持ってって。残りは千景にあげよっと」

「それじゃ眞秀と晴臣の分が残らないだろ」

「全部で二箱届いたんだ。晴には一箱まるっと食べさせたから大丈夫」

自分も食べたとは言わなかったことに気づき、やはりこのままにはしておけない、と瑛都は思った。

「晴臣が、最近眞秀が食べないことを心配してた」

「あいつ、ほんと口うるさくて。誰だって食欲のムラぐらいあるのにさー。自分が馬並みに食べるからって、ほっといてほしいよね」

「眞秀。おれと医務室に行ってくれないか。何でもないなら安心だから」

「もう、瑛都まで！　お前らは俺のママですか？」

眞秀は冗談で流そうとしたけれど、瑛都が真顔で黙っていると、眞秀の表情がすっと消え、作り笑いに変わる。

「大丈夫だから、ほんとに。ちょっと夏バテ気味なだけ」

目の前でシャッターが下りるように、眞秀の心が閉じるのがわかった。それなりに関係を築けているつもりでいたけれど、こんな時頼ってもらえず、無力な自分が情けない。

結局その日、瑛都はさくらんぼ二パックを手に、部屋に戻ることしかできなかった。


それから二日後の夜、晴臣が瑛都達の部屋を訪ねてきた。

「モモ、来てない？」

「来てないよ。眞秀、どうかしたの？」

「食堂から戻ったら部屋にいなくて、そのまま帰って来ないんだ」

「千景くんのところに行ってるのかな」

今日も眞秀は、夕食の食堂に下りてこなかった。こんな張り詰めた顔をした晴臣を見るのは初めてだし、何だか胸騒ぎがしてならない。

部屋にいた志季が一言、「探すぞ」と言った。

千景の部屋にも行っていないのを確かめ、志季と瑛都、晴臣と千景という二手に分かれて探すことにした。

眞秀とは、学科の授業以外はほぼ行動を共にしていると言っても過言ではないのに、こんな時彼が行きそうな場所を一つも思いつけないのが、友達として不甲斐《ふがい》ない。

校舎の北西に位置する庭園の傍《そば》を通りかかった時、志季が「しっ」と人差し指を立てて合図を送ってきた。

誰かがハミングする声が聞こえてくる。少しだけ調子外れな、子供の声のようにも女の声のようにも聞こえる細い声だ。庭の木々の間に見え隠れする、長い裾を引いた白い影を目の当たりにして、ぞっと総毛立った。この学園には、教師、職員、生徒を含め、女は一人もいない。

だが目を凝らすうちに、幽霊じみた人影の正体がわかってきた。

(眞秀？)

シーツを頭から被《かぶ》った姿が、ピエタのマリアのようだ。表情のない仮面じみた顔をして、細い声で歌いながら、庭園を滑るように歩いて行く。

眞秀がハミングしているのは、『禁じられた遊び』の主題曲だ。子役・桃枝《ももえだ》まほろの名前を世間に知らしめたサスペンスドラマ『子供たちは真夜中に踊る』で、この曲が効果的に使われていたことを覚えている。

ドラマの最大の見せ場で、桃枝まほろはシーツを被って、自分以外には誰もいないはずの屋敷に響くハミングに、怯《おび》えていたのではなかったか。

これは、あの場面の再現なのか？　何故、誰も見ていないこんな場所で？

別ルートで探索を続けている晴臣と千景にＬＩＮＥを入れ、シーツをまとった姿にゆっくりと近づいていく。

「眞秀。こんなところで何してるの？」

「……あれ？　俺、何でこんなとこにいるんだろ。何これ、シーツ？」

不思議そうな顔で辺りを見回している顔は、いつも通りの眞秀だ。晴臣達が追いついてきたのを目の端で確認しながら、瑛都はさらに近づいた。

「どしたの、瑛都？　変な顔してる」

「姿が見えないから心配したんだよ」

そう言いながら、まるで臆病な小鳥でも捕まえようとするようにゆっくりと、触れられる距離まで歩を詰める。

「眞秀、寮に戻ろう。食事、してないんだろ？　何か軽く食べ――」

「俺に食べさせようったって、そうはいかないよ！」

急に声が高く幼くなる。ボイスチェンジャーでも使ったような、その急激な変化が恐ろしかった。

「眞秀」

「だって食べたら背が伸びちゃうだろ。どんなに食べないでいても、どんどん大きく可愛くなくなっていくんだ。見てよ、この腕。醜い。醜いよ」

あどけない声で、歌うように言う。シーツの隙間から覗《のぞ》く、はっとするほど細くなってしまった腕が痛々しい。

(成長して子供の容姿が失われていくことを恐れているのか？　そのせいで、食事を摂《と》れなくなった……？)

育ち過ぎた子役、と伊澄が眞秀を嘲った時、その場は鮮やかにいなして見せながらも、瑛都の前で複雑な表情を浮かべていた眞秀を思い出す。

それほどまでに、子役としての自分が目減りしていくことを恐れていたのか。そんなことで、あの明るく闊達《かったつ》だった眞秀がここまで追いつめられてしまったのかと思うと、誰に向けてなのかわからない怒りで体が震えた。

「醜いはずないじゃないか。眞秀はそんなに可愛いのに」

そう言った瑛都に向かって、眞秀が叩きつけるように言い返した。

「瑛都にはわかんないよ！　そこまで完璧な容姿なら、十年後も二十年後も人は振り返るだろ。

でも、子役のピークは七歳で、後はその残り滓《かす》を使い果たしていくだけだ。十二でもう劣化って書かれた俺の気持ちが、瑛都にわかる？」

声が甲高くなったり、普段の声のように低くなったりする。声の揺らぎがそのまま、眞秀の心の揺らぎを表しているように思えた。

「おれは……、おれだって」

完璧なんかじゃない。色素の薄い、一目でミックスだとわかる容姿は、黒髪とオークルの肌が大勢を占めるこの国では、一種の「異形」なのだ。

幼い頃には外人だと仲間外れにされて、周りに溶け込めなかった。松本《まつもと》くんとの友情があんな形で引き裂かれてしまったのも、瑛都が目立つ容姿をしていたからだ。四六時中じろじろ見られ、この学園に入学してからも、榊沢帝《くるみざわみかど》の兄達のような悪い連中に目をつけられた。

皆が漠然と想像しているように見た目で得をするなんてことはほとんどなくて、嫌な目に遭ったり損をしたりすることの方がよほど多い。

「おれにだって、容姿へのコンプレックスはある。悩んでもどうしようもないから考えないようにしてるだけで、この見た目を重荷に感じることがよくあるよ」

「何贅沢《ぜいたく》なこと言ってるんだよ！　美し過ぎて辛《つら》いって？　俺だって瑛都みたいなルックスに生まれたかった！」

これ以上言っても、たぶん眞秀をもっと怒らせてしまうだけだから、瑛都は心の中で続きを呟《つぶや》いた。

(本当だよ。みんなみたいな髪と顔をくださいってお願いしながら眠ったことが何回もあるんだ)

瑛都の母は、こういう容姿で生まれた人間の生き辛さは当人にしか理解できないのだと言う。

——いいこと、瑛都。美貌なんて、魅了の魔法を使えない者には呪《のろ》いにしかならないものよ。人々を虜《とりこ》にして勝ち上がるか、ただ搾取《さくしゅ》されるままになるか。奪われる前に骨抜きにして、相手の望むものは簡単に与えないようになさい。それが私達のような人間にとれる唯一の生存戦略なのよ。

(世界はそんなに恐ろしい場所なのかな。おれには魅了の魔法なんか使えそうもないし、そんなの使いたくないいんだ)

操作して得た心で繋《つな》がっても、本物の絆《きずな》にはなりようがない気がする。いつか瑛都の見た目じゃなく中身を愛してくれる運命の相手と巡り合い、作為のない心と心を重ねて繋がることを夢見ているが、そういうのは子供じみた幻想なんだろうか。

一方、瑛都の父は、母が不安定な人気稼業の苦労を知っていながら、息子に同じ道を行かせようとしていることが信じられないと言う。

——瑛都、よく聞け。成功するのは、可能な限り無駄を省ける人間だ。自分じゃなくてもいいことは迷わずアウトソーシングして、人も物も使えるかどうかを見極めろ。不要なものは、足を取られる前にさっさと切り捨てるんだ。

母との諍《いさか》いの合間に、父が繰り返し言って聞かせた言葉だ。

（人との関係ってそんなに殺伐としたものなのかな。父さんは母さんを、利用価値で選んだの？　おれはそんなものありなしで人を見たくはないよ）

両親が瑛都の進路のことで互いに一歩も譲らず争い続けているのは、瑛都の将来を心から案じてくれているからだということは、よくわかっている。でもその過程で、瑛都はダブルバインドに苦しみ、選択することへの恐れを植え付けられてしまっている。

「モモ。瑛都に八つ当たりしちゃ駄目だよ」

晴臣にそう言われて、眞秀はちょっと泣きそうな顔になる。

「口に出さないだけで、瑛都にだって悩みや苦しみはあるはずだ。なのに、自分だけが得をしているみたいに一方的に決めつけられたら、どんな気持ちがすると思う？」

幼い子供に話しかけるような口調で晴臣がなおも諭すと、しばらく黙った後で、眞秀は瑛都に向かって頭を下げた。

「瑛都。当たってごめん」

普段の高さの、いつもの声だ。眞秀がどうやら正気を取り戻してくれたらしいことに、ほっとした。

「大丈夫だよ。謝らなくていい」

「俺、毎朝鏡を見るのが怖いんだ。一日一日劣化していく自分を見るのが怖い」

眞秀の本音が、自分の内側のどこか柔らかい部分に突き刺さるのを感じた。瑛都自身も、心の底では日が経《た》つのを酷く恐れているからだ。

高校に入って友達もでき、充実した毎日が楽しくて、ずっとこのままでいられたらと心から願っている。けれど、「ずっとこのまま」が許されないことも知っている。

何も選ばなければ何一つ捨てずにいられるのに、何が最適解かもわからないまま、子供の時間が終わろうとしている。そのことに激しい焦燥と圧迫感を感じている。

階段を上る過程で、今は過去になり、選ばなかった扉は永遠に閉じられる。そのことで誰かを失望させ、もしかしたら大事な何かが失われる。自分が選び損なったことで、何かを壊すのが怖い。

少年が皆早く大人になりたいと望んでいるなんて大嘘《おおうそ》だ。多くは、子供時代の終焉《しゅうえん》を酷く恐れている。

(気持ちがわかるなんて言ったら、またわかるはずないって言われるかもしれないけど)

「おれが友達になったのは、天才子役の桃枝まほろじゃなくて、高校一年生の百枝眞秀だよ。友達になろうって言ってもらえて、びっくりしたけど嬉しかった。友達思いで生き生きした今の眞秀が大好きだし、魅力的だと思ってるよ」

「瑛都……」

晴臣も優しく言った。

「瑛都の言った通りだ。モモは綺麗《きれい》だし、朝起きて顔を見るたびにますます綺麗になる」

「気休めはやめてよ」

「モモは、モモのことを世界一美人だと思ってる俺の言葉より、人の容姿を無責任にディスる、顔も知らない奴らの言葉を信じるの？」

眞秀が、目に見えて動揺した。

「……っ、思ってもないこと言うなよな！　何が世界一だよ。瑛都が傍にいるのに、学年一ですらないってことは、誰にだって一目瞭然じゃん！」

「瑛都はもちろん綺麗だよ。ミス叡嶺《えいれい》を決めるコンテストをしたら、きっと一番になるのは瑛都だろうね」

「ほら、やっぱり晴《はる》だってそう思ってる……」

眞秀はいじけた顔になったが、瑛都は大筋とは関係のないところで引っ掛かりを覚えた。

（ミス？　ミスターの間違いだよな？）

「人と人とが一対一で繋がる時、得票率に何の意味があるの？　俺はモモが世界で一番綺麗で可愛いと思ってるし、この先、今よりもっと綺麗になると思ってる」

「……ならないかもしれないじゃん」

「なるよ。だってモモは、これから俺に嫌って言うほど可愛がられるからね」

晴臣が晴れやかに宣言するのを聞いて、志季がぼそっと呟いた。

「あいつ、どさくさ紛れに口説きに入ったな」

「えっ？　晴臣って、そう、なの？」

「見てりゃわかるだろうが」

全然わからなかった。眞秀と仲がいいなとは思っていたけれど。

自分が今まさに友達同士の告白シーンに立ち会っているのだと思うと、自分のことでもないのに心臓がばくばくしてきた。

「そもそも、劣化だなんて書き込んだのはどういう人だと思う？　ショタコン気味の人か、あるいはモモが傷つくと喜ぶ人なんじゃない？　そんな特殊性癖寄りの性格の悪い人の書き込みを真に受けて、自分の価値を見誤るなんて、案外お馬鹿さんだね」

晴臣は、少しも急《せ》くことなく柔らかな声で畳みかけていく。普段はぽんぽん淀《よど》みなく言葉を発する眞秀が、今は「う……」と言ったきりたじろいでいる。どちらが優勢かは一目瞭然だ。

「俺はこの先も、大人になっていくモモを一番傍で見ていたいな。凄く楽しみだよ。だってね」

晴臣が少し屈《かが》んで何かを耳打ちすると、眞秀が弾かれたように後ずさった。

「こ、このむっつりスケベ！」

（何て言ったんだろう）

「晴臣くんって、爽《さわ》やかそうな顔をして、恋愛戦闘力高いよね……」

千景も顔を赤らめて口元を押さえている。

「そういうわけだからモモ、これからはご飯をしっかり食べて、俺好みに成長してね」

「もうやだこいつ……」

きっと眞秀はもう大丈夫だ、そんな気がする。泣き笑いの表情を浮かべている眞秀の顔を、本当に美しいと瑛都は思っていた。


寮の部屋に戻ってから、瑛都は志季に礼を言った。

「志季。眞秀のこと一緒に探してくれて、ありがとうな」

学園の敷地に詳しい志季が先導してくれなかったら、あんなに早く眞秀を発見することはできなかったはずだ。志季は表情を変えず、ふいとそっぽを向いた。

「別に。またどっかの間抜けが変な場所に潜り込みでもしたら、面倒だと思っただけだ」

(どっかの間抜けって、おれのことだよな?)

屈折した表現ではあるが、瑛都の身を案じての言葉には違いない。

島から出て行けと言ったり、それでいて助けに来てくれたり、志季の言動には一貫性がない。

でも、どんな言葉を言われたかより、何をしてくれたかの方が、真実を語っているような気がする。危なっかしい奴を放っておけない辺り、根は優しい人間なんじゃないだろうか。

志季が自分のベッドに座ったので、遠慮がちに志季の傍の一人掛けソファに座ってみる。

「ねえ。どうしておれのこと気にかけてくれるの?」

問い返すと、いきなり鼻をぎゅっとつままれた。

「ふがっ?」

「危機感なく目の前をうろちょろされると目障りなんだよ」

鼻を押さえて上目遣いで志季を見る。澄ました顔でいるのが憎らしいが、今なら話しかけても返事をしてくれそうだ。

「えっと、……さっきは、びっくりしたね? まさか告白タイムになるなんて……」

思い出しただけで頬が燃えるように熱くなる。それを見て、珍しく志季が笑い出した。

「変な奴。お前が真っ赤になってどうする」

「だって、生告白だよ?」

「告白ぐらい、お前だって散々されてきただろ」

「晴臣のみたいなのはなかったよ」

頑《かたく》なだった眞秀の心を解いたのは、紛れもなくあの告白だ。晴臣は、この学園で眞秀のことを誰よりも一番よく知っている。その上で、他の誰とも違う特別なものを眞秀の中に見出《みいだ》したから、好きになったのだろう。

いいなあ眞秀は、と考えていると、志季が「ほんと、お前ってちょろそうだよな」と言った。

「顔じゃなくて中身に惚《ほ》れたって口説かれれば、秒で落ちそう」

心を読まれでもしたようで、ぎくっとしてしまう。

「えっ。なんでそう思うの？」

「褒《ほ》められ慣れてる女ほど、その手の口説きに弱いもんなんだよ」

「失礼だな。おれは女じゃないし、ちょろくもない。おれにもいつか本気で好きになってくれる人が現れるといいなって思ってるだけだ」

「顔で惚れられるのは不満か？」

「不満って言うか、不安になるんだ。この人は本当におれ自身を見てくれてるのかなって」

「そんなのどうやって確かめるんだよ。お前こそ、相手の気持ちを矮小化《わいしょうか》してるだけなんじゃねえの？」

そうなんだろうか。これまで瑛都を好きだと言ってくれた少女達の中にも、晴臣みたいな本気を胸に秘めてくれていた子がいたんだろうか？

（だとしたら、申し訳なかったな）

中身を見て、それでも好きでいてほしいと思ってしまうのは、自信のなさの裏返しだ。生半可で受け身な自分を、ちょっと見栄えのいい包装紙でくるまれた空箱みたいだと感じてしまう。怖くてずっと見るのを避けてきた空き箱の中を覗き込んでみれば、寂しくて人恋しくて、それでいていろんなことに怯《おび》えている心があった。

「お前からは、いっぱい愛されてきた匂いがする。なのに、なにがそんなに不安なんだよ」

（どうして志季には、おれが不安でいることがわかるのかな）

瑛都を知る者はみんな、恵まれていて何でも持っている瑛都に不満なんてあるはずがないと決めつけるのに。

「リボンが解かれて空っぽだってことがばれた時、相手に去られるのが怖い、のかな？　顔だけにしか興味を持たれていないと思ってる方が、楽だった……？」

「疑問形で言われても、俺が知るかよ」

「情けないけど、進路もまだ決めてないいんだ。両親の希望が分かれてて、どちらかを選んだら確実にもう片方を失望させるから」

「お前の進路だろ。親の思い通りにする必要なんかないだろうが」

「それだけじゃないよ。両親の仲が、おれの選択のせいで修復不能になって、二人が離婚、……あ」

口に出してみて初めて、自分の最奥にあった恐れの形を知る。

ある日、家に帰った時、片方の親の気配が完全に消えている。同じ家、同じ家具でも、もう元通りの家庭ではない。そうなることを、物心ついた頃から、ずっと恐れていた気がする。幼い瑛都にとって、それは世界が終わること、震えが来るほど怖いことだったのだ。

「親の選択は親のものだし、親が離婚したからって、お前は駄目になったりしないだろ」

素っ気ない志季の声が、いつもより少し優しいように聞こえるのは、そうあってほしいという願望があるからだろうか。

（志季の言う通りだ。もう小さな子供じゃないんだから、そうなったって、おれは駄目になったりしない。同じ場所で立ち尽くしているのは、いい加減やめにしないと）

「……うん。ありがと」

「顔だってお前の一部だ。きっかけがなんでも、本物に育つ可能性はゼロじゃないだろ。それに、他人の腹の中なんて、わからない方がいいことの方が多い」

視線を上げると、まるで焦がれてでもいるような深い眼差《まなざ》しに出会って、とくんと胸が高鳴った。

（どうしてそんな目でおれを見るの？）

ちょっと見つめ合ったぐらいで、どぎまぎしている自分も変だ。

志季は瑛都と話す気を急に失ったのか、立ち上がって扉に向かおうとしている。

「どこ行くの？」

「別にどこだっていいだろ。お前はもうこの後部屋を出るなよ」

「何だよ。自分は出歩くくせに。点呼の時間に間に合わなくても、代返なんかしてやらないからな」

大型のネコ科の獣のようなしなやかな動作で部屋を抜け出していく背中に言葉を投げかけてみたが、返事がないまま扉が閉まる。

相変わらず摑《つか》みどころがない奴だ。謎めいたルームメイトのことをもっと知りたいけれど、少し距離が縮まった気がするたびにするりと身をかわされて、踏み込んでいけない。

心底疎まれているわけではないと思うけれど、嫌いじゃないイコール好きというわけでもないだろう。

「ほんとはもっと仲良くなりたいんだけど。志季はどうしておれと馴れ合いたくないんだと思う？　おれに友達になりたいと思えるだけの魅力がないからかな？」

言っていて、自分の言葉に少し凹《へこ》んだ。ヘッドボードの上のロッカモン達は、つぶらな瞳で見返してくるばかりで、何も答えてはくれなかった。


眞秀の食欲は、緩やかに回復していった。

あれ以来、眞秀自身はまるで何事もなかったかのようにけろっとしていたが、念のために医務室に行き、メンタルヘルスのチェックも受けた。だが特に異常は見られず、疲労と栄養失調による一時的な心神耗弱《しんしんこうじゃく》ではないかというのが、校医の所見だった。

あの夜眞秀を探したメンバーに「話したいことがある」と眞秀が言うので、夜に眞秀と晴臣の部屋に集まることになった。皆が揃《そろ》うと、眞秀が改まった様子になって、おもむろに頭を下げる。

「その節は、ご迷惑をおかけしました！」

「迷惑なんかかけられてないけど、体調が戻ってよかったよ」

瑛都が心からそう言うと、眞秀が茶目っ気たっぷりに返した。

「おかげさまで飯が美味《うま》いのなんのって。俺が必要以上にまるまるしてきたら、早めに教えてよ。ところでさ。みんなは、天使の仮面って信じる？」

「あれは学校の怪談みたいなものでしょ？」

千景が怖々問い返す。

「……俺さ、しんどくてたまらなかった時に、短冊に子供のままでいたいって願い事を書いて、天使の木に結びつけに行ったことがあるんだよ。本気で信じてたわけじゃなかったけど、どんなきっかけでもいいから気分を変えたくて」

眞秀がそこまで追いつめられていたなんて衝撃だった。言葉を切った眞秀の顔を皆が見つめる中で、眞秀が言葉を続ける。

「短冊を結んだ次の日の朝、教室の机に仮面が入ってたんだ」

静まり返った部屋の中で、時計の針が刻む音だけが、やけに大きく響いていた。

まるで本物の顔みたいにリアルな白い仮面だった、と眞秀は言った。

「試しに仮面をつけてみたら、何だか凄く気分が良くなったんだ。正直その頃は、みんなの前で平気な顔してるのも辛いぐらいだったのに、仮面をつけた後は普通に笑えた。一度それを体験したら、仮面をつけるのをやめられなくなって、つける頻度《ひんど》も上がっていった」

「それで、その仮面はどうしたの？」

瑛都が訊ねると、「消えたんだ」と眞秀は答えた。

「消えた？」

「みんなが探しに来てくれたあの夜も、部屋で仮面をつけてて、気がついた時にはあの場所にいた。たぶん仮面のまま部屋を出たんじゃないかと思うけど、どこかで落としたのかな。後で探してみたけど見つからなくて、それっきり」

瑛都が庭を徘徊《はいかい》する眞秀を発見した時、その顔に仮面はなかった。

そこで晴臣が話を引き継いだ。

「仮面保持者はそのことを人に話すと死ぬとか呪われるとかいう噂《うわさ》もあるから、怖くて今まで黙ってたらしいんだ。でも、モモの机に仮面を入れた人間がこの学園島《がくえんとう》にいるわけだし、念のためにみんなとは情報を共有化しておいた方がいいと思ってね」

「その状況なら、誰にでも仮面を入れることは可能だな。あの木は薫風《くんぷう》寮や教師向けの宿舎を含む様々な角度から見える位置にあるし、たとえば短冊を結んだところを見ていた奴がいて、百枝が何組だか突き止めさえすれば」

志季がそう言うのを聞いて、部屋の温度が下がったかのように肌が冷えていく。のっぺらぼうの誰かの悪意に触れてしまったようで、気味が悪い。

「悪戯《いたずら》した奴は陰で笑ってたかもね。気分が良くなった気がしたのも、雰囲気に吞《の》まれて暗示にかかっただけだったのかも。あー、恥ずかしい。馬鹿なことしちゃったな。でも、話せてすっきりした」

眞秀は笑っているけれど、瑛都はとても笑う気分にはならなかった。

誰が何のためにそんなことをしたのか。仮面はただの悪戯だったのか。それとも、本当に天使の仮面は存在するのだろうか？

「他の奴も気をつけろよ。特に襲われ癖がある、そこのボケナス」

志季にボケナス呼ばわりされて、かちんときた。

「そんな癖ないよ。第一、最初の一回は志季じゃないか」

「ちょっと！　俺のバンビちゃんに何してくれてんの？　このエロ魔王！」

眞秀が小振りな口を最大に開けて威嚇《いかく》すると、

「誰がお前の、だ。お前のはこいつだろうが」

志季が晴臣を指さした。

「べ、別に俺のじゃないし！」

「つきあってんだろ」

「つきあってませんー」

傍で晴臣が鷹揚《おうよう》に笑っている。眞秀は認めようとしないけれど、最近では眞秀と晴臣の間に醸し出される雰囲気を、甘いと感じることも増えた。

微笑《ほほえ》ましくも羨《うらや》ましい気分で二人を見守っていると、視線を感じた。志季の底知れない瞳で、じっと見つめられていたのに気づく。

いつものように視線はすぐにそらされてしまったけれど、もの問いたげな瞳の残像は、しばらくの間、瑛都の心に焼き付いていた。

第四章

一年で一番長い休暇である夏期休暇が終わり、二学期が始まろうとしていた。

学期開始の初日である九月一日。うだるような残暑の中で、高等部の生徒達は、卒業公演のキャストを発表する掲示に群がっていた。まるで入試の合格発表のような熱気と混雑具合だ。

主役のアデルに、寮の先輩である三年の水川爽《みながわそう》、もう一人の主役のオルフェには、同じく三年の榊凛太朗《さかきりんたろう》。それぞれの隣に、かっこ書きで代役の名前もある。

しばらく三年と二年のキャストが並び、一年の欄の最初には、マウリシオ役として志季《しき》、ロザリンド役には瑛都《えいと》の名前があった。志季の代役としては、もう一つの演劇クラスの成田朔《なりたさく》、瑛都の代役には千景《ちかげ》の名前がある。

密使ジェラルド役には、本命も代役も別クラスの生徒の名前が、道化のピッポ役には音無伊澄《おとなしいすみ》、その代役として眞秀《まほろ》の名前が記されていた。

掲示板の周囲では、たくさんの生徒が失望混じりの声を上げている。

「あー、駄目だったか」

「八鬼沼《やぎぬま》と天国《あまくに》だってさ。まあ順当だよな」

「俺が道化？　道化って！　しかも音無の代役って！　俺の可愛さの無駄遣いじゃない？」

眞秀がのけぞって髪をかき乱し、全身で不本意を表明している。少し離れた場所で下唇を噛《か》み締めていた伊澄が、一言も発さずその場を離れて行った。

（そうだよな。ロザリンド役が欲しい人は大勢いたんだ。その人達を押しのける形で選んでもらったことを忘れずに、これまで以上に頑張ろう）

役がもらえた喜びと同時に、責任と重圧を感じ、身が引き締まる思いがした。

一番喜んでいたのは千景で、代役だったことに失望するどころか、やたらと張り切っている。

「瑛都くんを観察していることにかけては自信があるんだ。きっとそこを評価してもらえたんだね。嬉しい！　瑛都くん、練習台にでも何でも使って」

「これからはきっと、一緒に練習することが増えるね。おれも千景くんと同じ役で嬉しいよ」

志季は気のなさそうな顔をして掲示を見ていたが、瑛都の視線に気づくと、ちらりといたずらっぽい笑みを浮かべる。

「お手柔らかにお願いしますよ。お姫様」

これから公演のある三月まで、志季とは相手役として共に演技の練習ができるはずだ。大河《おお》内《こう》の授業で志季と当たるのを心待ちにしてきた瑛都にとっては、それが何よりも楽しみなことだった。

キャスト発表を経て、大河内の指導は一段と熱と厳しさを増していた。

「叡嶺《えいれい》の卒業公演では、チケットを一般売りする。どういうことかわかるか？　客は、わざわざ金を払ってお前らの芝居を観に来るんだ。高校生だろうがアマチュアだろうが関係ない。お前らには、代金分のパフォーマンスを観せる責任がある」

役を与えられた選抜メンバーは、演技の授業時間以外に、放課後も残って稽古をつけてもらい、その後もレッスン室が開いている時間いっぱい自主練をする。

学科の勉強や定期試験も並行してこなしているから、寮に戻った頃にはいい加減くたくたに疲れている。それでも、滅多にできない体験をしている充足感は、他には替え難いものだった。

今夜の稽古は、「夏の宮」からだった。

ロザリンドと恋に落ちたマウリシオは、彼女が敵国の王女だと知って苦悩するが、高まる想いを抑えられない。夏の宮に籠《こも》ってしまったロザリンドの姿を一目見ようと、危険を冒して敵地に単身で乗り込み、宮の庭園で跪《ひざまず》いて愛を乞う。姫が己の想《おも》いに抗《あらが》いながら、何とか王子を無事に祖国へ帰そうとする、見せ場の一つだ。

ロザリンドを演じるにあたって、瑛都が研究を重ねてきたのは、舞台『ロミオとジュリエット』で、名雪《なゆき》さちほが演じたジュリエットだ。彼女のジュリエットは、その清楚さと高貴さにおいて完璧であり、ロザリンドの参考にするにはこれ以上に適した手本はないと、瑛都は思っている。だからこそ、家から送ってもらったＤＶＤを繰り返し見ては、彼女の動きの一つ一つをトレースし、完璧に自分のものにしてから、稽古に臨んだ。

『どうしてここにいらしたの。兵に見つかりでもしたら、どうなさるおつもりなの？』

女ではない瑛都では、彼女の立ち姿を単純に模倣しても同じ形は出せないから、わずかに腰を捻《ひね》って片膝を曲げることで、なよやかな曲線を表現する。胸を手で押さえるしぐさは、迸《ほとばし》りそうになる想いを必死で抑え込んでいることを、俯《うつむ》いた首の角度は、姫の迷いと苦しみを表している。

『貴方《あなた》にこの手を委ねることは、我が国の民を裏切ること』

そこで顔を上げて、マウリシオと視線を合わせる。途端に、全身がビリビリと痺《しび》れるような感覚が起こる。

『私はただ貴女《あなた》の顔《かんばせ》を一目見ようと、幾つもの夜を越えてここまで来た。私達の愛が誤りで、刃を交える王達の方が正しいと？』

張りのある深い声が、霧雨のように瑛都の全身を濡《ぬ》らす。夜の闇を思わせる底知れない瞳にひたと見つめられると、ふわりと浮き上がるような不思議な喜びが瑛都を染め上げていく。

志季と演じる時にだけ起こる、この感覚、この喜びが、恋しい人と相まみえたロザリンドとしてのものなのか、瑛都自身のものなのか、判別がつかなくなる。

心臓が痛いぐらいに高鳴っている。ロザリンドに感情移入し過ぎて、志季とマウリシオをダブらせてしまっているんだろうか。

（集中しろ。演じている時に素の瑛都《じぶん》は邪魔だ）

瑛都は力ずくで名雪さちほのジュリエットの中へと自分を押し込め、美しい型を踏み外さないように細心の注意を払いながら、続きの台詞《せりふ》を演じた。

『ひとときの情熱を満たすことに、それほどの犠牲を払う価値があるとお思い？』

『貴女が私の願いを叶《かな》えてくださるなら、刹那《せつな》は永遠になる』

『人が来ますわ。もう行って』

「そこまで」

大河内の合図で、夢から醒《さ》めたように自分の中に戻る。

「八鬼沼はやる気あるんだかないんだかわからんのに、ちゃんと仕上げてくる辺りが憎たらしいよな。それにしても、お前と天国、組んで演じてる時はどっちもいい顔するよなあ」

からかう口調の大河内に、仏頂面に戻った志季が突っ込みを入れる。

「また明け方まで飲んでたんですか」

「おう、よくわかったな」

「五メートル先まで臭ってるんで。よく他の先生方に叱《しか》られませんね」

「叱られるよー？　でも俺は唯一無二のカリスマ教師だからな」

瑛都と志季以外の選抜メンバーも、皆それぞれ熱心に自分の役と取り組んでいた。あんなに文句を言っていた眞秀でさえ、いざ稽古が始まるや、暇さえあれば教えられたパントマイムの動きをしている。伊澄だけは浮かない表情で、口数も極端に少なくなっていたが、与えられた課題は黙々とこなしていた。

放課後レッスンからそれぞれの部屋に戻る廊下で、千景が話しかけてきた。

「もうすぐ担任の先生との二者面談だね。瑛都くんはもう、進路希望票を提出した？」

「実は、進路をどうするかまだ決めてないんだ。ずっと迷ってて」

「どうして迷うの？　瑛都くんぐらい容姿も才能も魅力も、後押ししてくれる環境まで、何もかも揃っている人はいない。もし僕が瑛都くんの十分の一でも、華や美しさに恵まれていたら」

急に千景の瞳が据《す》わったように底光りし、声が太くなった。

「僕が君なら、全部生かし切って見せるのに」

まるで千景に別人が憑依《ひょうい》したように見えて、背筋にひやっとしたものが走る。

（え？　今の、何……？）

次の瞬間、千景は我に返ったようにまばたきしていた。

「今、僕は何を……？」

「今しゃべったことを覚えてないの？」

「ごめん。最近、ぼーっとしてしまうことが多くて。気がついたら時間が経ってるんだ」

それは乖離《かいり》と言っていい状態なのではないか。俄《にわ》かに千景の健康状態が心配になる。

「大丈夫なのか？　念のために医務室で相談してみた方がいいんじゃないか」

「ううん、大丈夫」

「でも……」

「お稽古を休む羽目にでもなったら困るし。特待生の資格を失ってしまったら、僕はこの学園にいられなくなってしまうんだから」

そう言われてしまうと、それ以上何も言えなくなってしまった。

「心配をかけてごめんね。少し疲れているだけだと思う。今夜は早めに休むようにするね」

別れ際に見せた控えめな笑顔は、もういつも通りの千景だったけれど、瑛都はしばらくの間考え込んでしまった。

（本当に大丈夫なのか？　眞秀が拒食気味になった時の例もあるし、見過ごしていいんだろうか？）

誰かに相談するべきなのか、千景の意思を尊重するべきなのか、瑛都にはわからなかった。勝手に教師に相談して大事になり、もし千景が特待生資格を失うことにでもなったら。でも、手をこまねいているうちに、千景の心身に何かあったらどうするのだ。

何が千景のために最善なのか、どうしても判断がつかない。

（少しでも悪化の兆候があったら、心を鬼にして校医の先生に相談しよう）

最後にはそう決めて、瑛都は胸のざわつきを抑え込んだ。


ダンスレッスンの後で、教師の田丸《たまる》が千景を呼び止めた。

「露木くんさ、シューズちょっと見せてくれる？」

千景の履いているジャズダンス用のシューズを素早くチェックして、やはりという顔をする。

「床掴めてないからそうだと思った。サイズが全然合ってないよ」

田丸からそう指摘された千景が、薄い肩を窄《すぼ》めた。

「あ、……このシューズ、親戚から譲ってもらったものなので」

「シューズは自分のサイズじゃないと駄目だよ。次の授業までに買い替えておいてね」

「……あの、来月には必ず買い替えますので、すみません」

「ええ？　このままだと危ないし上達しないよー」

赤くなった顔を俯ける千景が気の毒でならなかった。たぶん、来月分の叡嶺コインが支給されないと、靴を買い替えられないのだ。

学園のショップで扱っている有名ダンスブランドのシューズは、一番安いものでも一万コインはする。特待生には不自由しない額の叡嶺コインが支給されてはいるが、こういった予定外の出費まではカバーできない。

瑛都は最近、足のサイズがまた少し大きくなった。シューズの革は伸びるから、履き続けられないこともなかったけれど、母に連絡して一つ上のサイズを送ってもらうことにしたばかりだった。

(予備に買い置きしておいたシューズ、未使用だけどもう履かないな。千景くんのサイズ、後で聞いてみよう。サイズが合うといいんだけど)

ロッカールームで着替えていると、伊澄がこう言うのが聞こえた。

「ダンスシューズも買えない貧乏人が叡嶺《うち》に来るなんて、身のほど知らずもいいとこ」

酷い言い草に、カッと血が上る。

だが、感情任せに向かって行っては、松本《まつもと》くん苛《いじ》め事件の時と同じになってしまう。瑛都は三回深呼吸し、自分が逆上していないことを確かめた上で、口を開いた。

「親戚の方から譲り受けたシューズを大切に使うことの、どこがいけないんだ。人に嫌がらせばかり言って、何が楽しい。音無こそ自分が恥ずかしくないのか」

ロッカールームがしんと静まり返る。

「……ふん。お前が子分扱いしてるそいつ。お前が思ってるようなしおらしいタマじゃないんじゃない？　『イヴの総《すべ》て』のマーゴになっても知らないから」

音無が挙げた映画『イヴの総て』では、人気女優マーゴが、大ファンだと言って近づいてきた田舎娘のイヴを付き人にする。だがイヴはその裏で、マーゴの周囲の人間を一人、また一人と陥落させていった。マーゴの代役でチャンスをつかんだイヴは、関わった人々を踏み台にして、スターダムへとのし上がっていく。

（千景くんをイヴにたとえるなんて、的外れもいいところだ。千景くんは、親しい相手を踏み台にするような人間じゃない）

「千景くんは大事な友達だ。これ以上言いがかりをつけるなら、おれが許さない」

「瑛都くん、もういいから。身のほど知らずはその通りだし」

周囲の耳目を集めている状態が辛そうだった。口論を続ければ、ますます千景は身の置き所のない思いをする。悔しかったが、瑛都は千景のために気持ちを飲み込んだ。

その夜、瑛都は千景を部屋に呼んだ。志季も部屋にいたが、そ知らぬ振りで、ＰＣに向かっている。

「足が大きくなって、買っておいたシューズが履けなくなっちゃったんだ。さっき教えてもらったのと同じサイズなんだけど、もしよかったら使ってくれないかな」

千景は、瑛都が差し出したダンスシューズを見つめて呆然《ほうぜん》としていた。千景の頬に血が上り、わなわなと震え出したのを見て、瑛都はぎょっとした。

（施しみたいに思われたかな。千景くんのプライドを傷つけたかも）

友人に対して取り返しがつかない無礼を働いた気がして、血の気が引きかけていると、千景はダンスシューズを大切そうに抱きしめた。まるでその靴が、シンデレラのガラスの靴であるかのような、恭《うやうや》しい仕草だ。

「……ありがとう。瑛都くんの靴をもらえるなんて、凄く嬉しい。でもどうしよう、もったいなくて履けないかも。今夜は枕元に置いて寝ようかな」

どうやら気分を害したわけじゃないらしいとわかってほっとする。痛々しいぐらい感激している千景の様子を見ていたら、何だか切なくなってきてしまった。

「そんなに大層に扱わないでよ。無駄にするところだったから、使ってくれたらおれも嬉しいんだ」

「このシューズ、一生大切にするね」

「この頻度で使ってたら、一、二年しかもたないよ？」

何度もお辞儀をして千景が部屋に帰っていくと、おもむろに志季が口を開いた。

「あいつ、やばいな」

「千景くん？」

やばいとはどういう意味だろう？

「少し風変わりなところもあるけど、おれは好きだよ」

「あいつのお前への傾倒は、常軌を逸してる。演劇への情熱とお前への憧れが、ごっちゃになってしまってる。ああいうのが一度捩《ねじ》れ始めると、一番始末が悪いんだ」

「……志季までそんなことを言うのか」

さっき伊澄が千景を嘲った時に、無理やり抑え込んだ悔しい気持ちが、そっくりそのままの形で戻ってくる。

芝居への情熱とポテンシャルには計り知れないものがある友人が、ただ家が裕福じゃないというだけで、軽蔑《けいべつ》され、異質なものとして扱われるなんて、あまりにも不当だと思った。志季を見損なった気分だ。千景がどんなにいい子か、どれだけ努力家なのか、知りもしないで。

容姿が目立つというだけで人の輪に入れなかった自分を、無意識に重ねてしまうせいか、憤りが収まらない。

「あのおとなしい千景くんが、何かしでかすとでも思ってるのか？　彼はそんな人じゃないよ」

「露木が悪い人間だなんて言ってない。ただ、人の顔は一つじゃないだろ。人間の善性ばかりじゃなく、暗部にも目を向けろよ」

「何だよ。千景くんのこと、よく知らないくせに」

志季にはそう言い返しながらも、最近千景が見せる様子のどこかが、不安を刺激していた。

だからだろうか、まるで固過ぎる肉を口にした時のように、瑛都は志季の言葉を飲み下すことも、吐き捨ててしまうこともできずにいた。

その日、大河内は伊澄に駄目出しを繰り返していたが、三回目のやり直しをさせた後で、台本を床に投げつけた。

「そんなにこの役が不満なら辞めちまえ。役が欲しい奴は他にいくらでもいるんだ」

伊澄は顔を覆ってレッスン室を飛び出して行った。

道化師ピッポは台詞も多く、パントマイムを取り入れた動きに高い身体能力を要求される難しい役だ。見方によってはこんなにやり甲斐のある役もないが、伊澄は、まだ自分がこの役になったことを納得できずにいるようだった。

(発表の時、悔しそうだったもんな)

たぶん伊澄は、ロザリンド役を狙っていたのだろう。ダンスシューズの件で千景に嫌味を言ったのも、自分がとれなかった役を、代役とはいえ獲得した彼への八つ当たりだったのかもしれない。

伊澄のことは大嫌いだが、今は同じ公演に向けて力を合わせるべきチームの一員だ。こんなことで投げ出すのは、伊澄にとっても公演にとってもマイナスでしかない。

思わず追おうとした瑛都を、大河内が止めた。

「追うなよ、天国。こんなことは、役者をやるならこの先何度だってある。あいつが自分で乗り越えないことにはどうにもならない。この際だから言っておくが、お前らも腑抜《ふぬ》けた芝居してると、代役と交替させるからな」

（でき次第では、代役との交替もあり得る？）

思わず千景を見たら、千景と目が合った。狼狽《ろうばい》したように、ぎこちなく視線をそらされる。

千景は今の話をどう思ったんだろう。まだチャンスはあると思っただろうか？

寮に戻って入浴を済ませ、炭酸水のボトルを手にバルコニーに出た。洗い髪を夜風になぶらせながら火照りを冷ましていると、寮と体育館の間にある広場が見えた。半円形の石階段によってぐるりと半周を囲まれた広場は、ちょっとした屋外劇場のような作りになっている。その中央に、誰かがいる。

瑛都は、その人物が、ついさっきまで自分がしていたのと寸分違わぬ身振りをしていることに気づいた。名雪さちほのジュリエットを自分のものにするために、繰り返し研究して編み出した、瑛都のロザリンドの動き。見間違えるはずがない。

レッスン室のミラーに映った自分がそこにいるようで、ぞっとしながら目を凝らす。

（えっ、……千景くん？）

千景が、まるで何かに取り憑《つ》かれたようにロザリンドを、いや「瑛都のロザリンド」を演じている。

あれは、迸りそうになる情熱を押しとどめようと、俯いて胸に手を当てる動き。台詞がそっくり浮かんでくる。

——貴方にこの手を委ねることは、我が国の民を裏切ること。

あれは、顔を上げてマウリシオに問いかける仕草。

——ひとときの情熱を満たすことに、それほどの犠牲を払う価値があるとお思い？

一通り演じ終わると、また初めから繰り返される。

あれだけ苛烈《かれつ》な練習をした後で、まだ自主練習する体力があるのか。いやそれよりも、完全コピーされた動きが自分に似過ぎていて、気味悪くさえある。確かに千景は稽古の間中、瑛都のことを熱心に見ていた。

(凄いな、凄いけど……、なんだか少し怖い)

「志……」

室内を振り返って、志季に千景のことを教えようとしたが、呼びかけた名前を途中で止めた。

何故だか、志季には今の千景を見せたくないと思ってしまったのだ。

その晩、千景は日付が変わる頃まで屋外での練習を続けていた。


その夜が境目だったのかもしれない。

千景はゆっくりと、だが確実に変わっていった。

日常での千景は、以前と変わらない優しく控えめな千景のままなのだが、瑛都のあげたシューズを履いてレッスンルームの床に立った途端、まるで別人のようになる。不安げな態度が消え、首をしゃんと起こして自信に満ちた様子で稽古に取り組んでいる千景は、顔かたちまでどこか違って見えた。

ある日の放課後の稽古の最中に、大河内が突然こんなことを言い出した。

「八鬼沼、今日は露木と組んでみろ。天国は成田と組め。王子もたまには別の姫と踊ってみたいだろ?」

(え?　何で?)

混乱している瑛都の前を、千景がためらいなく横切って、志季に近づいていく。それを咄嗟《とっさ》に嫌だと思ってしまった。

志季はと言えば、相変わらず何を考えてるのかわからない顔をしている。

(そうだよな。志季はこんなことでいちいち動揺したりしない)

瑛都の方では志季と組む時間を特別だと感じているけれど、志季は別にそんな風には思っていないのかもしれない。芝居だけは、少しは認めてもらえているように思っていたが、それは自惚《うぬぼ》れだったのだろうか。そう思うと、まるで恋する相手に振られでもしたような惨《みじ》めな気持ちになる。

志季と千景とのセッションは、マウリシオの求愛の場面から始まった。千景の演技は、やはり鏡に映したように瑛都に似ている。石階段の広場で一人、憑かれたように練習していた千景を思い出す。あの夜に感じた怯えに似た感情が蘇《よみがえ》ってくるが、肌にまとわりついてくるこの感覚の正体が、不快感であることに気づいた。

嫌だったのだ。自分が工夫して編み出したつもりでいた演技を真似されるのが。

「どんな気分だ？　自分を見てるみたいだろ？　お前の演技を見たら、名雪さちほ辺りも似たようなことを思うんじゃねえか。いつまでも人真似から踏み出さねえでいると、露木に役を取られっちまうぞ」

ぎょっとして大河内を見ると、何事もなかったように、もう演者の二人に集中している。

（人真似）

油断していたところを、いきなり袈裟懸《けさが》けに斬りつけられたような気分だった。

手の内を読まれていた。お前のやっていることはこれだぞ、と決めつけられたも同然だ。

だが瑛都は、人真似という言葉に込められた批判がましい響きに、恥ずかしさだけでなく、反感も覚えていた。瑛都はただ、名雪さちほのジュリエットをそっくりそのまま真似ただけではない。瑛都なりに『アデルとオルフェ』のストーリーや役柄に合わせて工夫し、型を作ったつもりだったからだ。

第一、人真似から一歩踏み出せと言われても、一体どうしたらいいのだ。

ずっとできあがった「正解」を自分の中に降ろすことでやってきたし、それなりに褒められてもきた。それ以外の方法を知らないし、いきなりそんな風に言われても、どうしたらいいのかわからない。

「天国みたいな絵面の派手さはないが、これはこれで悪くないな」

見ている大河内は満足そうだが、瑛都はじわじわと低下していく気分に苛《さいな》まれていた。

千景の表情は瑞々《みずみず》しく、まるで本当に志季に恋しているようだ。それも含めて瑛都の演技そのままなのだが、瑛都自身にはそれはわからない。千景に初めてはっきりと脅威を感じ、感心するより前に胸がざわついて仕方がなかった。

（志季の方も、何だかノリノリじゃないか？）

相対して演じている時には、素の自分が口説かれているかと思えるような熱に当てられてぞくぞくさせられる志季の芝居だが、それを横から見せつけられると、演技が見事であればあるほど、何故だかたまらなく不愉快になってくる。

千景の手に口づけている時間が、自分と演じる時より長かったような気がするし、求愛の言葉にも、自分との時より熱が入っていたような気がする。

「瑛都、大丈夫？」

ストレッチをしていた眞秀が近づいてきて、そっと言った。

「大丈夫って、何が？」

「顔が引き攣《つ》ってる。カップルのシャッフルとか、先生も悪趣味なことするなー」

自分はそんなに感情剝《む》き出しの、酷い顔をしているのか。もう見たくないのに、二人から目がそらせない。二人を眺めている間に、さまざまな場面が切れ切れに浮かんでは消えていく。

闇の中で、日付が変わるまで自主練習をしていた千景。

自分が瑛都なら、と言って底光りする目をしていた千景の顔。

『イヴの総て』に絡めた、伊澄の脅しめいた言葉。

そこまで連想してから、瑛都ははっと我に返った。

（今、何を考えた？）

友人を疑うようなことを考えていた自分が信じられない。千景はただ、自分のすべきことをしているだけだ。千景に申し訳なくて、自分の心が酷く汚れてしまった気がして、二人の演技から無理やり視線を剝《は》がしたところに、マウリシオの代役である成田が素早く耳打ちしてきた。

「君と八鬼沼、つきあってるの？」

びっくりして咄嗟に声が出ず、頭を振る。

「怖い顔して見てるから、そうなのかと思った」

「次、成田と天国」

大河内の合図で、瑛都達の番になる。でも、教師に言われた人真似という言葉が頭から離れず、批判的に見られていると思うと緊張して、いつも通りの芝居ができない。

その時、不意に成田が瑛都を抱き寄せてきた。こんな動きは台本にない。手にキスをする場面のはずなのに。

「やっぱり俺とじゃその気になれない？」

驚いて息を止めているところに、色っぽい声で囁《ささや》かれ、思わず耳を押さえた。

「俺と演じる時は、俺に恋してね」

成田は物腰の柔らかな色男だ。跪いた成田に手を取られ、手の甲に口づけられながら、あやすような目でじっと見上げられると、淫靡《いんび》な雰囲気にどぎまぎしてしまう。

（この人きっと、激しくもてるんだろうな）

ぼんやりした頭で、芝居とは関係ないことを思う。

抱き寄せられて驚いたのと、成田がリードしてくれたお陰で、硬直状態からは抜け出すことができた。けれど足元がふわふわしてしまって、最後までまともな芝居にはならなかった。

「たまにはシャッフルもいいな。あー、面白いもん見たわ」

なのに、大河内が妙に満足そうにしているから、何が正しいのか、何を求められているのか、瑛都にはわからなくなってしまった。

ずっと志季にばかり気を取られていて気づかなかったが、成田のマウリシオも非常に魅力的だ。色気で勝る王子は、ここが共学ならさぞかし女子に騒がれただろう。

（……けど）

志季と演じる時だけに生じるスパークは、最後まで成田との間には起こらなかった。

レッスン室を後にした時から、志季の不機嫌そうな様子には気づいていた。不機嫌顔自体はデフォルトなのだが、声をかけるのもはばかられるほど苛立《いらだ》っているのは、最近では珍しい。

部屋に入るなり、噛みつくような勢いで文句を言われた。

「さっきのあれは何なんだよ！」

志季が稽古のことを部屋まで持ち込むなんて、今までにはなかったことだ。なのに、今夜に限って責め立てられる理由がわからない。瑛都があまりにも不甲斐ない芝居を見せたから、怒っているのかなと思う。

「今日の芝居が駄目だったのは、自分でもわかってるよ」

「わかってねえだろ！　自分がどれだけのぼせた顔してたか」

(顔？　おれ、どんな顔してたんだろう)

それは確かに自覚がなかったが、あんな風に抱きしめられたり囁かれたりすれば、誰だって動揺するはずだ。

「だ、だって、成田くんって大人っぽいだろ。志季の時と勝手が違って、何だかどきどきしちゃって」

責められる筋合いなどないのに、どうしても言い訳がましくなる。

「はああ？　随分股の緩いロザリンドだな。口説いてくれれば誰でもよかったわけだ」

吐き捨てるような酷い言い草を聞いて頭に血が上り、瑛都も言い返す。

「そっちのマウリシオこそ、誰でもよかったんじゃないか」

口に出したら、さっきの不快だった気分が蘇ってきて、本気で腹が立ってきた。

「ああ？　どこをどう見たらそういう風に見えるんだよ」

「千景くんの手にキスしてる時間が、おれの時より長かった。このスケベ王子！」

「なんだと？」

志季のこめかみには青筋が立っていた。売り言葉に買い言葉で、互いにどんどんボルテージが上がっていく。

「お前こそ、成田に抱き寄せられてとろんとなってただろうが！」

「なってない！」

「あんないかにも手の早そうな奴に、ちょっとちやほやされたぐらいで、簡単にその気になりやがって」

「その気って何だよ！　っていうかこれ、お芝居の話じゃないの？」

「芝居の話に決まってんだろ！」

責め合っているうちに、ふと正気に返った。

「……なんでおれ達、喧嘩《けんか》してるんだっけ」

志季も脱力したような顔になっている。

「これも含めて大河内のおっさんの手の内だったら、ムカつくな」

「食堂行かないと、晩ご飯食べ損ねちゃうね」

気が抜けたせいか、酷く素直な気持ちになっていた。

「おれ、稽古の間中ずっとイライラしてた。そのせいで、千景くんに対してまで、黒いこと考えたり。おれは志季と演じている時が一番楽しい。だから、どんどん上手《うま》くなる千景くんに志季の相手役をとられそうで、焦ったんだと思う」

「お前はまたそういうことを、臆面もなく……」

ふいと背けた顔が、うっすらと赤い気がする。

（もしかして、照れた?）

不機嫌と無表情は飽きるほど見てきたが、赤面する志季なんて想像したこともなかった。つられたのか、瑛都の顔にも血が上ってきて、なんだか心拍数まで上がってくる。

感情を高ぶらせた反動か、今夜は抑制がきかず、瑛都は結局全部打ち明けてしまった。

「大河内先生に、人真似から踏み出せって言われたんだ。でも、他のやり方を知らないから、どうしていいかわからなくて。志季には、おれの芝居ってどう見える?」

志季は、しばらく考えた後で口を開いた。

「完成された舞踏でも見てるみたいで、クラスで一番達者だと思う。けど」

「けど、何？」

厳しい言葉を覚悟したが、続いた言葉は、瑛都にとって全く予想外のものだった。

「時々お前、軽いトランス状態に入るだろ。瞳孔が開いた過集中状態。その時のお前が一番いいと俺は思ってる」

「えっ？　……だってそれ、狙ってやってるわけじゃないよ。なんかそうなっちゃうってだけで」

「わかってる。でも、綺麗に整えられて、単体で成立している芝居には、俺の入る余地がない。お前の感情と表情のブレが完全に消えて、俺との芝居に没入してる時だけ、二人で芝居してるって実感がある」

「そう、なんだ……」

瑛都が一番気持ちいいのも、その状態に陥っている時だ。

でも、演じている時に自分をコントロールできないのは不安だし、どんどん加熱していく感覚に据わりの悪さを感じるようにもなって、最近ではそうなりそうになると、力技で引き戻すようにしていた。

きっちりと組み立てて磨いてきた演技より、意図しないトランス状態の方を褒められるなんて、複雑な気分だ。でも、志季が真摯《しんし》に答えようとしてくれていることは嬉しかった。

「お前がああなるのは、俺とだけだと思ってた」

志季がぽつんと言った。

「なのに、成田とちょっとやっただけで、ああまで腰砕けになるなんて。すげえムカつく」

「ご、ごめん。でも、志季の時とは違ったよ？　全然違う」

理由もよくわからないまま、瑛都は謝っていた。なんだかおかしな会話だ、と思う。

（志季も、少しはおれとの芝居を特別だと思ってくれてるってことでいいのかな）

役に作用を受けているのは、瑛都だけではなかったのかもしれない。そう思ったら、成田に囁かれた時の何倍もどきどきしてきて、甘痒いような感覚に耐えられなくなり、瑛都は会話の方向をずらそうとした。

「何も考えてない」

「志季は？　芝居の間、何を考えて演じてる？」

考えないであんな風にできるなんて、ずるいと思った。

「芝居は作り事だから。その前提に安心する。それに、俺には用意されていない人生を、役の上では生きられる」

授業で扱った役柄には、今の延長線上にあるような人物像も多かった。恋人にプロポーズしたいのになかなかできずにいる青年とか、釣りが趣味の父親とか。なのに、自分には用意されていない人生だと断言するのは何故だろうと考えていると、志季が言った。

「次にやる時は、おっさんの鼻を明かしてやろうぜ。飯、行くぞ」

「うん」

次、という言葉に、自分の相方は瑛都だという意味が込められているような気がして、一気に気分が浮上する。喧嘩したのに、志季との距離が近づいたような気がしていた。

千景に脅威を覚えるあまり、友達の成長を素直に認めることすらできなくなっていた自分を、小さいなと思う。

(千景くんはどんどん進化していく。おれはおれの芝居を磨いて、一ミリでも今より高い場所に到達できるよう、もがき続けるしかないんだ。どうやったらいいのかまだわからないけど、安全圏で守りに入っていたら、伸び盛りの千景くんに抜かれてしまう)

最初に役をもらったのは自分だという驕《おご》りがあった。経験の浅い千景より先にいるはずだという油断もあった。芝居は実力主義の世界だ。ロザリンド役をどうしても譲りたくないなら、千景を超えた演技をするより他はない。

目が覚めるように気がついたら、気分がすっきりと晴れていくのを感じた。

(おれが闘うべき相手は、おれだったんだ)


翌日の夜、千景は放課後の稽古に現れなかった。

伊澄が稽古を途中で投げ出した時でさえ、次の日には稽古に戻ったというのに、練習熱心な千景が、理由もなく無断で練習をサボるとは思えない。

稽古後に、千景の部屋を訪ねてみたが、同室の野ケ峯《のがみね》も彼を見ていないと言う。夕食の時間になっても千景は現れなかった。

「露木が雲隠れしてんのは、たぶん俺のせい」

夕食を終えて部屋に戻ってから、志季がそう切り出した時、瑛都は訝《いぶか》しく思った。

瑛都のグループとはつかず離れずの関係を保っている志季と、おとなしくて口数が少ない千景との間に、個別での接点があるとは思っていなかったからだ。

「志季のせいって？　どういうこと？」

「稽古前に、空き教室に連れていかれて誘われたんだ。夜、二人だけで練習しないかって」

途端に、胸が嫌な感じに跳ねた。

ロザリンドの代役である千景が、志季と特訓したいと思ったとしても不思議はない。なのに、まるで出し抜かれでもしたような不快感に襲われていた。

自分の敵は自分だと悟ったはずが、ちょっと何かあっただけでこの様《ざま》だ。自分の狭量さが嫌になるが、この件についてはどうしても大人になれそうにない。

「……それで、どうしたの？」

「断った。陰でこそこそするのは嫌いだし、あいつの様子も変だったから」

「変って、どういう風に？」

「一言で言えば、乗られた」

「のられた？」

「押し倒されて迫られたってこと」

志季の言葉が瑛都の頭の中で像を結ぶまで、三秒ほどのタイムラグがあった。

「え？　え、え？　ええ？　えええ！」

「え、しか言うことねえのかよ」

「だって、……千景くん、志季のことが好きだったのか……」

あの恥ずかしがり屋で内気な千景が、体当たりで志季に迫るような真似をするなんて、とても本当のことだとは思えないが、こんなことで志季が嘘をつくはずもない。

友人の知らない一面を知ってしまったようで、ショックが大きかった。

志季が告白されてどう思ったのかが気になる。千景は綺麗だし、独特の陰が魅力でもある。迷惑だったのか、それとも嬉しかったのか。

もし、二人がつきあうようなことにでもなったら、どうしたらいいんだろう。いや、瑛都の立場ではどうしようもないのだが、そんなことは想像するのも嫌だし、もしそうなったら耐えられそうもない。

胸の中で、棘《とげ》だらけのボールが滅茶苦茶に暴れている。

（眞秀達のことは心から祝福できるのに、どうして千景くんと志季のことは同じように思えないんだろ。同じ役を争ってるから？　おれって嫌な奴だ）

すっかり暗くなってしまった瑛都に向かって、志季が冷静な声で言った。

「あれはそういうんじゃないだろ。俺に跨《また》がった時のあいつ、妙に目が据わって、別人みたいになってたし。現実と芝居の境目が曖昧《あいまい》になってるのかもな」

その言葉から、以前に乖離のような状態になった時のことが想起された。あの時も、千景は別人のようになっていた。

さっきまでとはまた別の意味で、心拍数が上がってくる。

芝居では人が変わったように自信に満ちた演技を見せる千景だが、それ以外では以前のままだったから、あの状態は一時的なことだったのだと思っていた。

もし、またあんな状態になっているのだとしたら。

（学園島の周辺は海だし、森には湖もある。もし、あんな状態でうろついているのだとしたら、千景くんが危ない）

「おれ、探してくる」

居ても立ってもいられなくなって瑛都が言うと、志季も立ち上がった。

「一緒に探す」

千景が自主練をしていた広場、東屋《あずまや》のある裏庭、給水塔の立つ辺り。千景が行きそうなところを探しているうちに、次第に校舎や寮から離れて行く。

ようやく千景が見つかったのは、オリーブが植えられた小さな丘を越え、学園の塀沿いに島をぐるりと一周する遊歩道の外、島の南西にある砂浜だった。

千景は月光に照らされた波打ち際で、ロザリンドを演じていた。長く伸びた少年の影絵が、白砂の上で躍っている。終《しま》いまで演じ終わるとまた初めから、リピート再生される動画のように、そっくり同じ動きが繰り返される。

「千景くん、探したよ。寮に帰ろう」

くるりと振り返った顔に白い仮面がついていたので、声を上げそうになった。

千景はゆっくりと仮面を外し、芝居がかった仕草でそれを放ったが、月光に染まった白い顔もまた、仮面のように見える。

「それ、誰のこと?」

不思議そうに問い返されてぞっとした。目の前にいる少年が、知らない人を見るような目で瑛都を見返していたからだ。

「もしかして、おれの芝居を見てくれたの? 嬉しいな。おれは天国瑛都。よかったら、おれと友達になってくれないか?」

入学の日を彷彿《ほうふつ》とさせる言葉を、瑛都そっくりの口調とはにかんだ様子で口にする。

血潮の音が瑛都の耳元で鳴っていた。これは、なんだ。千景は何を言っている？

「見てごらん。世界がおれの前にひれ伏している。神々に愛されたから、おれはこんなに特別なんだね。おれは選ばれた者。神の子なんだ」

瑛都のロザリンドそっくりの動きと表情で、けっして瑛都が言うはずのない台詞を、熱に浮かされたように話し続ける。

かつて瑛都が千景の前で口にしたことがある言葉と、言った覚えのない言葉のモザイク。

「……千景くん。どうしたの。瑛都はおれだよ」

当然のことを言っているのに、なぜかその言葉は、自分の耳にも自信なさげに響いた。

「天国瑛都はお前じゃない。おれだ。ロザリンド役に選ばれたのは？　おれだ。美しさも純粋さも澄んだ心も、皆が焦がれてやまない全てを独り占めにしているのは？　おれだ！」

溶けかかったチョコレートみたいに、見知った世界がどろりと崩れていく。自分のドッペルゲンガーに遭遇したような恐怖に襲われ、何もかもが確証なく思えてくる。

自分こそが天国瑛都であると、勝ち誇ったように目の前の彼が言う。

（それなら、このおれは何者だ？）

「瑛都、気圧《けお》されるな！」

鋭い声で志季に叱咤《しった》されて、はっとした。

「あいつを呼び戻せるのは、たぶんお前だけだ」

最初に、砂を踏みしめている足を感じた。それから、体の脇に垂れた両手を、やがて全身の感覚を取り戻していく。

千景が否定しているのは、瑛都ではない。瑛都になり替わろうとすることで、千景自身を殺そうとしているのだ。

「天国瑛都は二人もいらない。お前は、――消えろ！」

千景の声が割れ、恐ろしい目をしてつかみかかってきた。

「瑛都！」

「志季、おれに任せて！」

間髪を入れず反応しようとした志季を抑え、護身術の要領で相手の勢いを利用しながら押さえ込む。自分の腕の中で暴れ狂う友人を、背中から強い力で抱き込んだ。

「天国瑛都はおれだよ、千景くん」

尋常でない友人の姿が恐ろしかった。何が彼の中で起こっているのかわからず、混乱してもいた。でも、それ以上に、千景が痛ましかった。

彼を取り戻したい、その一心で声に気迫と願いを込める。もうこれ以上、千景に千景を殺させはしない。

「違う！　瑛都はおれだ！　放せ！」

自分を抱き込んでいる瑛都の腕を、細身の体からは想像もできない力で殴り、振りほどこうとする。まるで手負いの獣だ。

容赦なく引っ掻《か》かれた肘下には幾筋も傷がつき、血が滲み始めていたが、瑛都は渾身《こんしん》の力で千景を抱きしめ続けた。今手を放してしまったら、二度と千景が元に戻らないような気がしたからだ。

「君は露木千景くんだよ」

「違う！　放せっ。放せぇっ」

「君とおれとは、別の人間じゃないか。どうしておれになろうとなんかするんだよ！　千景くんを返してよ……、おれの大事な友達を返せよ！」

スイッチが切れたように、暴れる体が動かなくなる。永遠とも思えるような長い間、互いの激しい息遣いと波の音だけが、砂浜に響いていた。

やがて、ふいに目が覚めたように、千景が周囲を見回し始めた。

「……あれ？　ここ、どこ？　僕、どうしてこんな……。僕、僕は。僕はっ」

激しく震えだした腕の中の体を、一層強く抱きしめる。

「大丈夫。大丈夫だから」

千景は顔だけで振り向いて、張り裂けそうな目で瑛都を見ると、こう言った。

「僕の神様。どうして君は、そんなに綺麗なの？」

今にも悲鳴を上げそうな表情を浮かべた、漂白されたように白い顔が、月明かりの下で般若《はんにゃ》の面のようにも見える。

「千景くん」

千景の体から、完全に力が抜けた。拘束を解くと、そのままずるずると砂の上に崩れ落ちる。糸の切れた操り人形めいた姿で、千景はしばらく無言のまま、砂浜に座り込んでいた。

ようやく口を開いた時、その声は細く掠《かす》れていた。

「……もう何年も、君は僕の神だった。溢《あふ》れるぐらい才能があって、神々しいほど美しくて、親しくなってみれば心まで綺麗で。こんな人が実在するのかと思った。焦がれて、憧れて、どんなに懸命に真似てみたところで、書き割りの月が本物の月になれるはずもないのに。……僕は君になりたかった」

「千景くんはおれを買いかぶってるよ。おれなんか、憧れてもらえるような人間じゃないんだ。コンプレックスだらけだし、心も全然綺麗なんかじゃない。君みたいに演劇に賭ける覚悟もなくて、この学校にも状況に流されて来ただけなんだ」

言葉にしてみると、改めて自分の情けなさが自覚される。千景は瑛都を何でも持っているように言うけれど、逆に言えば瑛都には、母譲りの容姿と恵まれた環境しかない。

「おれなんかって言うな！　僕が欲しいもの、何でも持っているくせに！　僕は特待生の資格を剝奪《はくだつ》されたら、この学園を去らなければならないんだ！」

迸る声に圧倒される。こんなに心を乱し、露《あら》わな感情をぶつけてくる千景を、瑛都は知らなかった。

「君を崇《あが》めていられれば満足だった。神様なら神様らしく、手が届かないままでいてくれたらよかったのに。どうして僕のところまで下りてきたりしたの？　君がこんなにも近くにいるせいで、その輝きに目が眩《くら》んで、僕は僕自身の形さえ見失ってしまったんだ」

独白めいた千景の言葉が、瑛都の胸をひっかいた。

「何だよ、それ。偶像にしか用はなかったって言いたいのかよ」

この感じは嫌だ。中学時代のトラウマが刺激される。千景に向かって怒鳴ったりしたくないのに。

「生身の、ただの高校生の天国瑛都はいらないってこと？　おれは、君がこの高校で最初の友達になってくれた時、本当に嬉しかった。その君から離れた場所で崇められているなんて、まっぴらなんだ！」

「僕と君とじゃ、釣り合うはずがないのに？」

千景が、はっ、と息だけの笑いを漏らす。

「神様みたいに思ってた君から優しくされて、友達だって言ってもらえて、……そんなことされるとね、僕みたいなのがどうなるかわかる？　うっかり錯覚するんだよ。身の程知らずな夢を見ちゃうんだ。いつかは僕も、本当に君と対等になれるんじゃないか、引け目を感じずにいられる日が来るんじゃないか、ってね」

「対等だろ。引け目だなんて……」

「君と対等な友達だなんて思ったことは一度もないよ。君の傍にいると、自分を嫌いになる一方なんだ。苦しいんだよ。なのに、離れることもできない。せめて君の性格でも悪ければよかったと思うよ。そうすれば、まだ救われたのに」

千景の言葉一つ一つが小さなナイフになり、瑛都の胸を抉っていく。

「ずっと君に憧れてた。君が笑いかけてくれるたびに有頂天になったし、君が踏んだ土まで尊いと思ってたよ。なのに時々、どうしようもなく憎くなるんだ。君と一緒にいると、僕ばかりがどんどん醜くなって、惨めで苦しくて張り裂けそうになる。金色の光のように僕を照らす、君の才能、君の微笑み、君の、同情」

そう言って千景が視線を落とす。千景は瑛都があげたダンスシューズを履いていた。

突然、瑛都は悟った。千景はあの時、喜んで見せてくれたけれど、この靴をあげたことは、千景を酷く傷つけたのだ。

シューズをあげたのがたとえば眞秀なら、それとも晴臣だったら、彼らは単純にラッキーだと喜んで、欠片《かけら》も傷つくことはなかっただろう。彼らには、買おうと思えば自分で買えるだけの金銭的な余裕があるからだ。

でも、千景はそうじゃない。ギリギリの経済状況は、彼にとっては傷口だった。瑛都との差を見せつけられて、それでも善意しかないとわかっていたから、捩れてしまった感情を責める他なかったのだろう。

瑛都は、不用意で鈍く、想像力に乏しかった自分を恥じ、罪を感じた。

（おれが追い詰めた。きっと他にもいっぱい、気がつけないまま傷つけていたんだ）

「ねえ、自分が持ってるものに感謝したことが、君は一度でもある？」

追い打ちをかける言葉が、とどめのように瑛都を打ちのめした。その言葉は、確かに瑛都の痛い部分を突いたのだ。

（そんなにおれって、恵まれていることに胡坐《あぐら》をかいてるように見えるのか。こうなったのも、全部おれのせいなの？　友達だと思っていたのはおれだけで、最初から線を引かれてたってこと？）

それでは入学式の出会いの日から、自分達の距離は一ミリも縮まっていなかったのだ。そう思ったら、瞬く間に哀《かな》しみが瑛都の喉を押し上げていった。

時折交わす、何気ない微笑み。言葉の少ない千景が、伝えようとしてくれた気持ち。同じ目標を追いかけながら、同じ季節を駆け抜けているのだと、そう思っていた。全部、大切だった。千景が好きだった。本当に、好きだったのに。

叫び出してしまいそうだ。

こんなに拗《こじ》れて、千景の心は傷だらけで、それを初めて知らされた瑛都の心だって、無傷ではいられない。こんな風になってしまったら、友達でいるなんて、もう無理なんじゃないか。互いのために、離れるしか方法はないんじゃないか。

志季は、黙って瑛都を見つめている。志季は何も言わないけれど、それでいいのかと静かな瞳に問いかけられているような気がした。彼がこの場を瑛都に任せているのは、瑛都ならどうにかできると信じてくれているからだ。志季の信頼を裏切りたくない、そう思ったら、自棄になりそうな気分がゆっくりと鎮まっていく。

瑛都は、体を突き破りそうだったやりきれなさを身の内に押し留《とど》め、自分の正直な気持ちを探った。友人の本音は痛かったし、自分の鈍さで傷つけたことが苦しかった。同時に、恵まれていることに感謝しない傲慢《ごうまん》さを暴かれた恥ずかしさや、全部おれのせいかよという怒り、もうしんどいなと諦《あきら》めたがる気持ちもある。素の自分はなんとちっぽけで、みっともないんだろう。

でも、これがありのままの天国瑛都なんだ、と思った。

息が続くギリギリまで心の淵《ふち》を潜った底には、どうしても千景を失いたくないという思いが、輝く小石のように光っていた。

交わし合った微笑みも、伝えてくれた気持ちも、共に過ごした季節も、全部が嘘だったはずはない。千景に心惹かれ、友達になってほしいと思ったあの出会いの日まで巻き戻されれば、瑛都はきっと何度でも同じ言葉を伝えるだろう。もしよかったら、おれと友達になってくれないか、と。

　だから瑛都は、千景に届く言葉を懸命に探す。

「おれだってそうだよ。君が好きって気持ちに嘘はないのに、君を見ていると時々、自分を嫌な奴だと感じてしまう。君の才能に脅威を感じるし、志季を——役をとられるんじゃないかと思うと、黒い気持ちになる」

　綺麗ごとじゃ、きっと千景の気持ちは戻らない。だから、心の核に近い場所にある嘘のない言葉を、潜っては拾う。

（どうか本当のおれを見て。この欠点だらけの、みっともないのがおれだ。君の作り上げた神様じゃなく、目の前にいる、等身大のおれを見てくれ）

「君にはおれにない美点がたくさんある。繊細で、ひたむきで、外見からは想像もつかない圧倒的な量の情熱と、覚悟を持ってる。そんな君だから、嫉妬《しっと》するけど惹かれるんだ。自分を時に嫌いになっても、君といたいと思うんだ」

「君が、僕に嫉妬を……？」

「そうだよ」

　仮面じみた白い顔が、ぱりんと音を立てて剝がれ落ちた。千景の切れ長の瞳から、驚くほど大粒の涙がこぼれ、一筋、二筋と頰を伝ううちに、顔がぐしょ濡れになって嗚咽《おえつ》が漏れ出す。

「……君がそんな、僕にとっては一生ものの、宝石みたいな言葉を、……なのに、もう手遅れだ。全部、自分で壊した。こんなことをして、……駄目にした。誰よりも大切な君に、酷い真似を。傍にいる資格どころか、同じ空気を吸うことさえ……」

「その資格って、誰が決めるの？　おれにも屈折した感情があって、お互い様だったってことは、もうわかっただろ。おれも知らずに君をいっぱい傷つけた。ねえ、君はおれといると、そんなに苦しいの？　もう、顔を見るのも嫌？」

「……すき。簡単に嫌いになれるぐらいなら、こんなことには……。もう何年も前から、君のことだけが好きで……」

「それなら、お互いに洗いざらいぶっちゃけたこの場所からやり直さないか。これからは、くんづけじゃなくて、千景って呼んでもいいかな？」

千景は体を二つに折って号泣しながら頷《うなず》いている。振り絞るような痛々しい姿を、そっと上から抱きしめた。

「君が偶像じゃないおれを見てくれるなら、おれ達の関係は前に進んでる。駄目になったものなんか何一つないんだ」

ふと、演劇を辞めたくないなと思った。その思いがぐんぐん強くなって、目も眩むような輝きを放ち始める。卒業公演までじゃなく、来年も、その先も、友人であり好敵手でもある仲間達と、切磋琢磨しながら火花を散らしていたい。

適性があるかなんて、今でもよくわからない。後悔しない保証もない。ただ、より強く激しく心が燃える方角がどちらなのかだけは、わかった気がする。

夢の在り処を探すための道標があるとしたら、きっとそれだけなのだ。

（自分の夢にしてしまったら、もう誰のせいにもできないぞ。ずっと選ぶことから逃げ回ってきたお前に、その覚悟はあるのか？）

内なる自分が意地悪く問う。覚悟ならある、と瑛都は答える。母の希望を叶えるためじゃなく、それが手近に提示された道だからでもなく、本気で芝居に挑戦してみたい。

「千景。全力で役をとりに来ていいよ。おれも負けないから。君はおれが高校に入って最初にできた友達で、最強のライバルだ」

銀の糸で編まれたレースの波が、白い砂の上に広げられては遠のいていく。遥《はる》か沖の方で、真っ暗な波間に白い何かが光っている。千景が投げた仮面だろうか。

泣きじゃくる千景の体を抱きしめながら、志季を見上げた。よくできましたというように、逆光の中の顔が微《かす》かに笑っている。月光で縁どられたシルエットが淡く光って、やっぱり夜に舞い降りた天使みたいだな、と瑛都は思っていた。

宥《なだ》めすかして千景を医務室に連れて行き、医師に診てもらったところ、眞秀の時と同様、千景の心身にも疲労以外の異常は見られなかった。

大河内に相談すると、一週間ほど稽古を休養するように言い渡された。と同時に、この休みで減点したりはしないというお墨付きももらうことができた。

千景のプライドを慮《おもんぱか》って、今回のことは瑛都と志季の胸の内に止《とど》めておこうと思っていたが、千景は眞秀達にも話すことを選択した。

前回同様、眞秀と晴臣の部屋に五人が集まると、千景の口から事の経緯が話された。

「瑛都くん、……瑛都には、本当に酷いことをしてしまったんだ」

くん付けをやめた話し振りは、慣れないせいでたどたどしかったけれど、やり直すという千景の意志が感じられて、瑛都は嬉しかった。

「酷いことなんかされてないよ」

「したんだよ。瑛都の腕、酷いことになってる」

長袖シャツに包まれた瑛都の肘下には、今もひっかき傷のかさぶたと、強く殴られた痣《あざ》が残っている。

「別に、たいしたことないよ。それにこれは、一緒にあの夜を乗り越えたっていう証《あかし》みたいなものだから」

「……腕だけじゃない。縁を切られても仕方がないだけのことをしたし、言ったのに、瑛都がまだ友達でいたいと言ってくれて、僕がどんなに……」

それはお互い様だった。瑛都といると苦しい、憎いと言いながら、それでも好きだと、簡単に嫌いになどなれないのだと、千景は言ってくれた。その言葉に、どれほど救われたことか。

「胸に溜《た》まってたことをお互いにぶっちゃけた分、距離が近づいたのが、おれは嬉しいんだ」

瑛都の言葉を聞いて、千景は感極まったように喉を詰まらせた。鼻をすする音が響く室内で、晴臣が穏やかに言った。

「雨降って地固まるって言うしね。友達同士、鬱屈したものを抱えたままでいるより、かえってよかったんじゃないかな」

「なんかこういうのってよくない？　喧嘩して、ぶちまけあって、距離が近づいて、なんてさ。あー、おれも交ざりたかった！」

「お前は常にぶちまけてるだろ」

混ぜ返した志季の言葉に眞秀がむくれて見せる。

「これだからこの男は。俺の見かけとは裏腹な大人力を、全然わかってないね！　俺はね、言っていいことしか言わないの！」

しんみりしていた部屋が、和やかな笑いに包まれた。

（こういうのっていいなあ）

瑛都は胸が温かくなるのを感じた。千景との友情を、もう駄目かと思った瞬間もあったけれど、諦めなくてよかった。

そして、自分の傷を最小限に留めるための諦め癖がついていた瑛都が、今回最後まで粘ることができた背景には、何一つ口を挟まず傍で見守ってくれていた志季の存在があった。

志季に恥じない自分でありたいと、そう思ったのだ。

泣き止《や》んだ千景は、志季にも頭を下げた。

「あの夜は、志季くんにも大変失礼なことを。どうかしてたんだ。あの、どうか忘れてください」

「もう忘れた」

志季はそう言ったが、眞秀がすかさず食いついた。

「こいつに何したの？」

「あ、あの、それは……」

真っ赤な顔で消え入りそうになっている千景は実に可愛らしかったが、少し具合悪そうに身じろぎする志季を見ると、むかむかするのは何故だろう。

それぞれの事件以来、千景にも眞秀にも乖離のような症状は出ていないし、仲間の絆は、事件が起きる前より深まったと思う。特に千景は以前よりリラックスしているように見えるし、自然な笑顔が増えた。顔色もひと頃よりだいぶよくなっている。

千景も眞秀も、繕っていた部分が綻《ほころ》びてしまった結果が、毒出しとしてプラスに作用したのは、不幸中の幸いだったと言えるだろう。

ひと通りの打ち明け話が終わった後で、瑛都はずっと疑問に思っていたことを、千景に訊ねてみた。

「ところであの夜、千景が着けていた仮面は、一体何だったの？」

その問いで、部屋の空気が急に冷えた。

「仮面って？」

おふざけモードだった眞秀も、真顔になっている。

「僕の時も同じ。きっかけは天使の木だよ」

瑛都への屈折した気持ちを自分の中に留めておけなくなった千景は、「天国瑛都になりたい」という願いを短冊に書き、天使の木にそれを結び付けに行った。その翌日、教室の机にあの仮面が届けられていた。そしてやはり眞秀と同様、仮面をつけると高揚して無敵な気分になり、仮面に依存していったのだと言う。

「え、何かごめん。俺が余計な話をしたから」

焦った眞秀に、千景が首を振る。

「せっかく忠告してくれたのに、僕が馬鹿だったんだ。何でもいいから何かに縋《すが》りたいと思った時、理性が役に立たなくなることってあるんだね。自分がこんなに愚かで弱いとは思わなかった」

「そう！　そうなんだよ！」

「こうなると、ただの悪戯とはもう言えないな。やり口も同じだし、同一犯の仕業だろう」

志季の言葉を聞いて、眞秀が身を震わせた。

「寒……」

眞秀に続いて千景までもが、天使の仮面に踊らされた。

二人に仮面を与えた人物がいる。それは誰なのか。目的は何だったのか。

穏やかな日常が戻って来たことは本当に嬉しい。だが、仮面の件は黒い染みのように、瑛都達の心に影を落としていた。

第五章

早朝のジョギングで、瑛都《えいと》が島を周回する遊歩道を走っていると、丘の斜面に、たわわに実ったオリーブの木が見えた。先月までは黄緑と紫が入り混じっていた実が、十一月に入って、収穫時期を表す黒へと変化した。晩秋の冷えた空気が、火照《ほて》った体に心地よい。

寮に戻ってシャワーを浴び、制服に着替えて、朝食をとるために食堂に下りる。食堂の大型テレビでは、朝のニュースが流れていた。

あまりにも見慣れた顔が大写しになったので、ぎょっとして画面を見つめた。瑛都の父、雄《ゆう》平《へい》の会社の経営破綻を、アナウンサーが伝えている。強気の多角経営が足枷《あしかせ》になり、急速に資金繰りが悪化、同業他社への身売りを模索してきたが、見通しは暗いと言う。

食堂にいる全ての顔が瑛都の方に向けられたことにも、呆然《ぼうぜん》とし過ぎて気づけない。とても信じられなかった。

いつも父は羽振りがよく、天国家《あまくに》の暮らし向きは贅沢《ぜいたく》だった。経営難の話など、話題に上ったこともない。父の会社が倒産しそうだなんて本当だろうか？

急いで両親に連絡したが、「瑛都が心配するようなことは何もない」と言うばかりで、経営について明るくない瑛都には、はっきりしたことが何もわからなかった。

それからは、周囲から好奇の視線を辛《つら》く感じながらも、父の言葉を信じてじっと耐える日々が続いていた。

そんなある日のこと、教室で授業を受けていた瑛都を、担任の碓氷《うすい》が呼びに来た。

「天国くん、落ち着いて聞いてね。お父さんが倒れたそうだ。急いで東京《とうきょう》に帰りなさい」

薄い刃が、すうっと背骨に沿って入っていくような感覚があった。指先が冷たい、と思った時には体が傾《かし》いでいた。急いで碓氷が支えてくれなければ、転倒していたかもしれない。

(父さんが、倒れた)

頭が真っ白になって、何も考えられない。

緊急時に出るモーターボートが二十分後に迎えに来ることや、電車の乗り継ぎについて、碓氷が説明してくれているのだが、その声が酷《ひど》く遠かった。

学園島《がくえんとう》から安芸津《あきつ》港まで学園所有のモーターボートで送ってもらい、そこからはJRで三回の乗り換えがあった。酷く緊張していたはずだが、まるで何かに体を操られでもしているように、実感がない。ただ、気持ちばかりが酷く急《せ》いて、奥歯がカタカタと鳴り続ける。

(早く帰らなきゃ。父さんの傍《そば》に行かなくちゃ)

「のぞみ」の座席に座って両手を固く握りしめ、父が無事でありますように、助かりますようにと、ひたすらに祈り続けていた。

学園を出た時には昼前だったのに、病院に到着した時には夜の七時を過ぎていた。面会時間は終わっていたが、広島《ひろしま》から来た息子だとナースステーションで告げると、父の病室を教えてくれた。

学園島との気候の差なのか、それとも精神的なものなのか、東京に着いてから寒くて震えが止まらない。

病室に入ると、父の雄平は眠っていた。

ふてぶてしいぐらい生命力に溢《あふ》れた人だと思っていたのに、枕の上で目を閉じた顔は、記憶にあるより白っぽくて生気が感じられない。一瞬、死んでいるのではないかと思ってぞっとしたが、胸が上下しているのを確認して安堵《あんど》する。

ベッドの傍の丸椅子を引いたところで、父の瞼《まぶた》が開いた。

「瑛都、来てくれたのか」

「父さん。大変だったね」

「久しぶりだな。背が伸びたか？」

「少しだけ。思ってたより元気そうでほっとしたよ」

内心の心配を押し隠し、努めて明るい声を出す。

「何だかなあ。ちょっと手足が痺《しび》れるなあと思って、救急車に乗せられたかと思ったら、今はトイレに行くのも車椅子だ。これからリハビリだってさ。病気も父さんのことは避けて通るぐらいに思ってたけど、俺って不死身じゃなかったんだなあ」

父の状態を素早くチェックしたが、ろれつが回らないこともないし、普段通りの軽口も言えている。半身が不随になったり、性格まで変わったりしていたらどうしようと心配していたから、瑛都はひとまず胸を撫《な》で下ろした。

「当たり前だろ。これに懲《こ》りて、もう無茶な働き方しないでよ」

そこで父の浮かべた表情は、瑛都が初めて目にする、弱気で複雑なものだった。

「外じゃだいぶ騒ぎになってるんだろ。お前にも気苦労をかけるな」

「おれは全然。おれのことまで気にしてたら病気に障るよ」

「真理沙《まりさ》はどうしてる？」

「電話でしゃべった感じはいつも通りだったよ。この後、家に帰るから、伝えたいことがあったら伝えるけど」

「お前の母さんは昔から強がりで、自分からは平気だとしか言わないからな」

喉奥で低く笑った父の顔に、見間違えようもない情愛が滲《にじ》んでいるのを知って、瑛都は驚いた。

「父さんは、母さんを嫌いなわけじゃないんだね？」

「当たり前だろう。そんな風に思ってたのか？」

父は驚いたように問い返してから唸《うな》った。

「うーん、確かにお前の前で喧嘩《けんか》ばかりしてたからな。そんな風に思わせて悪かった。お前の母さんはな、俺にとってはただ一人の女性だ。何度生まれ変わっても、きっと俺は彼女を好きになる」

これ以上はない熱烈な愛の言葉を、父は至極当たり前のことのように口にした。言葉を盛ったわけじゃなく、それが自分の中で幾度も反芻《はんすう》して確信にまで高めた、父にとっての真実だからなのだろう。

「でも、彼女にはもっと別の選択肢もあっただろう。だからせめて、俺は真理沙の最高の応援団でいようと思った。彼女が自由にどこまでも羽ばたいて行けるように、茨《いばら》を切り払って道を敷くのを、俺の一生の仕事にしようってな」

父は茫洋《ぼうよう》とした視線を瑛都の顔から天井に移した。

「俺には人を使う力がなかった。ワンマンで、人を育てようとしなかったツケが回ってきたんだ。俺の会社は倒れる。私財も全部突っ込んだが、回避できなかった。会社を、お前に継がせてやりたかったんだけどな。俺が昔したような金の苦労を、お前にはさせたくなかったのに。瑛都、ごめんなあ」

「……んで謝るんだよ……」

　ぐっと喉が閉まって、それ以上何も言えなくなる。

（絶対泣くもんか。父さんの前で、涙をこぼしたりするもんか）

　瑛都が泣いたり嘆いたりしたら、父を一層追いつめてしまうだろう。だから、気力と演技力を総動員して、小生意気なティーンエイジャーの顔を作った。

「全部お膳立てしてもらって乗っかるだけなんて、おれは元々嫌だったよ。だいたい父さんは過保護過ぎなんだよ。心配しなくても、おれは自分の力で父さんよりずっと成功してみせる。世界中の秘境にでも月にでも、おれが父さんを連れて行ってあげるからね」

（だから、謝ったりするなよ。父さんが家族のためにどれだけ頑張ってきたか、ちゃんとわかってるから。だから、過去形でばかり話さないで。全部終わったみたいな顔をしないでよ）

　父の価値観についていけないと思うことも多かったけれど、父にはやっぱり父らしく、無神経なぐらいに強気で前向きで上昇志向の固まりのままでいてほしい。

「瑛都も言うようになったなあ」

　父はそこでようやく、父らしい大きな笑顔を見せてくれたのだった。

　病院のエントランスから出たところで、「すみません」と声をかけられた。振り返ったところで、フラッシュの光に目を射られ、マイクを突きつけられる。

「『週刊文秋《ぶんしゅう》』です。天国雄平さんと女優の本条《ほんじょう》マリサの息子さんでいらっしゃいますよね？　お父さんのお見舞いですか？　天国さんの容態は？」

「……」

　こういう時、余計なことを言っては父や母に迷惑が掛かると知っている。足早に通り過ぎようとする瑛都を、レポーターが追ってきた。

「お父さんの会社の経営破綻について、息子さんはどう考えていらっしゃいますか？」

「……」

「本日発売の本誌に、本条マリサさんが天国さんと離婚されるというスクープが載りましたが、これについて、何か聞いてらっしゃいますか？」

　振り切るために瑛都が走り出すと、レポーターはもう追って来なかった。

（離婚？　何それ。聞いてない）

　母ははっきりした気性の持ち主だが、無情な人ではない。こんなタイミングで、弱っている父を放り出すような真似《まね》をするはずがない。離婚をするにしたって、タイミングは選ぶはずだ。

（きっと週刊誌の捏造《ねつぞう》だ。いつだってあいつらは、刺激的な見出しで大衆の気を惹《ひ》くために、ありもしないことを書き立てるんだから）

　瑛都はそう結論づけることで、波立つ心を抑えた。

すぐ傍でブレーキ音が響いたので、車でさっきのレポーターが追ってきたのかと身構えると、後部座席のリアサイドウィンドウが下りて、サングラスをかけた母の顔が見えた。

「乗ってちょうだい。急いで」

瑛都が乗り込んですぐに車が走り出す。

「囲まれた?」

「うん。でも、何も言わなかったよ。すぐに振り切れた」

「雑誌の名前はわかる?」

「『週刊文秋』だって」

「ここでピックアップできてラッキーだったわ。金子《かねこ》さん、文化秋冬社《ぶんかしゅうとう》に抗議文を送っておいて。息子は一般人で未成年よ。目線入りでも画像は使わせないわ。無理を通したらどうなるか、馬鹿でもわかるように嚙《か》み砕いて教えてあげてね」

ハンドルを握るマネージャーの金子が「わかりました」とだけ答える。

「せっかく瑛都が戻ったのに、マンションにもパパラッチが張り付いていて帰れないの。それに、今東京は貴方《あなた》にとって居心地のいい場所とは言えないわ。残念だけど、このまま空港まで送っていく。車の中で少しだけ話をしましょう」

母の少し改まった様子を見て、さっきレポーターが言っていた件が頭をよぎり、ぎゅっと胸が痛くなる。

「今日発売の『週刊文秋』に、私達が離婚するという記事が載ったの。貴方のパパの側近だった人がリークした、雄平さんが倒れる前にそう漏らしていたという内容の記事よ」

「えっ？　父さんが？」

「負債から私と貴方を守ろうとして、離婚を考えたんでしょうね。いろいろ取り沙汰《ざた》されると思うけど、離婚なんて絶対にしない。そのことを、直接私の口から話しておきたかったの。家も別荘も車もヘリも全部売って、ゼロどころかおそらくはマイナスからのリスタートになるわ。それでも、家族は一つ。一番大事なものだけは変わらない」

　贅沢なものなんか何も要らないと思っていたら、本当に何もなくなってしまった。全てを築き上げて失った父のために、今、悲しむべきなのか、それとも、母が離婚はないと言い切ってくれたことを喜べばいいのか、混乱している瑛都にはよくわからなかった。

　しばらくの間、車の中は沈黙に包まれていたが、再び話し始めた時、母の声はとても静かで落ち着いていた。

「私が芸能界に入ったのは、苦労していた母のためだったけれど、後ろ盾のない派手な容姿の娘には、落ちる先ならそこら中にあった。少しでも気を許したら搾取《さくしゅ》される世界で、ずっと気を張っていたし、この外見のせいで、若い頃は奔放な役ばかり演じていたわ。結局は母と同じ、女であることをお金に換えているのだと思えて、虚《むな》しかった」

　奇跡のアラフォーなどと言われている母だけれど、実際には年齢以上のものをその目で見てきたのだと思わせられる語り口だった。

「私はね、本当は田舎の主婦になるのが夢だったの。女優なんていつ辞めたっていいと思っていた。貴方のパパと小さな畑でも借りて、その日食べるものがあれば他には何もいらないって、今でも本気でそう思っているわ」

そう言って母は、ふふっと笑った。

「でも、女優の本条マリサをバックアップする夫という形が、あの人にとってはとても大事だった。その妻から経済的に支えられることが、彼をどれだけ惨《みじ》めにするか、わかっているつもり。望み通り独りにしてあげた方が、あの人にとっては楽なのかもしれない。でも楽になったら、ふうっと私達の手の届かない場所へ渡ってしまうかもしれない」

言葉の意味を理解した時、背筋が冷たくなった。失意の父が、瑛都や母を残して死を選ぶとでも思っているのか。そんなことは考えたくもない。

「父さんは、そんなに弱い人じゃないだろ」

「強く見える人ほど、横波には脆《もろ》いものよ。でも、そう簡単に楽にさせてなんかやらないわ。あの人を絶対に生かしてみせる」

いつもより少し低く聞こえる声には、強い決意が滲んでいた。

こうなってみて初めてわかったことがある。母が恐れていることがあるとするなら、それはただ一つ、父を失うことなのだろう。瑛都の目には両親の不仲ばかりが映っていたのに、母もまた、炎のような激しさで父を愛していたのだった。

（何だよ。父さんも母さんも、馬鹿みたいに真剣に想《おも》い合っているんじゃないか）

「母さんは、父さんのどこを好きになって結婚したの？」

ずっと前から訊《き》いてみたかったことを訊《たず》ねてみる。お金のためじゃなかったとしたら、惹かれた理由は何だろう。

瑛都の問いかけに、母は「私を型にはめようとしないところ」と即答した。

「賢《さか》しげにすれば男に煙たがられることぐらい、当時の私にだってわかっていた。でも、当時のマネージャーから『笑っているだけでいい。胸のボタンは二つ以上外せ』なんて言われて、頭に藁屑《わらくず》が詰まった女体扱いに心底うんざりしていたの」

そこで、母の視線が懐かしいものを見るように優しくなった。

「知っての通り、雄平さんと私は顔を合わせれば口論ばかりよね。出会った日からそうだった。でも彼は、そんな私のことを、『面白い女だな』って言ったの。『君といると退屈しない』って。貧乏で道端の草を煮て食べていたことや、女ゆえに味わった屈辱、子供みたいな淡い夢。彼になら何でも話せた。……瑛都、パパの心の支えになってやってね」

何だか胸がいっぱいになってしまって、瑛都は「わかった」とだけ答えた。

母の心の襞《ひだ》に初めて触れて、父への深い愛を垣間《かいま》見た今、瑛都には母の顔が、彼女の演じたアンナに重なって見えていた。

道ならぬ恋で身を滅ぼしていくアンナとは違い、母は今日まで家庭を維持してきたし、自分の力で生きる術《すべ》も持っている。それでも、母の愛や哀《かな》しみ、人としての味わいが二重写しになるからこそ、母はアンナをあれほど奥行きのある女性として演じることができたのだろう。

（人真似の演技じゃ絶対に到達できない、人生を通して摑《つか》み取ってきた、大切な何か）

瑛都もまた、言葉にはできないままに、何かを摑みかけていた。全ての表現者に投げかけられる最初の問いの前へと、知らぬ間に立っていたのだった。

「それでね、しばらくは身辺が騒がしいだろうし、ほとぼりが冷めるまでは家に帰って来ない方が安全だと思うの」

「冬休みは寮に残った方がいいってこと？」

「そうしてちょうだい」

「おれ、高校辞めて働こうかな」

そっと置いた言葉が、唇から出た瞬間から存在感を増していく。

高校は、期待していたよりずっと楽しかった。念願だった友達もできたし、授業も歯ごたえがあって面白い。志季《しき》とも、ようやく遠慮が取れて話ができるまでになった。瑛都だって、このまま叡嶺《えいれい》学園で高校生活を続けていけたらどんなにいいかと思う。

でも、家が大変な時に、自分ばかりがこれまで通りの生活を享受していていいはずがない。ましてや、叡嶺学園は特別に学費の高い学校だ。今年度の学費と寮費を含む諸経費は奨学金で賄《まかな》われているけれど、来年度も全給付型の奨学金を獲得できる保証はない。

「馬鹿なことを言わないで。そんなことをされたら、雄平さんも私も何のために仕事を頑張ってきたかわからなくなるわ。どうあっても高校だけは続けさせるから」

「中学卒業と同時に就職する人もいるじゃないか。おれも働く、働けるよ」

「今の貴方に何ができると言うの？　貴方の稼ぎ程度じゃ状況は変わらないし、そんなことになったら、それこそ貴方のパパは心が折れてしまうわ」

病床にある父を引き合いに出されてしまうと、瑛都にはそれ以上何も言えなくなる。

「そうだわ。クリスマスプレゼントを買う時間がなかったの。寮の方に送るわね」

「いらないよ。必要なものは全部揃《そろ》ってるし、コインが余ってるから、欲しいものがあればそれで買える。おれ、来年も絶対特待生の資格をとるからね。奨学金をもらえなかったら今の高校は辞める。それについては父さんにも母さんにも文句は言わせないから」

それだけは譲れないという意思を言葉に込めたが、「その件については、また頭が冷えた頃に話しましょう」と、話をそらされてしまった。

「とにかく、おれにはこれ以上一円もお金が掛からないようにするよ」

「……馬鹿ね。貴方はまだ高校生なんだから、お金の心配なんてしなくていいのよ」

母の声が初めて弛《ゆる》み、湿り気を帯びた。

これから逆風に向かって立つことになる両親が心配でならないが、今の瑛都にはこの状況を解決できるだけの力はないし、ここで何を言っても心配を押しつけることにしかならない。ましてや騒動の渦中に自分が戻っては、二人の心労が増すばかりだろう。

いろいろな思いが渦を巻いていたけれど、結局、瑛都は全ての感情を飲み下した。

「ねえ、母さん。今度のことが起こる前に、演劇に進路を決めたんだ。父さんにも、元気になったら話すつもりだ。応援してくれる?」

「もちろんよ。ただ、やるからには二世俳優で終わらないでね。本条マリサの息子じゃなく、私が天国瑛都の母って呼ばれるぐらいになってちょうだい」

そう言って笑った声はもう、瑛都の母である天国真理沙のものから、女優・本条マリサのものに変わっていた。

第六章

夏期休暇に次いで長い冬休みを目の前にして、学園島は浮き立つような祝祭ムードに包まれていた。

校舎中にクリスマス飾りが施され、寮に設置されたツリーにもオーナメントが煌《きら》めいている。目を楽しませてくれる装飾には、瑛都《えいと》もずいぶん慰められた。

東京から学園島に戻った時、瑛都を取り巻く環境は一変していた。

古い家柄の者が君臨する学内でも、ずば抜けた美貌を持つ瑛都は、名誉カースト的な位置にある生徒として認知されていた。瑛都に関心を持つ上級生も少なくはなかったが、互いが牽制《けんせい》し合うことで、おいそれとは手を出せない雰囲気が醸成されていた。

微妙なバランスで保たれていたその均衡が、崩れた。

クラスメイトや寮生のほとんどは瑛都に同情的だったけれど、あからさまに態度を変えた者もいる。何より、自分に向けられた視線の質が変化したのを肌で感じた。粘っこくまとわりつくような、好奇と興奮をはらんだ目、目、目。

校内を歩いていれば、下卑た野次を飛ばしてくる者もいる。

「天国《あまくに》って、あの天国雄平《ゆうへい》の息子だろ」

「おーい、瑛都ちゃん。こっち向いて」

「高校辞めんの？　その前に一回お願いしたいねえ」

自分以上にいきり立って向かって行こうとする眞秀《まほろ》を、瑛都は宥《なだ》めた。

今では瑛都も、千景《ちかげ》と同じ立場だ。この高校に居続けるためには、何としても特待生の資格が欲しいから、問題を起こすわけにはいかない。このぐらい、母の覚悟や父に待っているリハビリを思えば、なんてことはない。

一番しつこかったのは、以前に瑛都を待ち伏せしたことのある三年の棚沢《くるみざわ》だ。校内を歩いていると、隣に並んで話しかけてきた。

「金に困ってるんだって？」

歩みを止めずに無視するが、棚沢は構わず話を続ける。

「俺の専属になれ」

性的な関係を求められているのだとわかって、吐き気がした。

「股開くだけで金の心配が要らなくなるんだぜ？　割りがいいバイトだろ？」

後ろ盾のない美女だというだけで、母が舐《な》めさせられてきたであろう屈辱を思うことで、自分を抑えた。

（おれは男なんだし。こんなことぐらい我慢できなくてどうする）

瑛都は拳《こぶし》を握り、必死で歩を進めながら、耐えろと自分に言い聞かせていた。

「おい、無視してんじゃねえぞ」

ぐいと肩を引かれ、頬に指が食い込むほど強く顔を摑《つか》まれて、狼《おおかみ》めいた顔へと向き直らせられる。

「そのお綺麗《きれい》な面見てると、どろどろに汚してやりたくなるぜ」

瞬時に我慢の限界が来て、裏拳で鼻を狙《ねら》ったが、暴力慣れしている男に腕を捻《ひね》り上げられてしまった。そのまま強引に引き摺《ず》られていく。

「放せっ。こんなことが通ると思っているのか。……誰か、先生を！」

助けを求めて見回すが、皆、瑛都の視線を避ける。動く生徒は一人もいなかった。

（こんな衆人環視の中で暴力行為が行われているのに……？）

この学園は、異常だ。

真の恐怖を感じ、何とか振りもぎろうと、全体重をかける。肩が外れそうに痛んだが、締め上げる手が緩むことはない。暴れながら床を仰向《あおむ》けで引き摺られていく間も、誰一人、瑛都を助けようとする者はいない。

「前に言わなかったか？　この学園で、椥沢に盾突くような馬鹿はいないってよ」

狼めいた顔の勝ち誇った笑みを見て、絶望が加速していく。

あの角まで行くと、階段がある。突き落とされて頭でも打ったら、もう抵抗できないかもしれない。廊下のさらに奥には、例の視聴覚室横の溜《た》まり場がある。そこに連れ込まれてしまったら――。

「そいつに触るな」

バシッと何かを叩《たた》く音と同時に、鋭い一声が空気を裂いた。顔を見る前から声の主《ぬし》が誰だかわかって、地を這《は》うようだった気分が一気に浮上する。

栩沢の手を振り払った志季《しき》の全身からは、怒りのエネルギーが火花のように散っていた。

「瑛都の弱みにつけ込んで玩具《おもちゃ》にする気だろう」

「てめえ、何度も同じ手が通用すると思ったら――」

『騙《だま》して連れ込んだらこっちのもんだ』

志季が、見えない何かを読み上げ始めた。

『そう焦るなよ、天国ならお前らにも後で回してやるから』

「……お前、どうして俺のＬＩＮＥを」

『八鬼沼《やぎぬま》の野郎に吠《ほ》え面かかせてやるのが楽しみだぜ』

「やめろっ」

「お前らのやりとりを学園の裏サイトに晒《さら》し上げた後で、お前のスマホはクラッシュした。学生証のカード機能もだ。こいつに構えば、何度でも潰《つぶ》す」

慌ててスマートフォンを取り出した楜沢は、電源の入らないそれを見て、蒼白《そうはく》になっていた。

「お前の秘蔵フォルダも裏サイトに晒しておいた。楜沢、お前は真性のサディストだったんだな。お気に入りのプレイは乳首に針？　はっ、エグいな」

「化け物が……」

「こいつに指一本でも触れてみろ。帝《みかど》のケツから喉までデッキブラシで串刺しにしてやる」

思わずぞっとするような冷ややかな声で志季がそう言うと、楜沢は何も言わずにその場を立ち去った。

廊下は水を打ったように静まり返り、志季を気味悪そうに見て囁《ささや》き交わしている連中もいる。

志季は床に座り込んでいる瑛都を助け起こした。

「大丈夫か」

「うん。……ありがと」

恐怖によって竦《すく》み上がっていた心が緩み、涙が出そうだった。助かったのだ。またも、志季に助けられた。

少し前を歩く当人は、恐々とした視線を気にする風もないけれど、瑛都を助けたせいで、志季の良くない噂《うわさ》がまた一つ増えるのかもしれないと思うと、胸が痛んだ。志季に申し訳ないと思っている気持ちに嘘《うそ》はないのに、その痛みの底には不思議な甘さが沈殿している。

（志季が助けに来てくれた。みんなに見殺しにされようとしていたおれのために、怒ってくれ

た）
凄《すご》く嬉《うれ》しかった。
志季はいつも、信じられないようなタイミングで、絶体絶命の瑛都に救いの手を差し伸べてくれる。前を歩く制服の背中を追いながら、魔法みたいだと思っていた。

自分達の部屋に戻って、無事であることに体が馴染《なじ》んでくると、締めつけられていた胸がようやく解《ほど》けてくる。瑛都は志季に訊ねてみた。

「どうして、おれのこと、こんなに助けてくれるの？」

嬉しいけれど、志季の気持ちがわからないから、困惑もあった。こうタイミングが良すぎることが重なると、不思議な気持ちになってくる。

「お前が間抜けだからだ」

「それは何度も聞いたけど。でも、どうして？」

「……中学の頃、俺は今よりもっとガキで、当時のルームメイトを救えなかった。もう、二度とあんな思いはしたくない」

悔いを滲ませた声だった。それでは、瑛都はその子の代わりなのか。志季が何度も助けてくれたのは、正確には瑛都のためではなかったのだ。

（志季は、その子のことが凄く好きだったんだな。それは友達として？　それとも、それ以上の気持ちがあったのか？）

胸に去来した失望と哀しみの意味が、瑛都にはわからなかった。

「ありがとう、志季。相変わらず何をどうやったのかおれにはわからないんだけど。こんなに敵に回したら怖い奴《やつ》もいないね」

「ああ。だから敵になるなよ」

「うん。登場感が凄かった。恐竜ロッカモンのロッカティラノみたいだったよ」

「それ、褒《ほ》めてんのかよ」

思わずといった風に志季が笑った。

滅多に見られない年相応の笑顔が見られた、ただそれだけで、ゲームのガチャでＳＳランクのロッカモンを引き当てた時以上の喜びが込み上げてくるのは何故《なぜ》だろう。ＳＳランクより、レアリティが高いからかもしれない。

「そう言えば、お前は冬休み、どうするんだ」

「寮に残るつもりだけど」

東京には帰らない方がいいと母から言われた時から、冬休みはそうするつもりでいた。瑛都の返事を聞いて、しばらく逡《しゅん》巡《じゅん》したような表情を浮かべていた志季が言った。

「お前も森の家に来るか？」

前触れもなく提案されて、少し面食らってしまう。

長期の休みには、志季が森の中にある一軒家に移るということは、前に聞いたから知っている。

「えっ、いいの？」

夏休みには当然のように帰省した瑛都は、久し振りに顔を合わせた両親から大歓待を受けた。高名な演奏家を招いたお帰りパーティーや、母とのオペラ鑑賞、父のクルーザーから見た夕日。海沿いの別荘での贅沢三昧で、毎日が飛ぶように過ぎていった。

あれがわずか数か月前のことだったなんて信じられない。今では、あの別荘も父のクルーザーも、全部なくなってしまったのだ。

夏休みの間志季がどうしていたかなんて、当時は思い浮かべることすらしなかったな、と今になって気づく。

独立心の強い志季のことだから、他の生徒達にまみれた生活から脱出して一人で過ごす時間も必要なのだろうと思っていたので、まさか誘ってもらえるとは思わなかった。

志季はと様子を窺《うかが》うと、彼らしくもなく、表情が曖昧《あいまい》に揺れている。自分が言い出したことを既に後悔しているのではないか、と感じた。

「……本当に、おれが行っても大丈夫？　無理、してない？」

「衣食住全部一人でやるのが面倒だから、家政夫代わりに使おうと思っているだけだ。それから、あそこにはテレビもないし、ネットも持ち込まないことにしてる。それでもいいなら来いよ」

「うん、行きたい」

志季が嫌じゃないなら、考えるまでもなかった。

友達の前ではそう見せないように気を張ってきたけれど、東京から帰って以来、瑛都は少し落ち込んでいた。両親のことが心配だったし、将来に不安を覚えてもいたからだ。こんな気分を冬休み中引きずるのはごめんだったし、寮に残る連中の目を気にしながらでは、気が休まりそうもなかった。

志季の誘いは渡りに船だ。家政夫代わりだって全然構わない。それに、自分達二人だけで生活するなんて、ちょっとした冒険のようでわくわくする。志季とも、今以上に親しくなれるかもしれない。

その日から瑛都は、少しも楽しみではなかったはずの冬休みを、心待ちにするようになった。


「さて。今年最後の稽古は、お待ちかねの三学年合同稽古だ。ちびっこ共、お兄さん達に鼻で笑われるなよ。二、三年、ぶったるんでると、この先二度と先輩風吹かせられなくなると思え」

大河内《おおこうち》がそう言ってにやりと笑う。

卒業公演のキャスト総勢四十二名が、大ホールに集まっていた。思い思いのレッスン着に身を包んだ彼らは、いずれも選ばれてここにいる者ばかりだ。冬物の制服に身を包んでいた時より、薄着になった今の方が一層、皆が恵まれた容姿の持ち主であることがよくわかる。

「天国。百枝《ももえだ》に露木《つゆき》、八鬼沼も。今日はよろしくね」

薫風寮《くんぷう》の寮監補佐で、この公演の主役、アデル役の水川《みながわ》が、にっこり笑って声をかけてくれた。この人はいつも涼しげで、何をしていても優雅に見える。その肩に顎を預けて、顔を出した三年がいる。

「へえ、こいつらが爽《そう》の言ってた後輩ちゃん達？　みんなかわいーね！」

（この人知ってる。入学式の時のミュージカルに出てた）

女たらしの遊び人役だったこの人の演技が、喜劇を一層切れのいいものにしていたことを、よく覚えている。水川とは対照的な印象の、浅黒い肌をしたエキゾチックな顔立ちの美男子だ。

（中東の王子様とか演じたら似合いそうだな）

瑛都がそう思っていると、水川が「重い」とうるさそうに肩を振り払った。重いと言われた男は、邪険にされたことなど意に介さない様子で、水川に背後から抱き着いたまま、やたらとテンション高く自己紹介してきた。

「俺ね、榊《さかき》凛《りん》太《た》朗《ろう》っていうの！　よろしく！」

それではこの人が、もう一人の主役、オルフェ役の榊凛太朗なのだ。

「耳元で叫ぶな。うるさい」

「爽は相変わらずツンデレだなー」

瑛都達後輩には優しい水川が、嫌そうな顔を隠そうともしていないのに、榊は、水川に何度振り払われても構いに行く。黙っていればゴージャスなイケメンだが、そうしていると、まるで躾《しつけ》のできていない大型犬のようだ。

瑛都達一年生は勉強の意味で、二、三年だけで構成されている場面を客席から見るように、大河内から言われていた。

衣装も着ていず、大道具も揃っていない舞台だったが、初めて見る上級生の演技は圧巻だった。

『お前が俺にくれたあの花冠を、覚えているか』

剣を支えに、榊演じるオルフェが立ち上がった。次第に榊の姿が、稽古着ではなく血塗《ちまみ》れの鎧《よろい》に包まれているように見えてくる。

水川演じるアデルもまた、杭《くい》に磔《はりつけ》にされて瀕死《ひんし》の状態だ。いつこと切れてもおかしくはない我が身を構わず、今は敵将となったオルフェの身を案じて声を張る。

『動いてはいけない。誰か、オルフェに血止めを。誰か！』

『……功もいらぬ。栄達もいらぬ。俺が欲しいのは、幼き日のあの花冠だけ』

最期の力を振り絞り、オルフェがよろめきながら、一歩一歩、アデルに近づいていく。

『俺が守りたかったのは、国でもなく王でもない。望みはお前を守ること。ただそれだけだったのに』

『オルフェが死んでしまう！　誰か……、お願いです、神よ。どうかオルフェをお助けください』

聞く者の胸が破れそうになる、哀切な叫び。

水川と榊は消え、アデルとオルフェがそこにいた。

何という熱量だろう。主役二人の感情表現があまりにも濃密なせいで、義兄弟というより、激しく求め合いながら残酷な運命に引き裂かれた恋人同士に見える。

榊と水川はつきあっているのか？　だからこれほどまでに迫真の演技ができるのだろうか？

いや、これは芝居だ。ただならぬ関係に見えるのは、彼らの演技力の賜物《たまもの》なのだ。

二人を繋《つな》ぐ見えない糸、通い合う激しい愛憎は、本物にしか見えない。これは駄目だ、と瑛都は思った。実力差が桁《けた》違いだ。この後、彼らの前で演じるなんて無理だ。

「次、一年」

大河内の合図がかかり、一年生キャスト全員が、客席から舞台袖へと移動する。

すっかり臆してしまった瑛都が二の腕を擦《さす》っていると、志季が「俺らは俺らにできることをやるだけだ」と言った。

「そうだろ?」

「……うん、そうだね」

志季の言葉で、竦《すく》み上がっていた気分が、ゆっくりと解けていった。

それでも、序盤は少しでもよく見せたいという思いが働いて、大河内に人真似《まね》と言われた動きをなぞってしまっていた。

(違う。これじゃ、今までと何も変わらない。志季と話して、母さんに会って、このままじゃ駄目なんだって思ったはず)

コントロールがきかないこと、自分がどう見えるのかわからないことは、怖い。でも志季は、芝居に没入している時の瑛都がいいと言ってくれた。

理性が嵌《は》めたたがを思い切って外すと、志季の顔が視界いっぱいに飛び込んできた。熱っぽくて真剣な、美しい顔。芝居の間だけはそらされない視線が、自分だけを見つめている。じん、と指先まで痺《しび》れる恍惚感《こうこつかん》に身を任せてみたら、客席側からの視線が消えた。

今、瑛都の世界には、夏の宮の庭園に膝をついたマウリシオと、彼に手を委ねている自分しかいない。王子からの求愛の言葉全てに震えたし、ロザリンドの台詞《せりふ》に感情が乗り過ぎて、本当に恋をしているようだった。

そうするうちに、自分達の場面があっけなく終わってしまった。ロザリンドの苦しみや喜びや愛が、まだ生々しく胸の中で息づいているのに、終わってしまうのが嫌だった。物足りない。

まだまだロザリンドのままでいたい。

通し稽古が終わった後には、三年生から一、二年への講評会が行われた。一人一人、演技への評価や、今後に役立つアドバイスをもらう。

瑛都の番になると、水川が「これは天国にって言うより、他の一、二年に聞いてほしいんだけど」と前置きしてから話し出した。

「彼の芝居が、前半と後半で変わったの、わかる人いる？　ちょっと見には、前半の方が綺麗にまとまってるし、上手《うま》いと感じた人も多かったと思うんだ。天国は、名雪《なゆき》さちほの影響を受けてるよね？」

急に振られて、「あ、はい」と慌てて頷《うなず》く。

「途中から意識的に変えたから、天国自身はもう自覚してるはず。前半は、名雪版ジュリエットの模倣だね。役者はそれぞれ体格も個性も違うから、誰の演技を真似たかなんて、よほど特徴的でない限り、普通はわからない。天国の形態模写の能力が高いからこそわかったんだ。でも、これが絵画や小説だったらどう？　剽窃《ひょうせつ》って言われるんじゃない？」

剽窃。水川は、名指しではっきりと、お前は名雪さちほから盗んだと指摘したのだ。恥ずかしくて、体が震えそうになった。

「厳しいねえ。でもま、そういうこった。爽がいると楽だなあ、俺やることねえわ」

悦に入っている大河内に、「俺に押し付けてないで、ちゃんと仕事してくださいよ」と水川が苦笑する。

「じゃ、こっからは先生のお仕事な。誤解なきように言っとくと、模倣がいけないってわけじゃねえぞ。優れたものを真似ることは、全ての学びの基本だ。ただ天国はもう、次のステップに移る時期が来てる。お前は頭で考え過ぎる方だから、感情に流されかけるぐらいがちょうどいいんだ。方向性は間違ってない。一歩前進だな」

大河内が褒《ほ》めてくれた。

瑛都としては、ただ感情に身を任せただけだったから、前進したという実感はない。母のように人生を二重写しにするような芝居ができたとは到底思えないし、第一、投影させられるだけのものが何もない。けれど、方向性は間違っていないと言われたことに、心から安堵した。

「他に何か言いたい奴いるかー？　凜太朗、お前は？」

「はい！　おれが言いたいのは、今年の一年レベルたっけ！　ってことと、天国ちゃんエロくてよかった！　ってことです！」

晴れやかに榊がそう言ったので、ぎょっとして固まっていると、水川が自分の眉間を揉《も》みながら言った。

「先生。このセクハラ野郎を叩《たた》き出してもいいですか」

「セクハラじゃないって！　それだけぐっときたって意味だって！」

「ごめんね。あいつのことは気にしないで。芝居に能力が全振りされてる屑《くず》だから。でも、今年の一年が凄くハイレベルなのは俺も同感。本番が楽しみだよ」

水川がそう締めくくって笑いかけてくれたので、全身がふわっと浮き上がるような嬉しさに包まれた。

解散になっても興奮が冷めやらず、瑛都は食堂でも自分の部屋に帰ってからも、熱に浮かされたように、今日の合同稽古の話をし続けていた。

上級生の芝居が段違いだったこと。特に水川と榊の演技は鳥肌ものだったこと。水川の指摘は堪《こた》えたけれど、ズバッと言ってもらえてよかったと思っていること……。

「七回目」

椅子を回して向き直った志季が、むっとした顔で言った。

「えっ、何が？」

「大ホールを出てから、お前が『水川先輩』って言った回数」

そう言ってから、志季はしげしげと瑛都の顔を見つめてきた。

「お前、惚《ほ》れっぽいのか？」

「変な言い方するなよ。尊敬の念じゃないか。尊敬っていうか憧れ、目標？　かっこいいし、賢いし、何より芝居が凄い。志季だって、水川先輩のこと凄いって思っただろ？」

「八回目！　……ムカつく」

「なんでだよ！」

ルームメイトの機嫌が直らない理由がわからず、瑛都はそれからしばらくの間、おろおろする羽目になった。

少年達で溢《あふ》れた船着き場で、眞秀がぎゅっと瑛都を抱きしめてきた。毛先がくるんとカールした柔らかい髪が鼻先に触れて、少しくすぐったい。

「眞秀？　どうしたの？」

「瑛都と離れるの、寂しい」

「新学期になったらまた会えるだろ」

「魔王に苛《いじ》められたら連絡するんだよ。すぐに助けに来るから」

「苛めねえよ」

志季はすぐ傍で苦虫を噛《か》み潰したような顔をしている。

「えー。好きな子は苛めるタイプのくせに。二人っきりなのをいいことに瑛都に無茶しないでよ」

「くだらねえこと言ってんなよ。さっさと行け」

「瑛都、それじゃまた新学期に」

「志季と仲良くね。森の家、楽しんで」

千景と晴臣《はるおみ》も、かわるがわる瑛都を抱擁《ほうよう》した。言葉にしなくても、瑛都のことを案じてくれているのが伝わってくる。

父の会社の経営難のニュースが流れて以来、神経が剝《む》き出しになったような日々を送る中で、このメンバーのことだけは、疑心暗鬼にならずに信じていられた。彼らの存在にどれだけ救われただろう。

連絡船が岸を離れると、船着き場で志季と二人きりになる。

冬休みに帰省しない訳ありの少年達は他にもいたが、彼らのために蛍雪寮《けいせつ》の施設や図書室が解放されており、食事以外の時間は思い思いに過ごすようだった。

瑛都も居残りが決まった当初は、当然そうするものと思っていたのだが、志季が誘ってくれたことで、状況が変わった。

今日から休みの間いっぱい、森の中にある八鬼沼家所有の家で過ごすのだ。

「行くぞ」

いつも通りのぶっきらぼうな調子で、志季が瑛都を促す。

「うん」

と答えた瑛都の声は、自分の耳にもそうとわかるぐらい弾んでいた。

森に入って静寂に包まれると、大きな腕に抱きとられるような心持ちになる。

木立の間をしばらく進んだところで、空を鏡のように映し出した湖と、二階建ての家が現れた。志季が慣れた足取りでその家に近付き、鍵を開ける。

「ここがこれから泊まる家？」

「そうだ」

森の家と言うから、もっと山小屋風のログハウスのようなものを想像していたが、小綺麗な別荘といった風情の、趣味のいい家だった。

与えられた部屋に荷物を下ろすと、さっそく夕食の準備にとりかかる。

初日の夜のメニューはハンバーグだ。

瑛都のミッションは、中学の調理実習以来の玉ねぎのみじん切りだった。志季に馬鹿にされないように懸命に刻んでいると、猛烈に目に染みてきた。我慢して頑張っていたが、ぼろぼろ涙が溢れてついに手元が見えなくなる。続行不能だ。

「志季！　目が、目がぁ！」

「ムスカかよ」

「玉ねぎってなんでこんなに攻撃力高いの？　何と闘ってるの？」

「食おうとする奴とだろうな。今はお前」

零《こぼ》れ落ちる涙がみじん切りに入らないように顔を仰向けていると、タオルでごしごし顔を拭《ふ》かれた。

「うう……」

「しょうがねえな。代わるか？」

「ううん、やる」

少しだけ持ち直し、残りをようやく切り終えてほっとしていると、志季に生温かい目で見られていたことに気がついた。

「お前、料理したことないのか？」

「母さんの手伝いをしたことならあるよ。ゼリーをバットに流すとか、クッキーを型抜きするとか、豆の筋取りとか、そういうのだけど」

「園児か」

志季が吹き出したので、瑛都は顔を赤らめながら言い訳をした。

「仕方ないだろ。普段は来てくれる人がいて、母さんが料理するのを目にすること自体、滅多にないことだったし。一人の時に火を使っちゃ駄目って言われてたし」

「やるなと言われればやらないってところが、いい子ちゃんのお前らしいな」

「う……」

本音を言えば、松本《まつもと》くんと作ったバナナのアップサイドダウンケーキを再現してみたいな、と何度か思ったことがある。その気があれば、母か家政婦に作りたいと言うことだってできたはずだが、実際にやってみることまではしなかった。

キッチンに立つことを「自分がやる」カテゴリーのことだと認識していなかったからだ。

（食べることって生活の要なのに、料理ができないと将来困るとか、そういう発想が全然なかったんだな）

普通がいいといつも思っていたくせに、普通とは言い難い価値観や生活を甘受していた自分を思い知らされた気分だった。これまで多くのことに疑問すら持たずにいた自分の、ある種のどうしようもない幼さや鈍さ、主体性のなさが恥ずかしくなる。

ただし、瑛都が消極的で受け身なのは、その方が楽だったからというだけではない。瑛都は幼い頃からずっと、人とぶつかることを避けて生きてきた子供だった。

両親共に納得できるまで絶対に折れないタイプで、二人の間には常に論争が絶えなかったから、瑛都は今日も喧嘩になるのではないかとはらはらし通しだった。

不在がちな両親に代わって、シッターやハウスキーパーが家にいる時間も長く、できるだけ彼らの手を煩《わずら》わせないよう、ひっそり過ごすのが習慣になっていた。

そんな中で、瑛都自身はわがままを言ったり我を通したりするのが不得手な子供に育ってしまったのだ。

ちょっぴり凹《へこ》んでいると、志季が瑛都の頭を、ぽんぽんと軽く叩いた。

「おい、別に貶《けな》したわけじゃないぞ。しょげんな」

いつもならここぞとからかわれまくるはずが、何だか慰められている。志季が優しいとちょっと拍子抜けしてしまう。

「ここなら親の目も届かないいし、いい子ちゃんはお休みでもいいんじゃねえの。普段はやらないような悪いことしようぜ」

そう言って志季は、出会ったばかりの頃を彷彿《ほうふつ》とさせる魔王みのある笑みを浮かべた。

「いいけど、煙草《タバコ》は吸わないよ？　父さんが禁煙に苦労したのを見てるから、吸いたいと思えないんだ」

「お前の考える一番悪いことって、煙草なのかよ」

「充分悪いことだろ」

志季がくっくっと喉の奥で笑っている。子供扱いされるのは癪《しゃく》だが、志季が楽しそうにしているのを見るのは悪くなかった。

（おれが落ち込んでいたからかな）

志季は口が悪いけれど、本気で落ち込んでいるような時には、憎まれ口を絶対に言わない。無骨な紙にくるんだ真心だけを黙って置いて立ち去るような、繊細な気遣いがある人だということを、もう知っている。

ちょっとほろりとしそうになっていたのに、

「ここでは働かざる者食うべからずだからな。いくらお前の料理の腕がへっぽこでも、戦力外通告はしないから」

偉そうにこう付け加えるから、感動しかけた気分が台無しになる。

こちらをへっぽこ扱いする腕前はどんなものかと思ったが、瑛都が玉ねぎと格闘していた間に、志季はシュリンプサラダとコーンポタージュ、付け合わせのマッシュポテトとにんじんのグラッセまでを作り上げていた。包丁さばきは手慣れていて手際もいい。

（おれって家政夫代わりどころか、足手まといじゃないか？　志季からしたら、おれなんか甘ったれたお子さまにしか見えないんだろうな）

「志季って何でもできるんだな」

「まあ、必要に迫られて？」

これからはハウスキーパーも頼めなくなるだろう。家事ぐらいできるようにならなくては、と瑛都は思った。

「ここにいる間、料理を教えてくれる？」

「そんなにレパートリーないぞ。それでよければ教えてやってもいい」

「ありがとう。一通りできるようになって、親を驚かせたいな。腕が上がったら寮のみんなにも振る舞いたい」

「なら手始めにそいつを飴色《あめいろ》になるまで炒《いた》めろ。焦がすなよ」

「うん、頑張る」

少しはいいところを見せたい気持ちはあるのだけれど、フライパンに移した玉ねぎからの攻撃は相も変わらず続いている。

「……ねえ、志季」

「何だ」

「ゴーグル貸してくれない？」

「あるかよ、そんなもん。慣れだ、慣れ」

情けない声での懇願は、すげなく却下されたのだった。


二人だけで過ごす森の家での生活は、想像していたよりずっと心穏やかな日々だった。

朝起きると、二人で朝食を作り、洗い物の間に洗濯機を回して、洗濯物を干す。

昼間は簡単な弁当を持って湖での釣りに出かけたり、ウッドデッキに置かれたベンチに毛布や膝掛けを持ち込んで読書に耽《ふけ》ったり、暖かなリビングでボードゲームに興じたりする。

瑛都がいろいろな場所にロッカモンフィギュアを配置して写真を撮っている時にも、志季は生温かい表情を浮かべてはいたものの、何も言わないでいてくれた。

食材が届く日には、散歩がてら港まで受け取りに行く。夕方には洗濯物を取り込んで、夜になるとまた大騒ぎしながら二人で夕食を作った。レパートリーが少ないと言っていたくせに、志季は沢山のレシピを知っていて、瑛都を散々からかいながらも、案外親切に調理の仕方を教えてくれた。

瑛都は元々器用な方だし、課題をクリアしていくこと自体をゲーム感覚で楽しめるたちだ。最初に作った時には固くなってしまったオムレツも、布巾をフライパンの上で返す自主トレを重ねて挑んだ三回目には、ナイフを入れた途端に黄金色がとろりと流れ出す見事な出来栄えとなった。

教えてもらったイカのワタの抜き方もアジの三枚おろしも、コツを覚えればそう難しくはない。

「料理って楽しいね！」

アジに衣をつけながら、志季を振り返ったら、

「粉、ついてるぞ」

頬を指先で拭《ぬぐ》われて、とくん、と胸が妙な具合に鳴り始める。

(何だろ、これ。最近、おれの心臓はおかしいな)

最近、こういうことが増えた。酷く落ち着かないような、それでいてずっとこうしていたいような、自分でも名状しがたい感覚に陥って、ふわふわしてしまうのだ。

志季に意地悪されるのは平気なのに、優しくされると動揺してしまう。アジに集中する振りをしながら、瑛都はしばらくの間、赤くなった顔を上げられずにいた。

志季と過ごす中で一番驚かされたのは、おもむろにゲーム機を取り出した志季が、「コロロッカモンスター」を持っていたことだ。

「え？　え？　え？　え？」

「え、多過ぎだろ」

「志季、ロッカモンやるの？　待って、レベル九十九って、カンストしてるじゃないか！」

「興奮し過ぎ。ほら、始めるぞ」

リビングのソファに隣り合って座りながら、一緒に遊んでいる間中、途轍《とてつ》もなく嬉しくて、ずっと顔がにやけてしまっていた。ロッカモンが大好きなのはもちろんだが、フィギュアを大事にしている瑛都のことをずっとガキ扱いしていたから、興味がないんだと思い込んでいた。

志季が自分のいる場所まで下りてきてくれたみたいで、もの凄く嬉しい。

「これ、普通にやるだけより、罰ゲームありの方が燃えるんじゃね？」

瑛都優勢でバトルモードが進む中で、志季がそう言い出した。

「罰ゲーム？」

「そうだな。勝った方が負けた方に何でも質問できるっていうのは？」

「……何か変なこと聞いてくるんじゃないだろうな」

「へえ。ロッカモン好きを公言してるくせに、案外自信ないんだな」

　こう挑発されては、受けて立たざるを得ない。

「こっちはゲーム歴三年だよ？　負けるわけない。そっちこそ心の準備をしておけよ」

　だが、そこからの志季の猛攻は凄《すさ》まじかった。今まではわざと手を抜いていたのかと疑いたくなるほどに。

「これもう俺の勝ちだろ」

「まだだよ、まだ負けてない」

「フルチャージ、コンボからの、フィニッシュ」

「え、待って！　ああああ、あー……」

　さくっと撃破されて頭を抱える。

「さあて、罰ゲームのお時間です」

　志季がにんまりとした時から、嫌な予感はしていた。

「瑛都くんは週に何回オナニーをしますか？」

「し、下ネタ禁止！」

「答えないと、ペナルティでもっと恥ずかしい質問をするからな」

　こんなの馬鹿正直に答えたらずっとネタにされるという思いと、これ以上恥ずかしい質問って何だろうという恐れとが、ぐるぐると巡る。激しく葛藤《かっとう》しながらも、結局は小声で「……月、

一、二回」と白状してしまった。
「少ねえな。俺が部屋にいるのが気になるからか？　言ってくれれば出ていてやるのに」

「そんな配慮はいらないから。この話はもうおしまい！　次はおれが勝つ！」

次は宣言通り瑛都が勝った。志季が恥ずかしがる質問をしてやろうと思っていたのに、いざ口に出そうとすると、自分の方が照れてしまって、無難な質問になってしまった。

「初恋はいつ？」

「恋愛はしない」

「ずるいよ！　おれはちゃんと答えたのに！」

「ごまかしてるわけじゃない。恋愛はしないと決めている。俺は恋愛向きの人間じゃないから」

（しないってどういうことだ？　いや、答えたくないから適当に言ってるだけかも）

「……音無《おとなし》とつきあってたんじゃないの？」

「つきあってはいない。お互い溜まった時にやってただけだ。島じゃ発散できる場所もないしな」

胸の中で噴火が起こった。伊澄《いすみ》がそう匂わせてはいたけれど、志季本人から聞く破壊力は半端ない。たまらなく不愉快で、裏切られた気分だった。

「そういうことは、愛がないのにやっちゃいけないと思う！」

「はあ？　何でお前が怒るんだよ。愛がなくてもセックスぐらいできるだろ」

「そうかもしれないけど、おれはしない。それに志季の方はそうでも、相手は恋愛を期待するかもしれないじゃないか。音無は志季に未練を持ってるように見えたけど」

「体だけだと納得ずくで寝たはずが、妙に後を引かれても困る。だから切った」

これが一度は関係していた相手に対する言葉だろうか。志季の冷たい言葉を聞いて、身震いしそうになった。

志季が恋愛を忌避していることはよくわかった。体を重ねた相手でも、それ以上を期待した途端にばっさりと切られてしまうのだ。それ以下の関係性の相手が好意を伝えでもしたら、道端の石以下の存在に成り下がってしまうのではないだろうか。努々《ゆめゆめ》好きになってはいけないし、もし好きになってしまっても、絶対に悟られないようにしなくては。

（って、あれ？　おれ今、何考えた？）

志季はルームメイトで芝居の相方、その定義で間違いはないはずなのに。

「志季は誰も好きになったことないの？」

「一人だけ、いたようないないような。でも、それももういいんだ」

どこかが痛むような顔でそう返されて、それ以上何も聞けなくなってしまった。

（それって中等部の時、同室だったっていう人のこと？　その人のことは本気で好きだった？）

どんな人だったんだろう。水川のように素敵な人だろうか。それとも、眞秀みたいに可愛《かわい》い人だろうか。

ゲームで勝ちを奪い合い、質問は互いの心の周辺をなぞりながら、少しずつ核心へと下りていく。質問をし合う中で、知らなかった志季のことを少しずつ知ることができた。

志季の好きなもの。ミント味、ロボット工作、プログラミング。苦手なもの。甘過ぎるお菓子、グループ活動、泣かれること。

志季の次の質問は、さらに一歩踏み込んだものだった。

「お前からは時々、不安と緊張の匂いがしてくる。何にそんなに怯《おび》えてるんだ？」

「怯えてる？　おれが？」

一番怖かった両親の離婚は杞憂《きゆう》だったとわかったし、自分はまだ何かを怖がっているだろうか。そんな風に見えるんだろうか？

「間違えるのが怖い、のかな」

自分でも触れるのが怖いような胸の内を、心にぴったり来る言葉を手探りしながら吐露してしまったのは、場にかけられた魔法のせいだったかもしれない。

「おれが一つでも選び損なったら、何かが取り返しのつかないぐらい損なわれる。……ような気がする」

「お前がちょっと間違ったぐらいで、世界は滅亡しないだろ」

初めて人に話したデリケートな部分を、軽くいなされたようでむっとする。

「茶化すなよ。真面目に話してるんだけど」

「間違うことの何が悪い。人間は間違いを犯すものだし、お前が選び損なったって、取り返しがつかないほど酷いことなんか起こらない」

「何でそんな風に言いきれるんだよ」

「酷いことってのは、何を選ぼうが、何も選ばなかろうが、想定外の形で勝手に向こうからやってくる。そういうもんだ」

妙に輪郭のくっきりとした言葉だった。まるで実体験から何かを悟った人が言うような。よくないことが予想外の方向から突然やってくるものだということは、瑛都も思い知らされたばかりだ。

「確かにそうかもしれないね。ずっと選ぶことが不安だったから、単にそれが癖みたいになってるだけなのかな」

「親の離婚の件か？」

志季の過不足のない音量の声が、耳に心地よかった。同情めいても秘密めいてもいない、淡々とした普段通りの声に救われている。

「それは大丈夫だったみたい。両親が凄く愛し合ってるってことを、つい最近知ったばかりなんだ」

「そうか。よかったな」

「うん、よかったんだけど、……母が立っていられるのは父を守りたいからだし、父が強くいられたのは母がいたからだ。たぶんおれは、必死に互いを守ろうとしている二人が、何かの拍子につっかえ棒が外れてしまった時、壊れてしまいそうで怖いんだと思う」

口に出してみると、自分の気持ちが浮き彫りになる。

「家が大変な時に何もできない自分が歯痒《はがゆ》いんだ。自分のことで手いっぱいで、家のことも両親のことも全然見えてなかった幼稚な自分を殴りたいんだ。高校を辞めて働くって言ったら母に説得されて、奨学金をとれなかったら辞めると一度は腹をくくったけど、家が大変だっていうのに、それも間違ってるような気がして」

「家族が食い詰めるほどなら、選択の余地はないだろう。でも、本当にそうなのか？」

「家やお金は全部なくなって、父は一からの出直しになるけど、母には仕事があるし、食べていけないわけじゃないと思う。父も、リハビリが順調にいってるみたい」

「それならお前が今辞めることに意味はない。それに、お前はここが気に入ってるんじゃないのか？」

「それは、もちろんそうだよ」

友達のいるこの学園が好きだ。授業の速度や密度も自分に合っていると思うし、演技のレッスンはなかなか手強いけれどやりがいもある。

（それに、ここには君がいる）

志季と同じ教室で学び、同じ部屋で眠りにつく学園での生活が、既に瑛都にとっては手放し難いものになっていた。

「絶対に奨学金を獲得しなければ、とか思い詰めるなよ。特待生になれなくても、お前の残りの学費ぐらい俺が何とかする」

瑛都と同じ高校生の身で、何を言い出すのかと思った。

「何とかって？　理事長に掛け合ってくれる気なのか？　何とかなるはずないだろ」

「あの冷血爺《じじい》に頼る気はないさ。俺が用立てると言ってるんだ。栂沢達への追跡やハッキング技術、お前も見ただろう。アプリ開発してそれを売って作った、俺の金だ。俺に掛けた分の費用を、いつか爺に叩き返して、島を出るつもりだった」

「……そんな大事なお金、貸してもらうわけにはいかないよ……」

「俺は千景にだって同じことをする。先行投資って奴だ。お前らが大成したら倍にして返してもらうさ。だからもうそれ以上苦しむな。お前は何でも考え過ぎなんだよ」

瑛都はソファの上で引き寄せた膝に顔を埋《うず》めた。

（この優しさも、同室の子を助けてあげられなかったっていう後悔のため。それだけなのか？）

「志季こそ、もうこれ以上、優しくしないでよ。泣きそうになる」

「別にいいんじゃねえの。俺はお前を倒すデッキを構成するのに忙しいし、見てるのは窓の月ぐらいのもんだろ」

何度か発作のような泣きたい衝動をやり過ごしてから、瑛都は顔を上げた。

ヒーィ、ヒーィ……、どこかで寂しげな鳥の鳴き声がしている。部屋は暖かく、ソファのスプリングがほどよくて、志季が隣にいてくれる。

「静かだな。ほっとする」

それは掛け値なしの本音だった。

両親がマスコミに取り沙汰されて、周りの目が変わったことを毎秒肌で感じさせられる、そんな生活がずっと続いていた。

父の病室で、泣くものかと自分を鼓舞して以来、瑛都は本当に涙一滴こぼさなかったし、弱音を吐かなかった。自分で思っていた以上に気を張っていたのだろう。久しぶりに味わう静かで安全な時間は、かじかんでいた心を解きほぐしてくれるようだった。

人の目を気にする必要がなく、テレビやネットの情報も入ってこない。今だけは、世の中で何が起こっていても知らずにいられる。こういう無責任で安全な感じを、ここしばらく忘れていた。

(おれ、結構疲れてたんだな。もしかして、志季はそれをわかってたから、ここに連れてきてくれたのかな)

罰ゲームを質問にしたのも、そういう形で、瑛都に胸の内を吐き出させてくれようとしたのかもしれない。心が緩んで、やっとそんなことに気づけるだけの余裕ができたのだ。

志季の大切なお金を借りるつもりはない。それぐらいなら学費の高い叡嶺は辞めようと思っている。でも、追いつめられた気持ちが救われて、頑張ろうという新たな勇気が滾々《こんこん》と湧いてくるのを感じていた。

（おれは今、健康だし、友達に恵まれていて、両親も無事だ。なのに、何をそんなに思い煩っていたんだろう）

「ここ、いい家だね。凄く落ち着く」

「五歳の頃からこの島にいるが、ずっとこの家が嫌いだった。でもお前がいると、違う家みたいに見えるな」

「五歳の頃から？　それじゃ、以前はご家族もここに住んでらしたんだね。今は別の場所に引っ越されたってこと？」

「俺に家族はいない。両親に疎んじられて、祖父の八鬼沼武志《たけし》に引き取られたのが十一年前だ。中学の寮に入るまではこの家で暮らしてた。長期の休みや、一人になりたい時には、今もここで過ごしてる」

自分のそれとはかけ離れた、想像を絶する成育歴を聞いて、瑛都は言葉を失った。

（両親に疎んじられたって、どういう意味？）

志季のことを知りたいと思っていたけれど、これは瑛都が訊《き》いてもいいような話なんだろうか。

「……虐待、されてたの？」

恐る恐る訊けたのは、それだけだった。

「いや。ただ、両親にとって俺は鬼子、家庭における異分子だったというだけだ」

鬼子。異分子。幼い頃の己を表現するには、あまりに惨《むご》い言葉だ。

「それじゃ、理事長、……お祖父《じい》さんが志季とここで一緒に生活してたのか」

「爺と住んだことはない。家庭教師が通いで来ていた。食料や生活物資の配達は三日に一度。たまに医師。庭番が常駐でいたが、子供に構う人ではなかったから、基本は一人だ」

「五歳児が？　たった一人で？　そんなのおかしいよ！」

たとえ常駐の人がいたとしても、小さな子をこんながらんどうの家で、ひとりぼっちにしていいはずない。

幼い志季がこの家にたった一人でいるさまを想像すると、胸が締め付けられて、喉が渇いているわけでもないのにひりひりする。

（どうして、その頃志季の周りにいた大人は、誰一人、そんなことはおかしいって考えなかったんだ）

感情が一気に閾値《いきち》を振り切って、煮え滾《たぎ》る火球のようなものが、出口を求めて暴れていた。

志季の両親が、祖父が、志季の状況に気づきながら見過ごしにした大人全てが、幼い頃の志季にしたことを、絶対に許さない。

「ここに来てから、一度も島の外に出ることは許されなかった。八鬼沼の血を引く最後の子供である俺を逃がさないためだ。ずっと、一日も早く島を出ることだけを考えて生きてきた。この島自体が俺にとっては牢獄《ろうごく》なんだ」

ならば、島からの脱出は志季の悲願であり、最大の復讐《ふくしゅう》でもあるのだ。その大事な逃走資金を瑛都のために使ってくれるつもりでいたのかと思うと、一層胸が苦しくなる。

衝動的に手を伸ばして、志季の髪を撫でていた。本当なら、志季を心から愛してくれる大人が、もっと早くこうするべきだったのだ。

愛《いと》しい、いい子、優しい子。奪われることばかりだったはずなのに、与えることを迷わない、気高い子供。

志季は驚いたように目を瞠《みは》り、何か言いたそうにしたけれど、結局何も言わずにしたいようにさせてくれた。

(小さい志季のところに飛んで行けたらいいのに。そうしたら、同じ玩具《おもちゃ》で遊んだり、怖い夜には一枚の毛布に隠れたり、一つのお菓子を二人で分け合ったりできたのに)

どうしてそうできなかったんだろう。自分達は五歳の頃に出会うべきだった。一緒にいさえすれば、もっとずっと幸福でいられたはずなのに。

灼《や》けつくような憧憬《しょうけい》を覚えながら、別の世界線で幸福に肩を寄せ合っている小さな二人を思い浮かべたら、苦しくて哀しくて、さっき堪《こら》えたはずの涙を止める術《すべ》がなくなってしまった。

「……ちょっと、もう無理」

もう長い間、溢れ出る瞬間を待っていた水滴が、とめどなく頬を伝っていく。志季は人に泣かれるのが苦手だと言っていたのに、早く止めなければと思えば思うほど、激しくしゃくりあげてしまう。

「うう、う……っく、う……」

「ばーか。自分のことでは泣かないくせに、人のことで泣いてんなよ。失敗したな。何でこんな辛気臭《しんきくさ》い話になったんだ？　お前、ゲームに勝ってもないのに質問し過ぎだろ」

手放しで泣いて泣いて、ようやく涙が止まった時には、からっぽになったような感じがした。

(肉親の愛情をもらえなかった志季に、両親が離婚するかもしれなくて怖い、なんてよく言えたよな)

志季はどんな気持ちで瑛都の話を聞いていたのだろう。深刻そうに語っていた自分の横っ面をはたいてやりたいような気分だった。

「志季のこれまでに比べたら、おれのなんか悩みのうちに入らなかったな」

「比較するようなことじゃないし、お前の問題だって高校生には相当だろ」

志季は瑛都の顔を見て笑った。

「泣き腫《は》らしたら、お前ほどの美人でもブスになるんだな」

「……驚いた。初めて言われた」

「ブスって？」

「ううん。志季から美人、とかって言われたの、初めて」

「初めてじゃないだろ？」

「初めてだよ」

自分の顔がへのへのもへじぐらいに見えているんじゃないかと思っていた。志季から見て自分が綺麗な部類に入るのだと思ったら、なんだか身悶《みもだ》えしそうなほど恥ずかしくて、嬉しい。

「ブスって言ったのは嘘だ。目が腫れていようが、お前が学園一の美人だってことに変わりはねえよ」

志季らしくもなくそんなことを言うから、また理由のわからない涙が滲んでくる。

「おい、泣き虫。ゲームまだやるんだろ」

視線を感じて顔を上げると、染み入るような優しい眼差《まなざ》しに出会った。いつものように視線はすぐそらされたけれど、心臓が勝手に騒いで、なかなか収まってくれようとはしなかった。


クリスマスイブの夜も、これまで同様、平穏に過ぎて行った。

チキンの丸焼きとローストビーフも成功したし、二人で囲むテーブルは想像以上に祝祭日らしくて華やかだった。

(ツリーやケーキがないのが絵的に少し寂しい気もするけど。ここでは連絡船で運んでくる物資だけが頼りだし、そこまでは望み過ぎだよな)

父と母、千景達には、ここで撮った写真を加工して作った画像で、クリスマスメールを送った。みんなが大切な人と暖かい場所で食事を囲みながら、幸せな気持ちでいるといいなと思う。

さっきから、志季がキッチンで何かしている。バターの香りがしているから、明日の朝食用のパンケーキでも焼いているのだろうか。

「いい匂い。何作ってるの?」

「秘密」

感情が表れにくい志季の声が、今はちょっぴり得意そうだ。ここでの志季はいつもより雰囲気が柔らかいな、と思う。寮にいる時よりよく笑うし、育った家にいるせいか、リラックスしている。

(おれが感じている十分の一でも、志季もこの時間を楽しいと思ってくれてたらいいんだけど)

そんなことを思っていたら、コートを着るように言われた。

「え? もう遅いよ。どこに行くの?」

「いいから」

厚手のコートの上から大判のショールでぐるぐる巻きにされて、マトリョーシカ人形みたいにされてしまう。

志季に誘われた先にあったのは、湖に浮かべられたボートだった。いつの間に持ち込んだのか、キルトやクッションが置かれていて、座り心地がいいように工夫されている。

美しくて不可思議な夢の中にいるようだった。ゆらゆらとたゆたう二人の上に、遮るもののない巨大な宙《そら》がある。褪《あ》せることを知らない星々が、原初のままの荒々しさで二人を照らしていた。頭上にぽっかりと浮かんだレモン型の月が、今の瑛都にはまるで夜空の流した大粒の涙のように見える。

「くそみたいな学校だし、くそみたいな島だけど、この空だけは悪くないと思ってる」

志季はくつろいだ様子でいるけれど、瑛都は畏怖を感じていた。

(だって、空が途方もなく巨《おお》きくて、圧倒的な数の光がこんなにも澄んでる)

ここでは何一つ隠すことができないような、心許《こころもと》ない気持ちになる。

「お前にこの空を見せたかったんだ」

「凄く綺麗だね。けど、少し怖い。嘘がばれるような気がする」

そう答えると、志季が喉奥で低く笑った。

「お前の嘘なんか、嘘のうちに入らないだろ」

「おれだって、自分のための嘘もつくよ」

「へえ、どんな？」

「言わない」

例えば今、もの凄くどきどきしていることを、平気な振りでごまかしていることとか。

志季が持ってきたバスケットからポットを取り出し、二人分のマグカップに湯気の立つ液体を注いだ。

「ホットココア。ラム酒入りだ」

「ラム酒なんてどうやって手に入れたんだよ」

「金と情報を征する者に不可能はねえんだよ。いいから飲め。いい子は返上するんだろ」

「……美味《おい》しいね」

もうアルコールが回ったのか、酩酊《めいてい》しているような多幸感に包まれていた。ずっと夜が続けばいい。志季が向かいにいさえすれば、他には何もいらない。

志季は次に、アルミホイルに包まれたものをバスケットから取り出した。銀色の包みの中身が、バナナのアップサイドダウンケーキだと知った時、雷に打たれたようになり、胸が震えた。

「嘘。なんで？　おれ、話したことあった？」

これは何の魔法だろうか。

「味は保証しないぞ」

恐る恐る口に運んだそれは、泣きたくなるほど優しい味がした。

瑛都は、バナナケーキにまつわる松本くんとのエピソードを語って聞かせた。これがどれだけ神がかった偶然なのかを教えたかったのに、何故か志季は口をへの字にする。

「随分嬉しそうに話すんだな。そいつとつきあってたのか？」

「何言ってるんだよ。松本くんは友達だよ。今の顔、出会った頃の魔王を思い出すな」

「お陰で、百枝からはずっと魔王呼びだ。本当にお前は失礼な奴だよな」

「志季だって。初日に襲われかけたこと忘れてないよ。今思い返しても、あれは酷い」

「まあ、さすがにあれはちょっとやり過ぎたとは思ってる」

さしもの志季も、ばつが悪そうな顔をした。

「あの時のこと、まだ謝ってもらってない。ごめんなさいは？」

「……やり過ぎました。ごめんなさい」

「あの頃の志季、言葉がきつくて怖かった。正直、最初のうちは大嫌いだと思ってた」

「なんだこれ、年末反省会？　吊《つ》るし上げか？」

「なのに、不思議だな。今は魔法みたいな時間を君と共有してる」

ずっとしゃべり続けているのは、そうでもしていないと、また泣いてしまいそうだったからだ。

「ありがとう、志季。人生で一番寂しいクリスマスになると思っていたのに、志季のお陰で史上最高に幸せな夜になった。君って本当は魔法使いなんじゃないの？」

志季が「酔ったのか」と言って静かに笑う。月の光を浴びたその顔が本当に綺麗で、きゅうっと胸が絞られたようになる。

光の粒子が、瑛都の細胞の一つ一つに染み込んで、全身が鈴のように鳴り出しそうだった。あと少し、何かが満ちてしまったら、どうあっても踏みとどまらなければならない淵へと、とめどなく落ちていってしまいそうな気がする。

「太刀川《たちかわ》達からの預かりものがある」

そう言って志季がキルトをめくり、赤や緑の包装紙にくるまれた箱を手渡してきた。包装紙を開くと、千景からはニット帽、眞秀からはマフラー、晴臣からは手袋だった。全部同じブランドの同じラインのものだ。みんなで話し合って揃えてくれたのだろう。

「……どうしよう。おれ、気が回らなくて、何も贈ったりしてない」

「そんなの気にする奴らじゃないだろ。お前がしんどい思いをしてたの、あいつらも知ってるんだし。喜んで受け取ってやれば、それでいいんだ」

「うん……」

友人達からの贈り物を胸に抱きしめたら、胸に灯《あか》りが点《とも》ったように、温かくなった。自分を思って選んでくれた気持ちが、彼らの温かさが嬉しい。

（できればおれも、感謝の気持ちを形にして贈りたいけど）

瑛都の自由になるお金は、父の一件以来できる限り切り詰めている叡嶺コインだけだ。大した額ではないけれど、あれで何か買えるだろうか。

「どうしても気になるなら、ここ数日で爆上がりした料理の腕前でも披露すればいいんじゃねえの。必要なら俺も手伝ってやる」

その手があった、と気持ちが急浮上する。

「うん！　志季、ありがとう！」

「それじゃ、そろそろ本当に魔法を使うかな」

志季は悪戯《いたずら》っぽくそう言うと、パチンと指を鳴らした。

次の瞬間、瑛都は光の海の中にいた。

月を映していた湖面が、今は様々な色合いの光で埋め尽くされている。湖を囲む木々に施されたイルミネーション、木立の合間を埋めるように配置されたロッカモンの電飾人形の輝きが、水面に照り映えているのだ。木々を背景にして回転する七色の光が、幻想的な雰囲気を一層高めている。

「メリークリスマス、瑛都」

点滅する色とりどりの光によって、向かい合う志季の顔も彩られていた。

どれほどの時間をかけて、これだけのものを用意したのか。ただ瑛都を喜ばせたい一心で、たった一人で黙々とストリングライトを木々に巻き付けている志季を想像したら、胸に迫って声にならない。

ただ音もなく、満ちていく。

もう無理だ。走り出した自分の気持ちをこれ以上抑えられない。

「何か言えよ。外したか？　さすがにガキっぽかったか。お前はこういうのを好きだと思ったんだが」

焦ったように言う志季が愛しくて、愛おし過ぎて、これだけ言うのが精一杯だ。

「……好きだよ。大好きだ」

その瞬間、瑛都は恋に落ちるという言葉の本当の意味を理解する。

燦然《さんぜん》と輝く夜空へと、真っ逆さまに堕《お》ちていく。まるで燃え尽きながら光の軌跡を描く流星のように、最初からハッピーエンドが用意されていないと知っている、真っ暗闇の恋へと。

第七章

冬休みが明けて、三学期が始まって早々のその日、瑛都《えいと》と志季《しき》の部屋は、ちょっとしたティーパーティーの様相を呈していた。

「森の家はそんなに楽しかったんだ」

晴臣《はるおみ》が、パウンドケーキ一切れを二口ぐらいで食べながら、のんびりと言った。スローな語り口と食べ物が消える速さのギャップが大きすぎて、皿の上だけ映像を早回しにしているみたいだ。

眞秀《まほろ》達への贈り物は、結局手作りの焼き菓子にした。冬休みの最終日、志季にも手伝ってもらって、残ったラム酒を入れたチョコレートケーキとドライフルーツケーキ、アイスボックスクッキーをどっさり焼いて袋に詰めた。

銘々の家から寮に帰ってきた三人は、手作りのお菓子をたいそう喜んでくれた。せっかくだったらみんなで食べようということになり、こうして瑛都達の部屋に集っているのだ。

「うん。志季がロッカモンやってくれると思わなかったから、凄《すご》く嬉《うれ》しかった」

瑛都がそう言うと、眞秀がクッキーをつまみながら、意味ありげににやにや笑う。

「それはだって、ねえ。涙ぐましい努力あってのことだからね」

「百枝《ももえだ》、余計なことを言ったらどうなるかわかってるな」

志季の脅しなどどこ吹く風で、さらっと晴臣がリークする。

「志季はね、コロロッカモンスターのレベル上げに、隙間時間を全部注《つ》ぎ込んでたんだよ」

千景《ちかげ》も小声で耳打ちしてくれた。

「あのゲームは、他のプレイヤーとすれ違いバトルするとレベルが上がるでしょ？　未経験者の僕や晴臣くんまで、ゲームをダウンロードさせられたんだよ」

「瑛都の前でかっこつけたかったんだろうけど、舞台裏はこんなもんですよ」

眞秀がきひひと妙な声で笑うと、志季はがっくりと脱力した。

「お前ら、言うなとあれほど……」

要は、にわかで始めたゲームをカンストまでして、瑛都を喜ばせるための仕込みを行っていたということなのだろう。クリスマスイブのイルミネーションを見た時も思ったけれど、志季は一緒に過ごす冬休みのために、とても手間をかけて準備してくれていたのだ。嬉しさと照れで、思わず頬を赤らめていると、「んー？」と眞秀が顔を覗《のぞ》き込んできた。

「まさか魔王、俺のバンビちゃんに手なんか出してないだろうね」

「出すかよ、ばーか」

「だって、瑛都が休み前より色っぽくなってる」

眞秀に冷やかされるまでもなく、冬休み以来、微熱でもあるかのように自分の瞳が潤みがちであることは自覚していた。

志季の顔がどうにも眩《まぶ》しくて正視できないのに、暇さえあれば貪《むさぼ》るように盗み見てしまう。志季のちょっとした言動で天にも昇る気持ちになったり、気分が地の底まで沈んだりする。溜《ため》息《いき》も増えたし、ともすれば小さなことで涙腺まで緩みそうになってしまう。

ついこの前までは、志季といられればただただ嬉しかったし、無敵な気分でいられた。なのに恋を自覚しただけで、どうしてこうも不安定になってしまうんだろう。

冬休みの間、志季はとても優しかったし、考え得る限りのことをして、瑛都の気持ちを引き立てようとしてくれた。落ち込んでいた瑛都のことを慰めたいと思ってのことだ。

過去に何があったのかは知らないが、志季は恋愛を望んでいない。あんなに馴れ合うことを拒んでいた志季が、せっかくここまで気を許してくれたのに、もし瑛都が恋をしていると知られてしまったら、結局はそれかと失望させるかもしれない。今の気安い関係は崩れ、疎んじられてしまうかもしれない。

(そんなの、耐えられない)

そんなことになるぐらいなら、今のままでいい。この恋心を、志季に知られるわけにはいかないのだ。

「そんなんじゃないよ。風邪気味なだけ」

口々に心配する眞秀達の後ろで、志季がじっとこちらを見つめている。瑛都は志季の目を見られないまま、口元に硬い笑みを貼り付けていた。


「今からお前達には、一人芝居を演じてもらう」

三学期最初の演劇科の授業で、教師の言葉を聞いた生徒達は、困惑の表情を浮かべながら互いを見交わしていた。

「表現ってものは、究極、精神のストリップだ。演じる対象をいかに個人の体験に引き寄せて、自分のものにできるか。いいか。今回の課題は姑息《こそく》にまとめようとするな。正解の型があるわけじゃない。より自分をさらけ出して、俺をはっとさせられた奴《やつ》が勝者だ」

大河内《おおこうち》の話を聞くうちに、じわじわと不安がこみ上げてくる。

卒業公演のロザリンド役では、何かを摑《つか》みかけている感覚がある。けれど、ロザリンドに感情移入できるのは、瑛都の力でも何でもない。自分の感情と役の感情がこれだけ似通っていて、想《おも》い人と向き合って芝居をするのだから、シンクロするのは容易《たやす》いことだ。

もっとも、役とシンクロし過ぎることが仇《あだ》となって、志季への恋心がだだ漏れにならないようブレーキをかけるせいで、最近ではずっと不調が続いているのだけれど。

一方、それ以外の芝居では、どうやって気持ちを乗せればいいのか。

正解の型はない、自分をさらけ出せた方が勝ちと大河内は言うが、それではどこをどうやって評価するというのか。要は、大河内のお眼鏡に適《かな》うかどうかということなのだろうか。それは主観じゃないのか？

瑛都が考え込んでいるところに、大河内が特大の爆弾を落とした。

「テーマは『叶《かな》わぬ恋』。これから一か月、この課題をみっちりやるからな。今年度の成績における今回の課題の配点は五十パーセント。これまで揮《ふる》わなかった奴らはこれがラストチャンスだ。頑張れよ」

瑛都の周囲は騒然となる。

「これでいい点取れれば、大逆転も可能？」

「逆もまた然《しか》りだろ」

色めき立つ級友達とは対照的に、瑛都の指先はどんどん冷えていく。

（五十パーセント？　それじゃ、ほぼ今回の評価で決まると言ってもいいじゃないか）

卒業公演のキャストに選出されている以上、この授業での成績上位は間違いないと思っていた。これまでの課題でも首位を志季と競ってきたし、正直、この教科の心配は何一つしてこなかったのだ。

やっと自分の夢が定まったところで、父が事業に失敗し、家には経済的余裕が一切なくなってしまった。今後この学校に残りたければ、千景同様、授業料と寮費が全額給付される特待生の枠を勝ち取らなければならない。

卒業公演への選出は、系列大学の演劇科に進む道を有利にする大きな実績ではある。だが、学科や選択授業の成績において上位五名以内に入らなければ、この学校の特待生にはなれない。

レッスン用のウェアが鉛に変わったかのように、重みがずっしりと全身にまとわりついてくる。強く欲するということは、望みの強さに比例して強いプレッシャーが掛かるものなのだということを、瑛都は生まれて初めて知った。

クラスメンバーが、次々に自分なりの「叶わぬ恋」を演じていく。

「おう、会田《あいだ》は何を考えて演《や》った？」

「自分の失恋体験です。力が入らない、もう駄目、的な」

「なるほど。なめくじかと思ったが面白かったぞ。次、浅川《あさかわ》」

精神のストリップ。姑息にまとめるな。大河内の言葉が脳内でぐるぐる回って、必死で考えているのに、演技のプランがまとまらない。

「自分のテーマは、アイドルのかなでちゃんです！」

浅川が言うのを聞いて、焦りが加速していく。もう何でもいい、人真似《まね》だって言われてもいい、何かないか、何か……。

その時、自分をじっと見ている志季に気づいた。

叶わぬ恋、という言葉が、胸に食い込んでくる。そう、志季へのこの想いは叶わない。口に出すこともできないし、悟られるわけにもいかない。

何て苦しい。こんな、息もできないような痛みを、自分の肉を剝《は》ぐようにして人前に晒《さら》すことなんて。

(おれにはできない)

「次、天国《あまくに》」

聞き慣れた大河内の呼び声が、死刑宣告のように響いた。

頭が真っ白になって、ただ、立ち尽くす。体が動かない。何一つできない。

永遠とも思えるような静寂の後、

「天国、下がれ。池田《いけだ》、前に出ろ」

大河内が次の生徒を呼んだ。やっと動くようになった脚で、ぎこちなく後ろに下がる。奈落に落ちて行くようだった。

「しばらく個別練習してみたいんですが」

その日の卒業公演に向けての稽古が始まろうとする直前になって、唐突に志季がそう言いだした時、レッスン室がしん、と静まり返った。

瑛都の授業での失態を、ここにいる半数以上のメンバーが見ている。伊澄《いすみ》を含め、誰もそれについて言及する者はいなかったが、みんなの頭の中にあの惨《みじ》めな数十秒が浮かんでいるのは間違いない。

「なんで？　お前ら喧嘩《けんか》でもしてんの？　プライベートな状況を稽古に持ち込まれちゃ迷惑だ」

志季に対する教師の声と視線は鋭い。

「そういうわけじゃありません。ただ、あいつもやりにくそうなので」

瑛都が言った言葉が、今度こそ瑛都の胸を深く抉《えぐ》った。確かに、今日真っ白になってしまった授業の件だけではなく、最近稽古でも調子が出ていない自覚はある。でも。

「……ってください」

やっとのことで絞り出した声は震えていた。

「待って、ください。確かに最近、おれの調子が悪くて、志季に迷惑をかけているのは事実です。でも、まだやれます。これまで以上に努力しますし、自分をさらけ出すっていうのも、できるようになってみせますから、だから……」

次第に声だけじゃなく全身が震え出す。

「瑛都」

眞秀が心配そうな顔で背中をそっとさすってくれるが、震えが止まらない。こんな姿を皆の前に晒すのはみっともないことかもしれないし、もっと志季を困らせるのかもしれない。でも、なりふり構っていられる余裕が、今の瑛都にはなかった。

誰にも有無を言わせない成績をとって、特待生になる。二年後には、系列大学への特待進学枠も勝ち取り、大学在学中に役者として爪痕《つめあと》を残して、プロとして独り立ちする。役者を目指すと決めた瑛都にとって、それが夢に近づくためのプランだ。

でも、今瑛都の頭を占めているのは、そんな先の話ではなかった。

ずっと二人で練習を重ねてきたのに、今回少しスランプに陥ったというだけで、そんなにあっさり突き放すのか。もしかしたら、志季は瑛都の恋心に気づいていて、それを疎ましく思っているのではないか？

「八鬼沼《やぎぬま》。レッスンの仕切りは生徒の領分じゃねえぞ。一人練習がそんなにいいなら今日の稽古は休みだ。解散。天国、お前は残れ」

怒られるのだと思っていた。最悪の場合には、ロザリンド役を降ろされるかもと覚悟していたが、レッスン室に戻って来た大河内は、瑛都に缶コーヒーを手渡してきた。

「あ、お前、コーヒー飲めるんだっけ？」

「はい、飲めます」

促された通りにコーヒーを飲んでいると、存外に穏やかな調子で、大河内が話し始めた。

「そう思い詰めんな。と言っても無理な話か。お前、真面目だもんな。俺もお前にはちょっと圧をかけ過ぎた。……瑛都、お前、身も世もない恋愛ってしたことある？」

教師に問いかけられてどきっとした。まるで志季への恋心を見透かされたような気がしたからだ。

女子とつきあったことなら、一度だけある。けれどもそれは、恋愛ごっこの域を出ないものだったと思う。初体験をすませるチャンスがあったのに、それをしなかったのは、どうしても彼女を運命の人だと思えなかったからだ。

身も世もない恋と言って思い出すのは、やはりロザリンド姫とマウリシオ王子の恋物語だ。全てを捨てて恋に生きようと思えるのは、相思相愛だからこそだろう。好きな相手をこそこそ盗み見るのが精いっぱいの、自分の秘密の想いとはまるで違う。ロザリンドが羨《うらや》ましいな、と瑛都は初めて思った。

志季の傍《そば》にいると、瑛都はいつも暴風雨の中に立ち尽くしているような気分になる。心に重ね着をしていたつもりでも、志季は容赦なく降りかかってきては瑛都をずぶ濡《ぬ》れにする。そうして、肌や肉を突き抜けて骨の髄にまでも浸透してくるのだ。だから瑛都は、ただ同じ場所でうずくまったまま、二人きりで過ごした夢のような森の家の記憶を、一人でずっと抱いている。

じっと黙り込んでしまった瑛都を見てどう思ったのか、この教師にしては珍しく「ああ、いや質問が悪かった」と謝ってきた。

「お前が今、恋をしてるのかどうかはどうでもいいし、詮索するつもりもない」

この教師からは、演技にそういうものを混ぜ込むことを求められているのだと思っていた。人をこんなに悩ませておいて今更そんなことを言うのかと、少し恨めしく思う。

「でも先生は、自分をさらけ出せって言うじゃないですか。個人的体験を投影するってことなんでしょうけど、そんな一高校生のしみったれた個人史を重ねることに、意味があるんでしょうか。人真似がいけないっていうのはわかりましたけど、……そういうのもなんか、不純だ」

「不純か。まあ、一つの考え方ではあるわな」

そう言って教師は低く笑った。

「自分をさらけ出すのが怖いか、瑛都」

「……怖いです」

教師に反抗しながらも、深層ではわかっていた。瑛都にはどうしても観客に伝えたいほどの思いなど何もない。空っぽの箱の底にあるのは、この学園に来てから体験したいくつかの苦しみと気づき、そして志季への恋だけだ。そんな、自分でも触るのが怖い、どんな形をしているのかさえ知らないようなものを、人前に晒すなんて、できそうもない。

「役者ってのは、腹に何を抱えていようが、板の上でそれらしく見せられりゃあ事足りるんだ、本当はな。ただ、これだけは言える。観客の心を根こそぎさらっていくのは、今、目の前で確かに生きている、役者の生の煌《きら》めきそのものなんだ」

（生の、煌めき）

瑛都は、大河内の言葉を胸の中で反芻《はんすう》する。

瑛都が稽古のたびに志季の演技に酔わされるのは、どんな人物のことも否定せず、あるがままに役として生きる姿に魅せられるからだ。志季は演じる際に何も考えていないと言っていたけれど、それなら何を思って演じているんだろう。

「そして、役の人生を確かに生きたと思えた時に演者が感じる悦《よろこ》びは、観客のそれの比じゃない。セックスなんか馬鹿らしくなるレベルの、超弩級《ちょうどきゅう》の快感だ。癖になるぞ、あれは」

露骨な表現に、瑛都は白い頬を火照《ほて》らせた。

「……教師が生徒の前でそういう言葉、使わないでください」

「童貞にはちと刺激が強かったか」

「おれが童貞かどうかなんて、先生にわかるわけないでしょう！」

「わかるんだなこれが。誰も筆を下ろしたことのない真っ白なキャンバスか。いいねえ。十年がかりで俺好みに育成してぇな」

「この上なくキモいです」

「キモいとか言うな。役者としてって意味だぞ。でも、ちっとは興味持ったろ？　超弩級にキモチイイ舞台」

それには、正直興味を引かれた。

瑛都にはキス以上の性体験はないけれど、セックスよりもっと気持ちがいいってどんなだろう。本当に、そんな体験ができるんだろうか。

「俺は、お前なら芝居に淫する役者になるんじゃねえか、ってちょっと思っちまったんだよな。お前は先達の芝居をよく研究してるし、筋もいい。とは言ってもお前らなんざ、ひよこどころか殻からくちばしも出てねえ段階だがな」

くくっと笑いながら、大河内は電子タバコを取り出し口にくわえた。

「お前、母親に俺が苛《いじ》めてるってチクったろ」

笑い混じりの教師の言葉を聞いて、瑛都は今度こそ心底ぎょっとした。

さっき授業が終わった後で、苦しくて辛《つら》くてどうしようもなくて、母に電話で演技に対する助言を求めてしまったのだ。母は大河内の指導の仕方に酷《ひど》く憤慨して、助言をもらうどころか宥《なだ》めるのに骨が折れただけで終わってしまったのだけれど。

「……もしかして、母が先生に何か言いましたか?」

「おう。お怒りの電話が来たわ。うちの息子に何してくれてるのよ、って凄《すげ》え剣幕で」

(もう、母さん何してんの!)

「母がご迷惑をおかけしてすみません。少し悩んでしまって、演技についてヒントをもらうつもりで話しただけだったんですが……」

「昔振られた腹いせを瑛都にしてるんじゃないでしょうね、とも言われたなあ。俺の教え方に生徒の親が口を出すんじゃねえって突っぱねたがな」

くっくっと愉快そうに肩を揺らす。

さっきとはまた別の意味で、背中を冷たい手で撫《な》で上げられたような気持ちになった。大河内が母との間にあったことについて触れるのは初めてのことだったし、自分からそういう話題を振るなんて思ってもみないことだった。

（昔振られた、って言った。先生と母さんが昔つきあってたって噂《うわさ》、本当なのかな）

正直言って、不快だし、気持ちが悪い。年齢不詳の色香を誇る美人女優だろうが、瑛都にとっては母親だ。昔のことだとしても、母のそういう生々しい話を聞きたいはずなどなかった。

瑛都の父も、一般レベルではかっこいい部類に入ると思う。毎年大量に持ち帰ってくるバレンタインチョコの中には、義理とは思えない気合の入ったものもちらほら混じっていた。けれど、かつて俳優として人気を博していた大河内と比べてしまえば、容姿の面で見劣りするのは仕方のないことだ。何より、表現の世界で研鑽《けんさん》を積んできたこの教師には、破天荒な魅力と独特の雰囲気がある。

その大河内と母とは、今も直接電話をかける仲なのだ。父と母とは深く愛し合っているから、余計な心配は必要ないのかもしれないが。

瑛都の顔に、不安と不快の感情がそのまま表れていたのだろう。いつもは厳しい教師の表情が、幼子をあやすような優しいものに変わった。

「マリサがお前の父親と結婚する前、死ぬ気で口説いたもんだよ。そんな男じゃなく俺を選べ、俺ならお前を世界に通用する女優にしてやれるってな。その一世一代の告白に、彼女が何て答えたと思う？　私は彼しか考えられない、貴方《あなた》とはこれからも一番のライバルでいたいの、だとさ。即答だったよ。最高に残酷で痺《しび》れるだろ？」

大河内の言葉通りなら、母は大河内を振って父を選んだことになる。

「今でも先生は、母のことをいい女優だと思ってますか？」

父の失脚騒動を、大河内だって見聞きしているだろう。それを知ってもまだ、母とその選択に失望していないと言い切れるのだろうか。

「当たり前だろ。何しろ、俺が本気で惚《ほ》れた女だからな」

大河内は電子タバコをくわえたまま笑った。

「俺は、今でもお前のママがかけた美しい呪《のろ》いにかかってる。言っておくが、俺と彼女の間には何もなかった。さっきの電話だって十数年振りだったんだ。それでも、この胸の奥で燃え続けているものが、これまでもこれからもずっと、彼女に恥じない演劇人であれと俺を駆り立て続ける。本物の輝きってのはそういうもんだ」

目の前から霧が晴れるように、くっきりと見えてきたものがある。

革新的な演出家であり、演劇科のカリスマ教師でもあるこの男は、女優・本条《ほんじょう》マリサへの想いを昇華して、夜空の最も高いところに浮かべる一等星へと変えたのだ。

大河内の昔語りは、スランプに陥っている瑛都へのエールであると同時に、瑛都の中でずっとくすぶっていた「大河内は母の恋人だったのではないか」という疑惑を晴らしてくれるものだった。

「先生。おれのことも母のことも、気にかけてくださってありがとうございます」

「おう。お前にもやっと俺様のありがたみが染みてきたか。せいぜい己の不明を恥じろよ」

「先生」

「何だ」

「おれの両親、今でも馬鹿みたいに一生懸命、両片想いやってるんです」

「知ってるよ。よく知ってる」

そう言って笑った大河内の顔は、懐かしいものを愛《め》でる慈しみに満ちていた。

親とは違う距離感で、瑛都を育てたいと思ってくれている人がいる。そのことを、痺れるような感動を持って、素直にありがたいと思った。同時に、二世としての重圧も感じる。大河内の期待は、瑛都が本条マリサの息子であることから来た欲目も込みだと思うからだ。

(母さんは持っている、本物の輝き)

ずっと状況に流されて自分を持たずに生きてきた瑛都には、母のような強い意志も、成功への執念もない。そんな瑛都が、本物だけが持つ強い煌めきを放てる時など来るのだろうか。自分でさえ、自分のことをどこか人工的で偽物臭いと感じる瞬間があるというのに。

「表現者ってのは、ここ一番って時に裸になれる奴のことを言うんだと俺は思ってる。己の人生を焚《た》き付けにしてでかい焚火を燃やす。要は大馬鹿者であれってことだ。ロザリンド姫を演じている時のお前が、俺には本条マリサそのものに見えることもある。たぶん、お前の母親が言ってたように、お前の年齢ならそれで上出来なんだろう」

でも、と続くであろう言葉を瑛都は待った。それでは不十分だと思っているからこそ、これまで大河内は瑛都を揺さぶり続けたはずだ。

「それでもな、お前と志季を見てると、俺はその先を見たいと思っちまうのよ。お前、主役を食ってみたいと思わない？」

「ええ？　榊《さかき》先輩と水川《みながわ》先輩を、ですか？　無茶言わないでくださいよ！」

この教師は一体何を言い出すのか。

榊と水川は、卒業を前にして既にプロの舞台への出演が決まっているという噂もある、学園きっての期待の星だ。

合同稽古の時に受けた衝撃は、今も全く薄れていない。

愛と相克、劣等感と競争心。複雑な感情が何層にも重なり合った、水川と榊の濃密な演技に、ただただ圧倒された。バレエダンサーのような美しいフォルムの水川と、彫像のように完成された姿の榊が、絡み合い、突き放し、それでも惹《ひ》き合うように再び寄り添う。

自分の胸に刃を突き立てんとするオルフェを刃ごと抱きしめたアデルの、聖母のような笑みを見た時には、鳥肌が立った。

二人は確かに役を生きていた。そんな彼らに、授業の課題一つまともに演じられない自分なんかが太刀《たち》打ちできるはずもない。アデル達の再登場を待ち焦がれる観客の心には、彼らの場面の合間に自分達が何をどう演じようが、爪痕一つ残せないだろう。

「確かに無茶だ。お前らはまだひよこ未満、爽《そう》と凜太朗《りんたろう》は俺の秘蔵っ子だからな。今のまんまじゃ、お前らはあいつらの引き立て役にもならねえだろう。だが、あいつらの首筋をひやっとさせられる可能性もないわけじゃない」

謎かけのような教師の言葉が、瑛都のどこかを強く揺さぶった。そんなことできるはずがないと思いながらも、そうできたらどんなにわくわくするだろうという渇望が生まれてくる。

これまで幾度となく母に連れられて観た舞台が、脳裏に浮かんだ。演者と観客が渾然《こんぜん》一体となって目に見えない熱球が形作られていた、あの昂揚《こうよう》、陶酔。

志季と自分、二人で演じる物語が、どこかの誰かの心にほんの僅《わず》かでも刺さり得るのだとしたら、自分達はどんな気分になるのだろうか。

（脳天を突き抜ける快感を、おれ達も味わえる？）

「卒業公演の上演までにできることは全部したいです。おれはどうすればいいですか？」

気がついたら、唇からそんな言葉がこぼれ出ていた。

「何でも簡単に訊いて済ませようとするんじゃねえよ。ここから先は宿題だ。全細胞を覚醒させて、魂と肉体を燃やせよ、少年。この中にある熱を己で掘り出して、それを舞台にぶつけてみろ」

大河内に人差し指で突かれた左胸のざわめきは、その後長い間止まることがなかったけれど、それはけっして嫌な感覚ではなかった。


部屋に戻ると、志季が待っていた。まるで出会った日を再現しているかのように、出窓に座って左足を折り、右足を下に垂らしている。

志季を見るたび、なんてかっこいいんだろうと思ってしまう。そうやって心が震えるたびに、新しい恋をする。

「瑛都。さっきのは、お前とやるのが嫌だとか、そういう意味じゃないから」

「わかってる。迷惑かけてごめん」

「お前、最近しんどそうだったから。一人になって落ち着く時間があった方がいいかと思ったんだ」

「大丈夫。大河内先生と話して、少し立て直せた」

「瑛都」

「何？」

「ずっとそうやって俺の目を見ないままで、王子と姫を演じられると思うのか？」

はっとして顔を上げると、まともに目が合ってしまった。出会った頃は星のない闇のようだった黒曜石の瞳が、今は強い力で瑛都を摑《つか》んで放してくれない。

(好き。好きだ)

想いが溢《あふ》れてしまう。眼差《まなざ》しからどうしようもなく流れ出してしまう。鈍い方ではない志季が、いつまでも気づかないでいるはずもないのに。

(この気持ちを、お願いだからどうか読まないで)

先に目をそらしたのは、志季の方だった。

「……ごめん」

きっと志季は気づいてしまった。いや、きっと前から気づいていながら気づかぬ振りをしてくれていたのに、今の瑛都の視線があからさまに過ぎたのだろう。だからこの「ごめん」は、気持ちに応えられないという意味での「ごめん」なのだ。

心から鮮血が噴き出し、のたうち回りたくなるほどの痛みを感じた。

(辛いな)

応えてくれることはないとわかっていたが、はっきりそう言われると、凄く辛い。

「大丈夫だよ。志季が謝ることなんか何もないし、おれもこれ以上、迷惑をかけるつもりはないから。卒業公演まで、頑張ろうな」

せめて志季に警戒されたくなくて、これ以上を望むつもりはないと、間接的に伝えたつもりだった。

志季は冬休みの間中、たくさんの優しさで瑛都を温め続けてくれた。彼は確かに抱えきれないぐらいの情をくれた。それが瑛都のものとは別の形と色をしていたとしても、充分以上のものを、もうもらっている。

(胸が痛いぐらい平気だ。いくら痛くたって死ぬわけじゃない)

表現を生業《なりわい》にしたいなら、無駄になることなど何一つないはずだ。次の大河内の授業では、この痛みを一人芝居の核に据《す》えて、余すところなく演じてみせる。たとえ、そうすることで、心臓から新たな血が噴き出すのだとしても。

(おれは板の上で志季と恋愛できる。芝居でなら、どんなに恋の気持ちを溢れさせても許される。それで充分じゃないか?)

充分だ、平気だ。死ぬわけじゃない。そう唱え続けて、激しい痛みをやり過ごそうとするけれど、本当は、たった今殺された恋を胸に抱きしめて、大声で泣いてしまいたかった。

せめて志季と演じる舞台を最高のものにして、恋の墓標に飾ってやりたい。この恋を昇華させるには、それ以外の道はない。ならば、どんなに辛くても、もう目をそらすものか。

今はこんなに辛くても、いつかは瑛都も、志季を自分だけの一等星へと変えることができるだろうか。

千切れるような胸の痛みをこらえて、瑛都は志季に笑ってみせた。

第八章

二月に入り、瑛都《えいと》のクラスでは三回目の二者面談が行われていた。

「進級するコースは、芸術芸能ってことでいいんだね？」

「はい。先生にもご迷惑をおかけしました」

事前に提出していた進路調査票を眺めながら、担任教師の碓氷《うすい》が瑛都の返事を聞いて、何かを書き込んだり、チェックを入れたりしている。

「進路、決まってよかったね。最近、お家の方も少しは落ち着いたのかな？」

「普通の意味で落ち着くというのとはほど遠いかもしれませんけど、父と母なら大丈夫だと思います。それで、来年度の特待生のことなんですけど」

「うん。今のところは八割方大丈夫だと思ってる」

「八割ですか……」

「特待生になれるのは上位五人だけだから、三学期の成績次第だね。お芝居の稽古も大変だと思うけど、学科の方も引き続き気を抜かずに頑張って。同室の八鬼沼《やぎぬま》くんとは仲良くやれてる？」

志季《しき》の名前を出されて、肩がぴくっと跳ねた。

「……はい。問題ありません」

碓氷にはそう言ったが、志季との関係は、以前とは少しだけ変わってしまっていた。

演技のスランプは脱することができ、人真似ではないリアルな感情を乗せられるようになった分、大河内《おおこうち》から褒められることも増えた。

だがプライベートでは、志季に気を遣わせまいとするあまり、空回りしてばかりだ。志季の方でも、以前通りに気安く突っ込もうとしては、わずかなためらいを見せる。そんなことを繰り返しているうちに、適正な距離がわからなくなってしまった。

一度だけ、眞秀《まほろ》から「どうしちゃったんだよ？」と訊《き》かれたけれど、答えようがない。友人達にまで心配をかけているのが情けなかった。

「八鬼沼くんはとても優秀なんだけど、ちょっと難しい子だからなあ。僕が去年まで中等部の方で教えていた話はしたかな？　去年も八鬼沼くんのクラスを受け持っていたんだ」

「いえ、初耳です」

志季からも、碓氷のクラスだったとは聞いたことがない。

「実は、三組の大塚《おおつか》先生に、天国《あまくに》くんとも仲がいい百枝《ももえだ》くんと露木《つゆき》くんのことを相談されてね。大塚先生は、保険医の先生から報告を受けたそうだ」

眞秀と千景《ちかげ》は、天使の仮面に端を発した不可解な出来事の後、医務室で診察を受けている。二人に起こった出来事が、彼らの担任を経由して碓氷にまで届いたというわけか。

「大塚先生が気にされていたのは、僕が去年受け持っていた三年三組で、似たようなことがあったからなんだ。八鬼沼くんのルームメイトだった、蓮沼聖《はすぬまひじり》くん。彼の話を八鬼沼くんから聞いたことがある？」

「……いいえ」

聞いていない。言われてみれば、志季から中学時代の話をちゃんと聞いたことは一度もなかった。

(蓮沼聖くん。志季が、たった一人だけ本気で恋したかもしれない人の名前)

「蓮沼くんも夜中に徘徊《はいかい》していたところを保護されている。その時の様子が、百枝くんや露木くんのケースと酷似していたということで、大塚先生が僕に当時の話を聞きに来たんだ。それでその、……蓮沼くんのケースでも、第一発見者は八鬼沼くんだった」

それで？　この教師は何が言いたいのか。志季が眞秀や千景や蓮沼という少年に、天使の仮面の言い伝えを悪用して、何かしたとでも言うつもりか。

大声で怒鳴りたいのを必死でこらえた。

「随分おかしな口振りですね。先生は、志季のことを疑ってらっしゃるんですか？」

「僕は君のことが心配なんだ。蓮沼くんと君には共通点がとても多い。彼もたいへん美しい少年だったし、ご両親が事業に失敗して辛い思いをしていた。蓮沼くんのいた雛菊寮《ひなぎく》は特に裕福な家の子が多かったから、風当たりも強かったようだ。そして彼は、学期の途中で突然消えてしまったんだ」

「消えた？」

「ああ。しばらくして退学届けが出されたけど、それ以降彼の姿を見た者はいない。蓮沼くんがいなくなる前日、八鬼沼くんと揉《も》めている姿が目撃されている。彼はこう叫んでいたそうだ。『怖い。これ以上俺を見ないで。傍に寄らないで』って」

もう我慢ができなかった。担任教師が教え子の一人を名指しで中傷するなんて、あってはならないことだ。それも、噂の出どころさえ定かではない風評レベルの話を、他の生徒に植え付けようとするなんて。

「これ以上、志季の話を彼のいないところでしたくありません。進路の話は終わったみたいなので、退出してもいいですか」

なかなか決まらないコース希望や、来年度の特待生枠への志願のことで、親身になってくれた碓氷を信頼していた。だが、それも今日限りだ。立ち上がった瑛都を見て、碓氷が急に慌てた様子になる。

「嫌な話になって済まなかった。八鬼沼くんも僕にとっては大事な生徒だ。彼を中傷する意図がなかったことだけはわかってほしい」

「……はい。それでは失礼します」

　志季は肉親の愛に恵まれていないし、彼に敵が多いことは何となく察していたが、担任でさえ彼の味方になってはくれないのかと思った。生徒ばかりでなく、教員の間でも色眼鏡で見られているなんて。

　腹立たしいよりむしろ哀《かな》しくなって、悄然《しょうぜん》とレッスン室に向かっていると、途中で志季と一緒になった。

「二者面談、終わったのか？」

「うん。特待生の可能性は八十パーセントだって」

「そうか。まあお前ならいけんだろ」

　瑛都の浮かない顔を、特待生の件だと思ったのか、志季は瑛都の頭を乱暴に撫でて、ヘーゼルカラーの髪をぐしゃぐしゃにした。

「大丈夫だ。そんな顔すんな。いざとなったら俺が出すって言ってんだろ」

　久しぶりに距離のない接し方をされて、何だか泣きたくなる。

「おれ、演劇の方に進むって、碓氷先生に言ったんだ」

「そうか。よかったな」

「志季は？　進路選択、どうするの？」

「どうするかな。正直、ここで学べるものなんかもうないからな」

志季は、卒業を待たずにこの島を出て行くつもりかもしれない。せめて友達としてルームメイトのまま傍にいたいと願っているけれど、それすら叶わない望みなんだろうか。

はっきりと訊く勇気がなくて、廊下に視線を落として歩いていると、慰めるような調子で志季が言った。

「最近、俺らちょっとおかしかったけど、俺はお前が劇の相方でよかったと思ってるから。ルームメイトも」

恋愛感情に気づかれた以上、避けられたり、伊澄《いすみ》みたいに冷たくされたりしても仕方ないのに、まだ瑛都のことを相方でルームメイトだと言ってくれるのか。

「……うん。おれもだよ。志季と芝居ができて、いっぱい一緒にいられて、凄く幸せだった」

気持ちが声に滲《にじ》みすぎたな、と思う。何だかこれでは別れ話みたいだ。稽古頑張ろう、と付け加えるつもりで口を開いた時、校内放送が流れた。

「高等部一年二組、八鬼沼志季。校長室まで来るように。繰り返す。一年二組、八鬼沼。至急、校長室に来なさい」

「何だよ。めんどくせえな」

志季がちっと舌打ちをする。

「志季。大丈夫？」

「心配すんな。すぐ戻る」

瑛都の頭をもう一度くしゃっとかき混ぜて、志季は校長室へと向かって行った。

「またあいつか」

「そのうち新聞に載りそうだよな」

「何をやっても退学にはならないんだろ。理事長の孫、うらやま～」

遠ざかる志季の背中を見送りつつ噂話に花を咲かせる生徒たちの声が、瑛都の神経を逆撫でする。

(志季のことなんか、何も知らないくせに。志季は、落ち込んでる友達の気持ちを慰めるために、森中の木を飾り付けたりするような奴なんだ)

志季。瑛都が知っている、大好きな志季。

誰もが彼を誤解し、埒《らち》もないことで中傷し、彼の真価も知らずに嘲笑《あざわら》う。そのことが哀しくて悔しくて、瑛都は我知らず叫んでいた。

「志季はそんな奴じゃない！」

「姫、なんであんなに興奮してんの？」

「八鬼沼とできてんだろ」

「音無《おとなし》と竿《さお》兄弟かよ。ほら、前にいなくなった奴いたろ。蓮沼。あいつもさ――」

もう限界だった。

ああ、このままではまた、中学の頃みたいに暴れてしまいそうだ。せっかく居場所ができたのに。志季や友達といる場所が、大好きなのに。

（でもう、いいか）

人には我慢してはいけないこともある。どんなに酷い誹謗《ひぼう》中傷でも言った者勝ちだなんて、そんな馬鹿なことがまかり通っていいはずがない。

思えば、志季の幼少時の話を聞いた時から、ずっと誰かを殴りたかった。全身に怒りが漲《みなぎ》り、握った拳《こぶし》がどんどん固くなっていく。無責任な連中に殴りかかっていくまでのカウントダウンが始まった、その時、

「天国くん、ちょっといいかな」

背後から声がかかり、風船がしぼむように怒気が抜けていった。

「碓氷先生」

危ないところだったのかもしれない。怒りに任せて暴れたことで、自分が特待生の資格を失うだけならまだいいが、巡り巡って志季にどんな迷惑がかかったかしれない。少し冷静さを取り戻したら、入れ違いに冷や汗が浮かんできた。

碓氷について来るように言われ、化学準備室へと向かう。

「大事な話があるんだ」

「面談の続きですか?」

「直接的には進路のことじゃないんだけど、君にだけはどうしても話さないと」

碓氷があまりにも真剣な様子なので、不審に思いながらも化学準備室に入った。失礼を承知で、ドアをストッパーで押さえて開け放したままにさせてもらう。志季に何度も自衛しろと言われたし、この学園では何が起こっても不思議はないということが、今では身に染みているからだ。教師だって、例外じゃない。

「天国くんは嫌がるだろうけど、八鬼沼くんの件で、どうしても話しておかなきゃいけないことがある」

「またその話ですか。その話でしたらもう」

座ったばかりの椅子から立ち上がろうとした瑛都を、続く言葉が追いかけてきた。

「彼は今、校長室で審問を受けている。学校のコンピューターに侵入し、教員及び生徒の個人情報を盗んだ罪。監視カメラの映像を長期にわたって自分のスマートフォンに転送していた罪。他の生徒のスマートフォンにウィルスを送り込んで使用不能にした罪。学校側は、百枝くんと露木くんの件にも八鬼沼くんが絡んでいると考えている」

並べ立てられる「罪」の言葉が増えるたび、不安が募っていく。

ウィルスの件は、棡沢《くるみざわ》兄のスマホをクラッシュした一件だろうが、コンピューターと監視カメラの件については知らない。

(真否は別として、きっと志季になら可能だ)

本当に志季はそんなことをしたのだろうか。だとしたら、何のために？　これから志季はどうなるのだろう?

「話はそれだけですか。訊きたくなったら本人に直接訊きます。おれは志季を信じてるし、もし本当に志季がそんなことをしたなら、よほどの理由があったんだと思うから」

「彼が集中的に監視していたのは、天国くん、君なんだよ。彼が来るタイミングが良すぎると思ったことはないか? 彼は理事長に働きかけて強引に君と同室になり、同じクラスにもなった。君が蓮沼くんの二の舞になりそうで、僕はとても怖い。君は入学前からストーキングされていたんだよ」

(聞くな、聞くな、聞くな)

こんな、志季を色眼鏡で見ている奴の言葉。この教師の言葉は毒だ。耳を貸してはいけない。心を毒されてはいけない。

「そんなはずない。これ以上、志季を悪く言わないでください。先生は知らないんです。志季がおれに執着するはずないんだ」

だって志季は、恋愛なんかしないと言った。瑛都の気持ちに気づいた時も「ごめん」と言って、応えてはくれなかった。頑《かたく》なな態度を崩そうとしない瑛都に向かって、碓氷は気の毒そうな顔を向けた。

「純粋な君には理解できないだろうけど、ストーカーの執着は愛じゃなく、支配欲だよ」

その時、志季が部屋に飛び込んできた。走って来たらしく、息が弾んで髪も乱れている。志季は、担任教師を射殺すような目をしていた。

——来るタイミングが良すぎると思ったことはないか？

耳から注ぎ込まれた毒が、ゆっくりと血中を巡り始める。瑛都は、毒に染まりそうになった思いを、急いで振り払った。

「瑛都に何を吹き込んだ」

「彼が知るべきだと思った事実を伝えただけです」

志季は強い力で瑛都の手を摑み、立ち上がらせた。化学準備室を出てからもその手を放そうとはしない。

「瑛都、あいつはおかしい。あいつの話に耳を貸すな」

「わかってる。おれは志季を信じてるから。信じていいんだろ？」

瑛都が半ば自分に言い聞かせるようにそう言うと、志季は笑みを見せた。

「ああ。お前が信じてくれればそれで充分だ」

「校長室、大丈夫だったのか？」

「多少面倒なことになったが、何とかする。俺のことは心配しなくていい」

志季は瑛都を守ろうとしてくれる。けれど、志季のことは誰が守るのだろう。森の家でたった一人、夜に耐えている五歳児の姿が脳裏をよぎって、また胸が締めつけられた。

志季が誤解され、色眼鏡で見られ、問題児扱いを受けていることには、これ以上耐えられなかった。森の家で、志季の哀しい育ちを聞いてしまってから、瑛都が彼に向ける恋愛感情には、哀隣の情が分かちがたく絡みついてしまっている。志季がこれ以上傷つけられないように、心ない連中から、どうにかして守りたい。

でも、一体どうやって？　ただの高校一年生で、志季からしたら一ルームメイトに過ぎない自分に、何ができる？

天使の仮面の言い伝えを悪用した奴が、この学園島《がくえんとう》にいる。真犯人が捕まれば、少なくとも眞秀と千景の件では、志季への疑いが晴れる。それをきっかけに、先生達が志季を見る目も少しは変わるかもしれない。

必死で考えを巡らせるうちに、あることを思いついた。至極単純なことだし、それで状況が動く確証もない。けれど、志季の状況を改善する可能性がゼロではないなら、やってみる価値はある。

ならば、あとは実行するだけだ。

志季に言ったら絶対反対されるだろうから、彼の目を盗むために、千景の協力を仰いだ。

「心配だよ。瑛都には、あの場所に近づいてほしくない。あの木にまつわる噂は、忌《い》まわしいものばかりだ。誰かの悪意を感じる。もし、瑛都が狙《ねら》われでもしたらと思うと、僕は……」

「大丈夫。おれには本気の悩みがあるわけじゃないし、ひと気のない場所ってわけでもない。ぱっと結んで帰ってくるだけ。このままじゃ、ずっと志季が疑われ続ける。そんなの千景だっておかしいと思うだろ？」

「それはそうだけど……。僕のことで、志季くんがそんな酷いことを言われているなんて、責任も感じるし」

最後には折れてくれたが、千景は不安そうだった。

「どうか危ないことだけはしないでね」

今頃千景は、志季を引き留めてくれているだろう。

瑛都は天使の木を見上げていた。落葉して剝《む》き出しになった枝々には、今は短冊が一つも結び付けられていないが、眞秀と千景の身に起きたことを知った上で眺めるせいか、なんとも薄気味悪い気分になる。

眞秀の書いた短冊の願いは「子供のままでいたい」。

千景の書いた短冊の願いは「天国瑛都になりたい」。

彼らの切実だった願いと同質のものに見えるのかわからないが、瑛都は短冊に「蓮沼聖が失踪した理由が知りたい」と書いた。書いてみて、それが案外フェイクの願いでもないことに気づき、ドキッとしてしまった。志季に深く刻まれた悔いのわけや、志季が心を残しているかつてのルームメイトが今どうしているかを、知りたい。

（こんなところに長居は無用だ）

瑛都は用意してきた短冊を手早く枝に結ぶと、その場所を後にした。

誰もいない早朝の教室で、瑛都は教卓に隠れて息をひそめていた。

教室に着いて最初に自分の机の中を確認したが、机の中に仮面はなかった。昨夜、消灯前に確認しに来た時と同じだ。

犯人が瑛都の短冊に反応するかどうかは賭けでしかないが、もし仮面を入れに来るとしたら早朝、まだ他の生徒が起き出してくる前だと考えた。消灯から翌日の早朝までは、校舎の各入り口には鍵がかけられ、夜間巡回を行う警備員以外が立ち入ることはできないからだ。

だから今こうして、寮の部屋をそっと抜け出し、先回りして犯人を待ち伏せている。

相手が武装している可能性も考えて、木刀代わりのモップを抱き締めながら、白い息を吐いてじっとしているうちに、どんどん体が冷えてきた。そのうち歯の根も合わなくなってきて、自分は何をやっているんだろうという気分になる。

その気分は、廊下を走って来る足音が聞こえてきた時に吹き飛んだ。それに続いて、勢いよく教室の扉が開く音。

上履きのゴムが木の床を擦《こす》る音がする。キュッ、キュッという音が近づくにつれ、心臓の鼓動が速くなる。

(ほんとに来た)

怖い。顔が見えない分、余計に怖い。だって相手は、眞秀や千景に仮面を送り付けた悪意のある人間なのだ。

瑛都は自分を叱咤《しった》した。何のために十年以上も護身術を習ってきたんだ。ここまできたら、絶対に犯人の正体を見極めなければ。

足音が充分教室の中まで入ってきた頃合いを見計らって、瑛都は勢いをつけて教卓を飛び出した。

驚いた顔をして、志季が立っていた。

(え、……なんで?)

怖いぐらいの真顔になって、凄い勢いで向かってくる。次の瞬間、強い力で抱きしめられていた。モップが床で、からん、という音を立てる。

「お前、大丈夫か? 誰かに何かされたのか?」

腕の中に抱き込められて、眩暈《めまい》がした。

志季の首筋から香る肌の匂い。走ってきたらしい体は熱く、リズミカルに脈打っている。探るように全身をまさぐられて、全身がくたくたに煮えた野菜のようになってしまう。脚に力が入らなくなり、よろめいた体が近くの机にぶつかってしまった。

「大丈夫か」

「し、志季、放して」

瑛都が真っ赤になっているのに気づいて、志季はようやく瑛都を解放してくれた。仏頂面も、少しだけ赤くなっている。

「あー、焦った。起きたらいねえし。何でこんな朝早く、こんなところにいるんだよ。誰かに呼び出されでもしたのか？」

「うん、実はね」

経緯を話そうとして、ふと引っ掛かりを覚えた。

「志季、どうしてここがわかったの？」

「それは、……お前の行きそうな場所を片っ端から探したから」

志季の視線がほんのわずかに泳いだのを見て、すっと胸の内が翳《かげ》るのを感じた。

（たいした信頼だ。志季を信じてるって言っておいて。この程度のことで揺らぐのか？）

きっと、本当に探し当ててくれただけだ。第一、志季が犯人だとしたら、例の仮面を持っているはずだ。上着にも隠していないのは、抱きしめられたからわかっている。

その時、白いものが視界に入った。さっき瑛都がぶつかったせいで動いてしまった机から、何か白くて丸いものがはみ出している。

心臓を握りしめられたような痛みが走り、全身が冷たくなる。

確かめたくない。でも、確かめなければ。上履きが踏んでいる教室の床が、船の底みたいに、右に左に傾《かし》いでいる。よろめきそうになる足で、瑛都は机に近付き、それを取り出した。

つるりとした素材でできた、まるで生きた人間のような顔をした真っ白な仮面。

瑛都は火傷《やけど》したようにそれを取り落とした。仮面が入っていた机、窓際で一番前のこの机は、志季の机だ。

「違う。それは俺が入れたんじゃない」

志季の声を遠く感じた。

「……志季。学校のコンピューターに侵入したってほんと？」

「碓氷から聞いたのか。……あれは別に、お前が気に病むようなことじゃない」

ごまかそうとする気配が、さらに瑛都の心身を冷やしていく。

「答えて」

絶対に返事を聞くまではここを動かない。決意を込めて問いかけると、志季の表情に動揺が走った。志季はしばらく黙っていたが、やがて観念したように答えた。

「ああ、本当だ」

「監視カメラ映像を自分のスマホに送ってたっていうのも？」

「ああ」

瑛都の世界がひび割れて行く。

志季を疑うような言葉を、口にしたくない。こんな風に、好きな人を尋問したくない。どこかにこの状況を説明できる理由があるはずだ。一刻も早く、それを聞かせて疑いを晴らしてほしかった。

「おれと同じ部屋で、同じクラスになったのも、偶然じゃなかった?」

「お前のことが心配だったから、一番傍で見張るために、爺《じじい》と取り引きした。お前と同室、同じクラスである限りは、この島から逃げ出さないという条件だ。お前に目をつけていた奴は栩沢だけじゃないし、何かあってからじゃ遅いと思った」

「おれが入学するより前から、おれのことを知ってたのは何故《なぜ》? 栩沢達に囲まれた時、既に彼らの携帯には何かが仕掛けられてた。どこが始まり? わからない。志季がわからないよ。どうして、どうして――」

「瑛都。瑛都!」

「触るな!」

伸ばされた手を振り払うと、志季は一瞬だけ、傷ついた顔をした。

「気味悪く思われても仕方ない。お前が俺を知るより前に、何があってもお前を守ると決めた。お前が無事なら、それでいい」

「同室だった蓮沼くんは? どこに行ったの?」

彼の行方については幾通りかの噂がある。最も恐ろしい噂は、今も彼が北の森にある湖の底で眠っている、というものだ。

イルミネーションに彩られた湖面が揺れる、夢みたいに美しかったあの夜。お伽噺《とぎばなし》の中にいるようだったあの瞬間にも、自分たちが乗っていたボートの下に――。

もしもそれが真実なのだとしたら。とても正気を保っていられそうにない。

「あいつなら大丈夫だ。学園の連中が手出しできないところにいる」

「蓮沼くんがいなくなる前、志季に向かって、怖い、見ないで、傍に来ないで、って叫んでいたのを、目撃した人がいる。どういう意味？」

志季の顔が青ざめ、痛みをこらえるように歪《ゆが》む。今度こそ核心を突いたのがわかった。わかりたくなんかなかった。

「志季。答えて」

「……言えない」

何て苦しげな顔だろう。

志季が犯罪紛いのハッキングに手を染めていたことではなく、入学前から監視されていたことでもなく、志季が自分ではない誰かのことで、こんな表情を浮かべているという事実が、瑛都の心を折った。

（……ああ）

志季になら何をされても構わないと、本気で思っていた。

愛してくれなくても。それがただの支配欲でも。志季が求めてくれるなら、どんな酷いことをされても構わなかった。

でも、志季の心に深く食い込んで、こんなにも忘れ難くさせている人が、他にいる。

（おれは、その子の代わりだった？）

「信じていたのに」

ぐちゃぐちゃな心を抱いて、教室を飛び出す。

「瑛都！」

追ってきた志季を、力いっぱい突き飛ばした。それでも志季は、瑛都を抱き寄せようとする。揉み合っているうちに、涙で視界が滲んできた。

「志季にとっておれって何だったの。ただの観察対象？　水槽の中の熱帯魚？　おれをどうしたかったんだよ。懐かせて、夢中にさせて、楽しんでたのか？」

「違う。俺はただ、お前を」

聞きたくない。校内のどこに逃げたって、志季は監視カメラの映像で、瑛都の居場所を突き止めてしまうだろう。どこにも逃げ場所なんかない。

嗚咽《おえつ》がこみあげてきて、いつしか瑛都は崩壊したように泣き叫んでいた。

「おれを見るな、……見るなよ、見ないで……！」

雷に打たれたように、志季が動かなくなる。走り出した瑛都を、志季はもう追ってはこなかった。

「天国くん、どうしたんだ」

夢遊病者のように呆然《ぼうぜん》と歩いているところを、呼び止められた。緩慢な動作で顔を上げると、備品らしき箱を抱えた碓氷が、驚いた表情でこちらを見ている。

とりたてて特徴のない、人の良さそうな顔。この担任教師から、志季には気をつけろと警告されていたことが思い出されて、支えを失ったように、気持ちを立て直せなくなる。

誰よりも信じられると思っていた最愛の人は、嘘つきで、人の心を操るような人間だった。二人の間に通い合っていたはずのものさえ、代用品の紛《まが》い物だった。裏切られた哀しみと、それでも消えてくれない恋情が、業火となって胸を焼いている。

体を振り絞るようにして、声を出さずに泣き始めた瑛都に、碓氷は言った。

「その状態じゃ、授業に出られないだろう。おいで」

どこでもいいから、今は志季の監視から隠れたかった。

教員用宿舎は、瑛都達生徒の寮と似た作りの建物だったが、一人に一部屋が与えられているため、住む人の個性がより強く反映されているようだ。化学の教師だけあって、書棚には専門書が並んでいて、薬品ケースのようなガラス棚も設置されている。碓氷は、抱えていた箱をガラス棚の傍に置き、瑛都に座るよう勧めてくれた。

　二月の寒さのためばかりでない震えで、座っている椅子がカタカタと揺れる。自分の腕を抱くようにしながら、視線を絶えず天井や壁に走らせずにはいられなかった。この部屋の中も、何らかの方法で監視されているのではないか。この宿舎の窓から、天使の木と薫風《くんぷう》寮が見えるのを知り、怯《おび》えが一層強くなる。

「……見られるの、怖いんです……」

「こんなに怯えて、可哀《かわい》そうに。大丈夫だよ、ここは見られてない」

　碓氷は瑛都を気遣ってか、窓のカーテンを隙間なく閉めてくれた。

「八鬼沼くんのスマートフォンは没収されたけど、彼が別の手段でモニタリングしている可能性もあるから、今は一時的に教職員宿舎の監視カメラがオフになってるんだ。だから心配いらないよ」

　瑛都の震えが小さくなるのを待ってから、碓氷が湯気の立つカップを手渡してくれた。

「飲みなさい。リラックスできるから」

　それがココアであることを知って、幸福だったクリスマスイブの夜を連想し、また新しい涙が溢れてくる。

　碓氷は何も訊かず、ただ泣かせておいてくれた。

　少しずつココアを飲んでいるうちに震えが止まり、涙と入れ替わるようにして、重だるさが襲ってくる。

「落ちついた？」

「はい。だけど何だかだるくなってしまって、……すみません」

「酷く興奮した後は虚脱するものだ。あれだけ揉み合って暴れたんだから、疲れるのも無理ないよ。教科の先生には僕が連絡しておくから、ここで少し休んでいくといい」

「ありがとうございます」

ゆらゆら揺れる体を支えられ、横たえられる。天井が回って、もう目を開けていられない。碓氷の言葉に甘えて、眠ってしまおうか。少なくとも、眠っている間は、辛いことを考えずに済むのだから。

目を閉じようとした寸前、微《かす》かな違和感が瑛都の意識を繋《つな》ぎとめた。

（おれ、先生に揉み合って暴れたなんて言ったっけ？）

そんな話はしていないような気がする。それに、見られるのが怖いとは言ったけれど、それが志季からだと言っただろうか？

凄く大事なことのような気がするのに、頭がぼんやりして、うまく思考がまとまらない。いくら疲れたとしても、こんなに急に、体に力が入らなくなるなんてことがあるのか。

何かがおかしい。

違和感の元を探ろうと身じろぎしようとした時、体がほとんど動かないことを知って、今度こそぞっとした。

不吉な考えが湧いてくる。いきなり眠くなったのは、碓氷から手渡されたココアを飲んだ時からだ。

もしかして、あのココアの中に。

（……何か盛られた？　そんな、まさか）

それでもまだ、いかにも人畜無害に見えるこの担任教師が、自分のクラスの教え子にそんなことをするはずがないという思いが拭《ぬぐ》えなかった。

「あの、先生」

しゃべってみると、若干呂律《ろれつ》も怪しい。

「なんだい？　天国くん」

「体が変なんです。動けそうにないので、医務の先生を呼んでいただけませんか？」

「ああ、心配いらないよ。君は何も考えずに、僕に任せておけばいいんだ」

会話が嚙《か》み合っていない。やはり、この男は変だ。

「……ココアに、何か入れたんですか？」

「最初に言ったじゃないか。飲めばリラックスできるって」

胃が捩《ねじ》れそうになったが、何よりもまず先に、確かめなくてはならないことがある。

「志季の机に仮面を入れたのも、先生ですか？」

「やっと気がついたの。そうだよ、全てのマスクを作ったのはこの僕だ。よくできていただろう？　プライドと脆《もろ》い自我で揺れる君らの年頃は、実に美しく、そして扱いやすい。あんな都市伝説みたいなもので、簡単に釣り針に掛かってくれるんだから」

がん、と頭を殴られたような衝撃が来た。

（どうして先生が。どうして、どうして――）

犯人は、志季じゃない。こいつだった。

欠けていたピースが集まってきて、パズルの醜怪な絵柄が明らかになっていく。

この教員宿舎の窓からは、天使の木がよく見える。生徒が短冊を結び付けに来るのは、授業時間帯でなく、人目が少なくなる夜間や早朝が多いだろうから、この部屋に居ながらにして、じっくりと獲物を選別することも容易だろう。クラス担任を持っている教師であれば、たとえば警備員に忘れ物をしたとでも言えば、誰にも見られず、疑われることもなく、教室に仮面を仕込むことだってできる。

仮面は、天使の仮面の伝説を悪用して生徒達の心の闇につけ込んだ、碓氷の罠《わな》だった。では、何のために？

瑛都が真っ先に案じたのは、先に仮面を届けられていた友人二人のことだった。

「眞秀と千景に、何をしたっ」

「何もしていないよ？　君を手に入れるまでの繋ぎに、一人になったところを犯してやるつもりでいたけど、君らはずっと一緒にいるし、完璧に人目を避けるタイミングが摑めなかったからね。まあ、こうして本命が手に入ったわけだし、もう彼らに用はないよ」

眞秀や千景は少なくともレイプはされなかったのだと知って、ほっとする。

普段通りの穏やかそうな顔で、恐ろしいことを言い放つ碓氷が、碓氷の顔をした別人に見えた。

自分がその碓氷のベッドに横たわり、無防備な状態にあることを自覚すると、じっとりと額が汗ばんでくる。手足を動かそうとしてみるが、酷く重くて、力が入らない。移動しての離脱が難しいと悟った途端、動悸《どうき》が一層激しくなっていく。

碓氷がベッドの上に乗り上げてきた。手に持っていた何かをおもむろに顔につけて、その顔を上げる。瑛都は息を飲んだ。

「ひっ……！」

志季の机に入っていた、白くつるりとした仮面。あれと寸分違わない仮面を、碓氷がつけている。

思えば碓氷はずっと、瑛都に志季への疑念を吹き込み続けていた。碓氷の暗示によって、瑛都は志季を疑うようまんまと誘導されたのだ。

志季は、仮面の件では無実だった。

（志季に、酷いことをした。……取り返しがつかないぐらい、酷いことを）

信じると言ったのに、最後まで信じきれなかった。碓氷が仕掛けた罠にかかって、簡単に掌《てのひら》返しのような真似をした。ただ瑛都を慰めるためだけに森中の木を電飾で飾り、瑛都が窮地にある時には必ず駆けつけてくれた、あの志季を。

悔恨が皮膚を突き破って、骨まで食い込んでくるようだった。どんなに悔やんでも、疑ったことをなかったことにはできない。

(きっと凄く傷つけた。散々助けてやった奴に、犯人扱いされたんだから。もう友達でもいられないかもしれない)

許してはもらえなくても、志季に謝らなくては。

そのためにも、何とかこの部屋を脱出するのだ。

朦朧《もうろう》としそうになる頭と、自由に動かない体を叱咤して、状況を打開する方法を必死で考えようとする。まずは時間を稼ぐことだ。何か決定的なことをされるまでの時間を、可能な限り引き延ばす。

ベッドの上のすぐ傍で、仮面をつけた碓氷が、淡々としゃべり続けている。

「僕はね、綺麗《きれい》な顔が好きなんだ。君を初めて見た時に、ようやく見つけたと思ったよ。これまでに見た最高の顔だ。僕のコレクションの中でも君を超えるものはないし、今後もまず現れないだろうね。八鬼沼くんが散々邪魔をしてくれたけど、宿舎の監視カメラが切られたのは、ある意味彼のお陰だと言ってもいい」

コレクションとはどういう意味だろう。瑛都の顔が気に入ったから、薬を盛って監禁したと言いたいのだろうか。簡単に逃亡することも叶わない海に囲まれた学園島で、生徒にこんな真似をして、この先一体どうするつもりなのだ。

瑛都がいなくなれば、寮の仲間がすぐに気づく。いつまでもこの部屋に監禁しておけるはずもないのに。

「美しい人間は、そうでない人間をゴミみたいに扱うものだ。この学園でも、そんな子ばかりだった。正直、顔さえ美しければ中身はどうでもいいと思っていたが、君は毎朝挨拶してくれて、進路のことでも頼ってくれたね。夢見るような瞳でじっと見つめられた時、君の輝くような美を、マスクに閉じ込めることなど不可能だとわかったよ」

担任に挨拶するのは当然のことだし、夢見るような瞳で見つめた覚えなどない。

真っ白な仮面をつけ、妙に冷静な様子でたわごとをしゃべり続ける教師が、凄く怖い。

こんな無抵抗に等しい状況で、この先何をされてしまうのか。虫が這《は》い上がるような悪寒がさっきから止まらない。今までにも、学校帰りに待ち伏せされたり、一方的に粘着されたりすることはあったが、ここまで激しい恐怖を覚えたことはなかった。

「これまで僕は、その時々で一番美しいと思った顔を型にとってコレクションしてきた。捕まるわけにはいかないから、これまでは全員眠らせてことに及んできたんだ。でも、君だけは生身のままコレクションに加えることにした。だから、君にだけはこうして正体を晒している。

これは特別なことなんだよ」

まるで、光栄に思えとでもいうような言い草だ。

志季は、警戒しろとあれだけ忠告してくれていたのに、ショック状態を利用されてしまった自分の迂闊《うかつ》さを、後悔してもしきれない。

瑛都は、お前は顔の割には戦えると言ってくれた志季の言葉を思い出していた。

（この体の状態では護身術は使えない。それ以外の、おれの強みは何だ）

毎日稽古に励み磨いてきた、演技力。大河内や水川に評価された、形態模写能力。碓氷が気に入っているという、この顔。

この教師は、自分の身勝手な理屈を、あたかも真理であるかのように語る。そして瑛都を自分の「コレクション」にとって特別な存在だと思い込んでいるらしい。それなら、そこを利用するのだ。

頭のデータベースを探り、何か利用できるものはないか、必死で検索する。

一つだけあった。志季が演劇の授業で演じた、サイコパスの芝居だ。芝居では、結局あの男は連続殺人犯として逮捕されるのだが、それは何がきっかけだった？

志季の演じたサイコパスは、自分の知性に自信を持っており、他者の感情や尊厳を踏みにじることに、一切の良心の呵責《かしゃく》を覚えなかった。そこを逆手に取られて、捕らえられたはずだ。

（碓氷も同じタイプだとすれば、情に許えて説得できる相手じゃない。なら、碓氷の論法で話

さなければ駄目だ）

碓氷に理解できる利己的な「欲望」の論理で話さなければならない。肥大した自尊心と、美への異常な執着を揺さぶって、優位に立つのだ。獲物ではなく同類、味方だと思わせろ。

（おれならできる）

瑛都は己を鼓舞して、あの時の志季の芝居を自分の中に下ろした。

「先生のコレクションって、何？　具体的には何するの？」

舌がよく回らない副産物で、いい塩梅《あんばい》に緊張が声に表れずに済んだ。

「何って、そうだな。まずは僕の呼び出しには絶対に逆らわないことだ。僕が飲めと言えばどんなものでも飲んでもらうし、脱げと言えば脱ぐんだ。僕は性欲が強いからね。最低でも一日一回は必ず応じてもらうよ。当然、この部屋でのことは、八鬼沼志季にも、他の誰にも秘密だ」

薄々そういう展開を予想してはいた。だが、今朝まで担任だとしか思っていなかった男から、はっきりと性的な意図を聞かされたことには、やはり衝撃があった。

「先生がしたいことはわかった。でも、おれにはどんなメリットがあるの？」

「メリット？　また意外なことを言い出すね。僕と対等な気でいるの？　君は純情な子だと思っていたのに、見かけによらずしたたかなのかな」

怒らせたらどうなるだろうと危惧《きぐ》していたが、碓氷は逆に興味を引かれたようだった。

「ココアに入れたのより、もっと気分が良くなる薬を、欲しいだけ用意してあげられる。島の外につてがあるんだ。その薬を使えば、セックスだってそのうち君の方からねだるようになるよ」

そんなはずがあるものか。汚らわしさに思わず顔が歪みそうになるが、これは芝居なんだと自分を奮い立たせる。碓氷の価値観で、納得させられるような言葉はどれだ。

「薬なんて欲しくない。そんなのフェアとは言えないよ」

「それじゃあ逆に、何をあげれば君の気に入るんだい？」

「来年度の特待生枠を保証してほしい」

碓氷は面白そうに「ほう」と言った。内心は冷や汗が出る思いだったが、駆け引きじみたやりとりが、お気に召したようだ。

「大丈夫。九分九厘、君は特待生になれる。これで満足かな？」

交渉が成立したということになれば、碓氷はさっそく性的な関係を強要してくるかもしれない。可能な限り会話を引き延ばさなくては。

密《ひそ》かに唾を飲み下し、激しい鼓動を悟られないように、高慢そうな顔を作る。

「おれが先生の一番のコレクションだって言うなら、もう他の子には構わないで。他の子と同列に扱われるのなんか、我慢できない」

「勿論《もちろん》だよ。もう他の子なんかどうでもいい。だって君がここにいるんだから」

「よく言うよ。おれより先に、眞秀や千景に天使の仮面をやったりしたくせに。その仮面って、先生のお気に入りの印なんだろ？」

薄氷の上を歩くような緊張がずっと続いている。元々高慢でも強欲でもない瑛都には、台本なしでの今の演技は、非常に難しいものだ。

だが、これ以上被害生徒が出ないよう、できることなら天使の仮面のからくりを暴きたかった。どうして二人は、仮面をつけた後に乖離《かいり》のような状態に陥ったのだろう？

「君は八鬼沼くんのマークが激しかったし、彼は理事長の孫だから、今日まで迂闊な真似はできなかった。だから百枝くん達を狙ったんだよ。いつものように薬を塗ったマスクを使って、薬の虜《とりこ》にしようとしたけど、あの子達向きのやり方ではなかったね。もっと一人でいる子じゃないと。結局、あと少しというところで君らが捜しに来たりして、犯せなかったよ」

それでは、眞秀と千景もかなり危ういところだったのだ。夢遊病のような症状が見られたのも、仮面に塗《ぬ》られた何かの薬の影響だったのだろう。

「君にマスクを送らなかったのはね、君には必要ないからだよ。このマスクもあの子達にやったのも、全部聖の顔から型を取ったものなんだ。これまでの暫定一位は、聖だったからね。最も美しい君の顔を、二番手になってしまった顔のマスクで隠してしまうなんて、そんなもったいないことはしないよ。聖の顔はもう用済みなんだ」

天使の仮面だと思っていたものは、蓮沼聖の顔を型取りしたマスクだった。聖のためにも、自分のためにも、これがデスマスクでなければいい、と瑛都は祈った。

制服を脱がされそうになって、体を捩《よじ》って抵抗しようとしたが、ろくに動けないまま、シャツとズボンの前を開かれてしまった。碓氷の指が、瑛都の体中を芋虫《いもむし》のように這い回る。くったりとした性器を手に取られた時には、おぞまし過ぎて呻《うめ》き声が出そうになった。

「ああ……、君は本当に完璧だ。お腹が締まって、おへそも乳首も小さくて、乳輪が花びらみたいだね。おちんちんも白くてすんなりしてる。今まで見たことがある体の中で一番綺麗だよ」

(演技を。演技を続けなきゃ)

そう思うのに、限界を超えた嫌悪感で、言葉が出ない。

気持ち悪い、気持ち悪い、気持ち悪い。

ますます荒くなった男の呼吸がふいごのようだった。白い仮面が、激しい息遣いのたびに動いて、てらてらと光っている。

教師が忙《せわ》しなく服を脱ぎ捨てると、貧相な体が露《あら》わになる。碓氷は瑛都のズボンを勢いよく脚から抜き、膝裏を持ちあげて、体を二つに折り畳んだ。

「もう全部僕のものだ。つやつやで真っ白な、この綺麗なお尻。きゅっと窄《すぼ》んだこの可愛《かわい》らしい穴。ここに、僕のおちんちんをいっぱい出したり入れたりして、ぽっかり開いた、いやらしい形に変えてあげるからね」

碓氷の掌が二つの丸みを執拗《しつよう》に撫でては揉みしだく。指が窄まりの近くをかすめるたびに、びくっと体が引き攣《つ》った。きっと瑛都の全身には鳥肌が立っていることだろう。

仮面の奥から放たれる視線が、汚物のように質量を持っている気がする。絶対に逃げ延びて、一秒でも早くシャワーを浴びて、気色の悪い感触や視線を洗い流してしまいたい。

「いつもなら眠らせて、顔型を取っている間に犯すんだ。普段は僕に見向きもしない綺麗な子が、白い石膏《せっこう》テープで自慢の顔を覆われて、死体みたいに弛緩《しかん》しきっているのを見ると、酷く興奮するんだよ」

いつもなら、という言葉に改めてぞっとした。コレクションと言うからには、被害者は一人二人ではないのだろう。この男は、これまでにも学園の少年達に、こんなことを繰り返してきたのだろうか。

「でも天国くん、君には特別に、薬の量を調整して、ことの間も意識を保てるようにしてあげた。君を薬漬けにして、僕が飽きるか君が壊れるまでは、当分使いたいと思っている。お楽しみのプランは、百通り以上考えてあるんだ。僕と取引しようだなんて生意気な君が、どんな風にこの美しい顔を歪ませるのか、凄く楽しみだよ」

碓氷は勝ち誇ったように、己の考えたおぞましいプランを語り続けている。主導権を明け渡したままでは、碓氷の言うようなことをされてしまう。

瑛都は懸命に言葉を口から押し出した。

「おれ、先生みたいに頭良くないから、難しいこと言われてもわかんないよ。それより喉が渇いちゃった。水飲みたいんだけど」

　主導権を奪い返すため、怖がっている素振りは見せず、あくまでも無造作に命じると、碓氷が全裸のままキッチンに向かって行った。意識のあるまま犯すという楽しみが待っているからか、むしろ瑛都の高慢な様子を楽しんでいるようだ。ひとまず離れてくれたことにほっとしながら、高速で頭を働かせる。

　碓氷はどうして聖の顔から型をとったマスクを着けたままでいるのだろう。

　きっと、顔に深いコンプレックスがあって、自分の素顔で向き合うことが怖いからだ。この心理を利用できないだろうか。

　水を入れたコップを手に、教師がベッドに戻って来た。

「変なココアのせいで体に力が入らない。先生のせいなんだから、責任取って飲ませてよ」

「君は注文が多いね。さあ、飲ませてあげよう」

　抱き起こされ、コップを近づけられた。コップを武器にできないかと考えて水を求めたのだが、コップを奪い取れるだけの力と機敏さは、今の瑛都にはないようだ。

　白くつるりとした美少年の仮面の、くりぬかれた二つの穴から、獣のような目が覗いている。

「先生は、どうして顔を隠してるの？」

　仮面をつけた男が、初めて明らかにたじろいだ。

「……先生の顔は、君みたいに綺麗じゃないからだよ」

「おれは先生の顔、別に嫌いじゃないけど」

コンプレックスの根源に触れることは、諸刃《もろは》の剣だ。この異常な男を怒らせたら、今以上に危険な状況にもなりかねない。これは大きな賭けだった。

「またそうやって、馬鹿にする気じゃないだろうね？」

碓氷の声が低くなり、疑う響きを帯びる。額がじっとりと汗ばんでくるのを感じた。

「君みたいに綺麗な子は、いつもそうやって優しげな振りをして、最後にはきっと綺麗じゃない人間を馬鹿にするんだ」

「他の子と一緒にするんだ？　おれは特別じゃなかったの？」

魅了の魔法が上手に使えていることを祈りながら、わざとふてくされてみせる。

「君は特別だよ。最高の上玉だ」

「おれ、セックス初めてなんだよね。いくら特待生のためだって、初めてが仮面とだなんて最悪。それ、外してくれない？」

碓氷の喉が鳴る音が聞こえた。

「……本当に初めてなのかい？　君は八鬼沼くんに散々やられているんだとばかり思っていた」

「やってないよ、誰とも。こんな嘘ついて、おれに何か得なことがある？」

「確かに、この穴は使っているようには見えないが……」

長い間迷った後で、担任教師は酷くゆっくりした動作で仮面を外した。教師の顔はびっしょりと濡れ、緊張と期待と興奮がない混ぜになった目で瑛都を窺《うかが》っている。

「その方がいいよ、先生」

とりたてて特徴のない、醜くもなければ美しくもない顔。そう、目立つ容姿に悩んでいた瑛都が、漠然とこんな顔ならとイメージしていたような、すれ違った人のほとんどが五秒後には忘れてしまうような顔だ。

こんなことをしでかすような男が、善良で無害そうにしか見えないことが、一層恐ろしく思えた。

「何故だろう。君は顔を覆われてもいないし、死体みたいにだらしなく眠りこけてもいないのに、今までで一番興奮する。今日は僕にとっても、何もかも初めて尽くしだ」

碓氷が自分の口に水を含み、口移しで与えてくる。生温《なまぬる》い水が口腔《こうこう》に流れ込んできて、本気で吐きそうになったが、脱出のチャンスをつかむためだと言い聞かせて、我慢して飲み込んだ。唇をゆっくりと舐《な》めた後、わずかに開いてみせる。碓氷は、魅入られたように視線をそらせずにいる。

「喉が渇いてるんだってば。足りないよ。もっと飲みたい」

興奮しきった血走った目と、激しい息遣い。男を煽《あお》るのは、自分の首を絞める可能性と隣り合わせだ。

――奪われる前に骨抜きにして、相手の望むものは簡単に与えないようになさい。

（そうだ。煽って焦らして、判断力が鈍った隙に、反撃するんだ）

「水は？　くれないの？」

碓氷が喘《あえ》ぐような息を吐いて、二口目を口に含む。性急にくちづけられ、水と一緒に舌が入ってきた。

（焦るな。まだ、まだだ。骨抜きにして、油断させろ。最大の打撃を与えられるまで）

舌が口腔の奥深くまで入ってきた時、瑛都は思い切りその舌を噛んだ。

「ぎゃあああああっ‼」

絶叫と共に、突き放される。

それが狙いだった。全てはこの瞬間のため、チャンスは一度きり。

倒れる勢いで上がった脚を、口を押さえてもがいている男の頸動脈《けいどうみゃく》をめがけて振り下ろす。

男は、蹴られた犬のような声を上げて昏倒《こんとう》した。

バランスを失った瑛都の体が、そのままベッドの下に転がった。足に力が入らず、立つことができない。かろうじて動く腕を使って、床を這う。ドアまでは、あと二メートル。

口の中に溢れた碓氷の血を床に吐き捨てた。あと一メートルの距離まで来た。碓氷の意識が戻るまでに、たいした時間はかからない。

ドアに着いたが、ドアノブの高さまで体が起こせない。背後で呻き声が聞こえてきた。碓氷の意識が戻ろうとしているのだ。死ぬ気で力を込めるが、届かない。

背中で男が立ち上がる気配がした。指先が空しくドアを引っ掻《か》く。

（頑張ったのに。あと少しだったのに）

悔しさと恐怖で涙が滲んでくる。

無慈悲な男は、瑛都の反逆を許さないだろう。

生きてこの部屋を出て、志季に謝りたかった。許してもらえなくても。せめて一言だけ。

その時、ドアの下から紙が一枚、滑るように差し込まれた。

その紙が、何かを探すようにドアの下辺をスライドする。

何、と思った瞬間、外開きにドアが開き、志季が飛び込んできた。

血塗《ちまみ》れの碓氷を一瞥《いちべつ》すると、躊躇《ちゅうちょ》なく腹を殴り、左ストレートと右フックを決める。今度こそ碓氷は音もなく床に沈んだ。

「お前、血が……」

しゃがみ込んで瑛都と視線を合わせた志季の顔は、自分の方が怪我人《けが》であるかのように蒼白《そうはく》だ。

「これはあいつの血。怪我はしてないよ」

「……お前に万一のことがあったら、俺は……」

瑛都に自分の制服の上着を着せかけて、ぎゅっと抱きしめてくる。冷え切った体だった。寒い屋外で、コートも着ないまま、瑛都のことを探してくれていたのだろうか。

（おれは志季を疑ったのに）

「志季。ごめんね、おれ」

「いい。謝らなくていい」

心の底では、ずっと志季が助けに来てくれることを願っていた。

でも、自分にはそんなことを望む資格がないこともわかっていた。志季を信じきることができなかった自分など、見限られても仕方がないと。

なのに、来てくれた。

（ごめんね。ごめんなさい。大好きだよ）

「おれ、頑張ったよ。志季に謝りたかったから、最後まで諦《あきら》めずにいられた」

力の入らない体を、志季が一層強く抱きしめてきた。たまらなくなったように一言、名前を呼ぶ。

「瑛都」

緊張の糸が切れたら、急に視界が暗くなってきた。気力も体力もそろそろ限界だ。

もう、意識を手放してしまってもいいだろうか。だってここには志季がいる。志季がいれば、もう何も怖くはないのだから。

第九章

碓氷《うすい》が生徒への暴行未遂及び麻薬取締法違反で逮捕されると、学園島《がくえんとう》はその話題でもちきりになった。

どこから漏《も》れたのか、瑛都《えいと》が被害者であることも広まってしまい、担任から薬漬けにされていただの、入学以来性奴隷化されていただのといった、無責任な噂《うわさ》がまことしやかに囁《ささや》かれたりした。

「ちょっと！　瑛都はレイプなんてされてないってば！」

いちいち食ってかかろうとする眞秀《まほろ》を、瑛都は止めた。もしかしたら、本当に碓氷によって性的に虐待された少年が、この場にいるかもしれないのだ。その子の前で、レイプが恥であるかのような反応をすることは、瑛都にはできなかった。

（あーあ。父さんの件で悪目立ちしていたのが、少し収まりかけたかなって時に。これは当分、噂の的だな）

碓氷の部屋からは、違法薬物だけでなく、少年の顔から型取りしたと思われるマスクが、十三点押収された。

マスクの中には既に卒業した少年と思《おぼ》しき顔もあれば、まだ高等部に在籍している少年と思われる顔もあった。碓氷は、新卒で着任してから五年もの間、誰からも疑われることなく、犯行を繰り返してきたのだった。

生徒に漏れるはずがないこれらの情報は全て、志季《しき》が集めた。

学園側が重大事件への対応に追われたことで、志季への処分は厳重注意に終わっていた。ハッキング行為は友人を守るためであったこと、事実、志季の技術が碓氷の逮捕に大きく貢献したことを鑑みて、今回に限り不問に付されることになったのだ。長々とした誓約書を書かされた上、没収されていたPCやスマートフォンはデータを全て消去され、返却された。

だが志季はとっくに新たなデバイスを入手しており、返却されたものを家探しされた場合のダミーにすることにして、しれっとハッキングを再開している。

「事件の顛末《てんまつ》を知るためには必要だろ？」

というのが志季なりの理屈らしい。

碓氷が犯罪に用いていたのは、いわゆるセックスドラッグの類だ。化学教師としての知識を悪用してドラッグを液化し、その液を染みこませたシートを仮面に内貼りしていたようだ。仮面をつけた眞秀達が、一種の幻覚状態に陥ったのは、知らずにドラッグを経皮吸入させられていたせいだった。

しい。

碓氷は、天使の木の下を訪れた悩める生徒達の中から、好みに合う美少年を物色していたら

一方、マスクに顔型を取られた少年達には、型を取られた時の記憶がなく、レイプの件で余罪を追及することは難しいようだった。

「この学園島で狩りを続けてきた碓氷にとって、天使の仮面は使い勝手のいい罠《わな》だったんだろうな。この学園には、芸能志望の美形も多い。閉塞《へいそく》感と競争によるストレスにさらされたプライドの高い少年で溢《あふ》れたこの学園は、奴《やつ》にとって格好の狩場だったんだ」

志季の言葉を聞いて、瑛都の苛立《いらだ》ちは一層募った。

「おかしくないか？　たくさんの生徒に酷《ひど》いことをしたはずなのに、レイプの件では罪に問えないなんて。志季は腹が立たないのか？」

憤る瑛都とは対照的に、志季の反応は案外クールだ。

「叡嶺《えいれい》クラブって知ってるか？」

「叡嶺クラブ？」

「叡嶺学園の五人の創始者の血族を軸とした校友会だ。このネットワークが、国家予算レベルの金を動かしてる。叡嶺クラブの連中は、学園の評判に大きな傷をつけた碓氷を絶対に許さないだろう。刑務所から一歩出たら、あいつは終わりだ。反社会勢力に目をつけられた方が、まだ振り切れる可能性があるだけましなんじゃねえか」

そう言って志季は、凄《すご》みのある笑みを浮かべた。瑛都には想像もつかないが、全ての罪に相当するかそれ以上の制裁を受け、社会的には再起不能になるらしい。そう聞いても、同情心は一切湧かない。法で裁けない罪の重さを、身をもって思い知れと思うだけだ。

瑛都達が一連のごたごたから解放された時には、既に梅が見頃を迎える季節となっていた。

事件の余波は、本年度の卒業公演にも及んだ。碓氷の事件で世間を騒がせたこともあり、『アデルとオルフェ』は残念ながら、チケットの一般販売は自粛となってしまった。

公演自体を止《や》めるべきだという意見も上がったようだが、キャストの三年生にとっては進路にも影響する大事な舞台だ。結局、観覧は在校生とその家族だけ、公演も一回のみと規模を大幅に縮小して開催する運びとなった。

卒業公演を翌日に控えた夜だった。

三月も半ばとはいえ、夜は冬の名残を留めてまだ冷える。芝居の稽古は、明日に備えて早々にお開きになっていた。

「いよいよ明日だね」

瑛都は自室で寝る前のストレッチをしながら、志季に声をかけた。

「ああ」

「泣いても笑っても、明日で終わりなんだな。志季、これまでありがとう。おれ、志季が相手役で良かった。明日は後悔のないよう、精一杯頑張ろうね」

返事がないなと思っていると、しばらくして志季がおもむろにこう切り出してきた。

「ずっと秘密にしてきたことがある」

やけに真剣な表情を見て、身構えてしまう。

片思いを自覚してから、瑛都は志季に関してだけ、酷く臆病になっている。失恋の駄目押しみたいな話をされたら、明日の精神状態にも影響が出るし、下手をすれば芝居がガタガタにもなりかねない。

(もしよくない話なら、明日の舞台が終わった後にしてほしいな……)

「それ、今聞いた方がいい話?」

だが志季は「今、聞いてほしい」と言う。

「わかった」

瑛都はストレッチをやめて、ベッドに座っている志季に向き合う形で、一人掛けソファに腰を下ろした。

「話したことで、お前に拒絶される覚悟はできてる。同室が嫌なら今夜すぐにでも出て行くし、明日の公演も俺とは無理だと思うなら、俺は降りて成田《なりた》に譲る。お前の気持ちに全て従う」

「ちょっと待って、どうしてそんな話になるんだよ」

「お前に秘密を持ったまま、お前が大事に思っている舞台に上がるのが嫌なんだ。信頼を汚している気分になる」

志季の顔はかつてないほどに強張《こわば》っている。打たれる覚悟を決めた人の顔だ。それを見た瑛都も、酷く緊張してきた。

瑛都を入学前から監視していたことや、ハッキング等について、志季からその理由を詳しく説明されたことはない。瑛都の方でも訊《き》いてみることはしなかった。それぞれが何度も警察や学園からの事情聴取を受けていて、それどころではなかったこともあり、なんとなくうやむやになっていたのだ。

秘密にしてきたことと聞いて、思い当たるのはその件ぐらいだった。それとも、他に瑛都がまだ知らない事実があるのだろうか。

志季が根本的に悪ではないことを、今は信じているから、大抵のことなら許容できると思っているが、拒絶される覚悟までして臨む打ち明け話だなんて、不安になる。

だが、志季が語り始めた話は、まるで瑛都の予測の範囲を超えていた。

「俺には、人の感情の色が見える」

(感情の、色が見える?)

一体何を言っているのだろう?

頭の中にたくさんのクエスチョンマークが浮かぶ。

「……ごめん。志季が凄く真面目に話してくれてることはわかるんだけど、正直何を言ってるのかわからない。要は、心が読めるってこと？」

「いかれたことを言ってると思うか？」

志季が薄く笑った。

「そういうわけじゃないけど、……志季は現実主義者だと思ってたから、予想外過ぎて」

呆気《あっけ》に取られて、戸惑っているというのが、一番正直な気持ちだ。

「現実主義だよ。これが俺にとっての現実ってだけだ」

まるで実感は湧かなかったけれど、志季の話を何とか飲み込める形にしたくて、瑛都は恐る恐る訊《たず》ねてみた。

「それじゃ、今おれが考えてることも、わかったりするの？」

「文章で書かれたみたいに相手の考えが読めるわけじゃない。感情の色が見えるだけだ」

「どんな風に見えるんだろう？」

「怒りなら黒ずんだ赤、欲望は朱色、嬉《うれ》しい時には金色。そういうのが澄んでたり濁ってたり、点滅してたりしながら、相手の頭ら辺や全身を包む靄《もや》のように見える。今のお前は、ぐるぐる回るオレンジと紫のマーブル模様。感情の色は『混乱』ってとこだな」

それはその通りだ。でも、志季の言う感情の色とやらが見えなくたって、今の瑛都の様子を見れば、誰にでも混乱していることぐらい予測はつくだろう。

非科学的な事柄が全部受け入れられないというわけじゃない。でも、伏せられていた最後のカードがジョーカーだったと知らされたみたいで、そんなのありかよ、という気分だった。まだうまく飲み込めそうもない。

瑛都が黙って気持ちを整理しようとしていると、志季が「高入生向けの説明会の時、初めてお前を見かけたんだ」と言った。

「壮観だったぜ？　野郎どもの意識が、ドミノ倒しみたいに一方向に向かって欲望の赤に染まっていく。その先に、お前がいた。こいつが入学してきたらたいへんなことになると思った。入学予定者リストの中にお前の証明写真があった時には、怒りすら湧いた。なんでのこのこ入学してきたんだよって」

「のこのこって……」

確かに、入学式の夜の志季は、瑛都が入学してきたことに腹を立てているように見えた。初対面でいきなり襲われかけて帰れと言われたが、あれにはそういうわけがあったのか。

望まない欲望を向けられる恐怖なら、思い知ったばかりだ。今でも時折、碓氷にされたことを思い出しては、怒りに震えたり、吐き気を覚えたりしてしまう。

志季が見たという、瑛都に向けられた夥《おびただ》しい欲望の色。想像しただけでぞっとしてしまった。もしもそんなものを可視化できてしまったら、とてもじゃないが今まで通りにしていられる自信はない。

（本当、なんだな）

瑛都には見えない景色を、志季が見てきたということが、急に腑《ふ》に落ちた。見たくもないのにそんなものが見えてしまうのは、きっと辛《つら》いだろう。

志季が芝居で見せる高校生離れした洞察力の理由が、ようやくわかった気がした。

「大っぴらになっていないだけで、五年ほど前から、学園島にレイプ魔が出るという噂はあった。聖《ひじり》を襲った犯人が、何食わぬ顔をしてまだ島にいるとしたら、そいつがお前の美貌に目をつけないはずがないと思った。聖のことは守れなかったが、お前のことだけはどんなことをしても守ろうと心に誓ったんだ」

瑛都が入学する前から、起こるかどうかもわからない犯罪を、未然に防ぐために？

「もしかして、そのためにハッキングやいろいろしたって言うのか？」

「そうだ。犯行が五年もの長期に亘《わた》るなら、犯人が生徒である可能性は低い。だから俺は、学園の教師と職員一人一人の脳内の色を探って、危険人物をリストアップした。特におかしいと思ったのが、大河内《おおこうち》と碓氷だ」

「大河内先生も疑われてたの？」

意外な名前が出たことにびっくりした。

「おっさんの場合、素面《しらふ》の時でもトリップしてるみたいだからな。で、見張るために演劇クラスを選択した。碓氷のことは以前から、人のよさそうな外面と、脳内の色のギャップがヤバいと思ってた。あいつがお前の担任になるのを知って、同じクラスになれるよう画策したんだ。連中の位置情報もとってた。……実は、お前のも」

「えっ」

かなり引いたが、そのお陰で居場所を突き止めてもらえたのだから、文句は言えない。

あの時志季は、監視していた碓氷と瑛都が同じ部屋にいるのを知って、酷く焦ったのだと言う。ドアの隙間から紙を差し入れたのは、外からオートロックのドアを開錠するための裏技だったらしい。

「ほんと志季って、油断ならないよね。まかり間違えば犯罪者予備軍。それも頭脳派の」

「俺もそう思う」

茶化したのは、部屋に飛び込んできてくれた志季を思い出して、鼻の奥がつんとしてきたからだ。あの救出劇は、手段を選ばず瑛都の安全だけに集中していた志季だから可能だった。他の人では無理だった。

まだ友達でもなかった頃から、犯罪すれすれの手段まで講じて、そのことで自分の評判が傷つくことも恐れず、いつも瑛都を見守り、危機に陥った時には必ず駆けつけてくれた。

それは代償行為だったのかもしれない。志季は瑛都じゃなくても、酷い目に遭いそうな少年がいたら、同じように助けたのだろう。

それでもよかった。嬉しくて、ありがたくて、とっくに振られているのに、事件前より一層募った恋しさで胸が絞られる。

「おれ、最低だよな。信じるって言ったのに疑ったりして、口ばっかり。本当にごめん」

「謝るなって言ったろ。あの状況なら、疑うのが当然だ。お前から見た図を考えると、怪し過ぎたし。……聖の話、聞きたいか」

「おれが聞いても、いいのかな」

「お前には話しておきたいんだ」

辛い話になる予感がした。聖の身に起こった出来事も、志季が彼に寄せていた想《おも》いも。

それでも、志季が話したいのなら聞くべきだと思った。何を聞いても動揺しないでいられるように、腹に力を入れる。

「あいつもお前と同じで、特待生にならなければ高校に進学できない状況に追い込まれていた。雛菊《ひなぎく》寮は、薫風《くんぷう》寮と違って選民意識が強い連中の巣窟だったから、あいつはどんどん精神的に追いつめられていった。藁《わら》にもすがる思いで、天使の木に短冊を結びに行ってしまうぐらいに」

聖が味わった苦悩が、自分のそれと重なる。

彼はまだ中学生で、内進生としてエスカレーター式で高校に入れるはずだったのに、一転、特待生資格を得ることがマストになってしまった。登った梯子《はしご》を外された聖は、瑛都よりもっと途方に暮れた気持ちでいたことだろう。

「俺があいつを発見した時、服の乱れと、あいつの感情の色を見て、酷いことが起きたんだとわかった。混乱と恥辱、恐怖、いろんな感情が渦を巻いてた。……大丈夫か、こんな話。お前だって被害を受けてからまだ間がないのに」

「おれは大丈夫だ。未遂で終わったし」

そうは言っても、本当はまだ時折フラッシュバックが起こり、完全に元通りとまでは言えない。

当時の聖より年上で、友達はみんな温かく、レイプも未遂で終わった瑛都でさえこうなのだ。聖はどんなに辛かっただろう。怖かっただろう。

松本《まつもと》くんを苛《いじ》めた連中や、三年の楜沢《くるみざわ》等、これまでにも嫌いな奴はいた。けれど、震えが来るほど本気で人を憎んだのは、碓氷が初めてだ。きっと今、志季が瑛都の心を覗《のぞ》いているなら、怒りの赤一色に染まっているはずだと思った。碓氷だけは絶対に許せない。必ず報いを受けてほしい。

「それで、聖くんはどうなったの？」

瑛都が促すと、志季は光のない眼をしたまま、話を再開した。

「閉じた貝みたいに黙り込んでるあいつに苛立って、俺はとうとう、お前の感情の色が見える、隠しても無駄だって言っちまった。かろうじて自分を保っていたあいつは、それで壊れた。頭の中を勝手に見ないで、って泣き叫ぶ声が、今も耳について離れない。俺のしたことは、あいつにとってはセカンドレイプと同じだった」

瑛都は悟った。その事件が滅茶苦茶に引き裂いてしまったのは、聖の心身だけじゃない。志季の心もなのだと。

当時の志季は、聖を救いたいのにどうしていいかわからず、必死だったはずだ。案じる気持ちが本物でも、ぱっくりと開いた生傷に素手を突っ込まれた側は、悲鳴を上げることしかできない。

聖の傷に触れて、志季もまた、取り返しがつかないぐらい深い傷を負ったのだ。

自分を責めないで、と言いたかった。でも、おそらくそんな言葉は何の役にも立たないのだろう。

（自分を許せるまで、志季にもまだ時間が必要なんだ）

志季が自分を責めている間ずっと、聖は志季の心を占め続けるのだろう。

「蓮沼《はすぬま》くんは、今どうしてるの？」

「迎えに来た親に連れられて、家に帰った。だいぶ元気になって、地元の高校に通っているそうだ。でも当時は、とても警察の調べや証言に耐えられる状態じゃなかったから、親元に帰って静かに過ごす選択は、あいつにとってベストだったと思う」

そこまで話すと、志季は顎を上げて寂しげに笑った。

「お前に見ないでって言われたの、あれは堪《こた》えたな」

めた。


「ごめん。おれ、志季にとって一番辛い言葉をぶつけちゃったんだね」

「見られたくない領域まで見られることには、誰だって耐えられないさ」

その時、ふと話の流れとは全然関係がない、ずっと不思議に思っていたことが頭の中をかすめた。

「もしかして、おれの心を読んだから、バナナのケーキが好きだってわかったのか！」

「ばーか。色が見えるだけで、心が読めるわけじゃないって言っただろ。そこまでわかるかよ」

志季は呆《あき》れたような顔をしてから、くすっと笑った。話し始めてからずっと浮かべていた、諦《あきら》め切ったような寒々しい表情ではなく、普段通りの自然な笑みだ。

「ただ、お前が寝言を言ってたから」

「寝言？」

「ああ。凄く幸せそうに、ケーキの作り方を逐一。だからさぞかし好物なんだろうなと」

（うわあ……、恥ずかしい。おれ、寝言なんて言ってるのか）

それも、バナナのケーキの作り方。

眞秀に、中身は綿菓子並みにぽわぽわだと言われたことがあるけれど、こういうところかもしれないと初めて思った。他にも何か知られて恥ずかしいことはなかっただろうかと考えていたら、志季に知られて恥ずかしいことナンバーワンを思いついてしまった。

「あの、もしかしてだけど、志季には、れ、恋愛感情も見えるのか？」

「ああ。ときめきなら淡いピンク。エロい気持ちになるほど赤に近づく。感情の輝度が上がってくると、脳内もやたらキラキラし始めるから、恋に酔っ払ってる奴の感情は、ホログラム調のショッキングピンクだったりする」

「……お、おれも？　そんな風に見えてたりしたこと、ある？」

「まあ、そういう時もあったかもな」

志季にしては歯切れの悪い口調で、微妙に目をそらす。それでわかった。志季には瑛都の恋心が、最初から丸見えだったのだ。

ぎゃー！　と叫んで床に転がりたいような感情に襲われていた。あの時も、あの時も。志季は黙っていたけれど、瑛都が目を潤ませたり、無理に笑ったりしながら、恋心を隠していたことを、全部知っていたということになる。

これはもう耐えきれる限界を突破して恥ずかしい。できれば今すぐ穴を掘って消えたい。脳内で顔を覆って床を転がりまわっていると、

「ほら、そういうことになるだろ」

と諦めきった顔で、志季が言う。

（え？　今の恥ずかしい気持ちも見えてるの？）

どうしよう。志季の前では心を隠そうとしても無駄で、自《おの》ずとスケルトン仕様になってしま

うようだ。

「俺の親は、取り繕っていた本心を俺に暴かれることに疲れ切って、俺を捨てた。爺《じじい》が俺を引き取りたいと言った時、これ幸いと差し出したんだ。爺も、八鬼沼《やぎぬま》の血を継ぐ者は必要でも、本音を読む俺が厄介になったから、この島に隔離した」

「そんな……」

いくら心の色を読まれるのがしんどかったとしても、幼児を島に隔離して、それで良しとしていた大人の方に問題があるだろう、と瑛都は思う。

「わかっただろ。俺が恋愛向きの人間じゃないわけが。これで俺の話は終わりだ」

志季が締めくくった言葉を聞いて、瑛都はある可能性を思いつき、勝手にどきどきし始めていた。

「恋をしない理由はそれだけ？」

「そうだよ。充分過ぎる理由だろうが」

「恋なんかくだらないと思ってるからとか、とんでもない色魔だからとかじゃなくて？」

「さりげなく人を色魔扱いしてんじゃねえよ。俺の恋人になった人間は、きっと両親のように不幸になる。そう思うからだ」

「だって、心の色が見えるだけだろ？　なんだ！　そんなことか！」

「だけってお前……。嘘《うそ》をついたらわかるんだぞ？　隠そうとしたって、怒ってるのも嫌がってるのもわかる。そんなの普通耐えられないだろ。お前、ちゃんと人の話を聞いてたのかよ」

普通か普通でないかは知らないが、瑛都なら、そんなことで志季を遠ざけたりしない。

(恋を避けている理由がそれだけなら)

告白、してもいいだろうか。

いくら恋心に気づかれていると言っても、瑛都には志季の感情が見えないから、改めて告白するのはもの凄く怖い。何もしなければ今以上に傷つかずに済むのに、もし決定的に振られてしまえば、可能性は完全に消えて、塵《ちり》一つ残らない。

でも、人生とは能動的に選択することで前に進むものだということを、この一年弱の学園生活で学んできたはずだ。

(当たって砕けろ、だ)

本音では砕けたくないし、可能性が一パーセントしかなくても、望みを繋《つな》ぎたい。けれど、たとえこの恋が砕け散ったとしても、日はまた昇るだろうし、少なくとも自分を軽蔑《けいべつ》せずに済む。

耳まで脈を打って、口から心臓が飛び出そうだった。

(今までおれに告白してくれた子達も、きっとその子なりに勇気を振り絞ってくれたんだ。みんな、ほんとにごめん)

そして、勇敢な少女達に、心からのありがとうを。

何度かマイクのテスト中のような声を出して気持ちを調整してから、意を決して言った。

「あの、とっくに気づいてると思うけど、おれ、志季が好きです。おれと、恋をしませんか？」

「あ、あー」

唖然《あぜん》とした志季の様子を見て、やってしまった、と思った。彼の記憶を抹消するか、でなければ回れ右をして走り出したい。でも、口に出したからには、告白を完遂するしか道は残されていなかった。

誰かを口説いたことなんかないから、次に何をすればいいのかわからない。自分のセールスポイントは？　志季は瑛都のことならほとんど把握しているはずだから、今更再発見してもらえるような長所なんて思いつかない。それならお色気だろうか？

（千景《ちかげ》みたいに迫るとか。いや、無理だろ。笑いだされそう……）

せめて未来に期待してほしくて、何とかこう言ってみた。

「あ、あの、おれ、今は色気ないかもだけど、本条《ほんじょう》マリサの遺伝子を引いてるわけだから、あと一年か二年のうちには、もう少しなんとかなるんじゃないかと思う！」

我ながら無様な売り込みだ。なんとかって何だ。

「……前向きか？」

志季はこれ以上ないぐらい呆気にとられた顔をしている。

「アホなのか、お前は？　俺と一緒にいれば、この先もずっと、否応なく心を覗かれ続けるって、さっきから言ってんだろ。今は大丈夫だと思っても、早晩お前は耐えられなくなるんだよ」

瑛都に言い聞かせながら、まるで必死で諦めようとしている人のようだと思うのは、希望的観測過ぎるだろうか。

「おれじゃ無理？　そういう対象として見られない？」

「そうじゃない。……好きだよ。出会った頃から好きだった。見た目と天然風味の中身のギャップが凄くて、子供みたいにピュアなのに、時々凄く深くて優しい、大人びた顔をする。そういうところがたまらなかった。でも、だからこそ、お前だけは駄目だ。お前を辛い目にあわせたくないんだ」

胸が締めつけられるような、苦しげで切ない声。

感情の色なんか見えなくたって、今の志季の声に嘘がないことは、瑛都にもわかる。いまや、瑛都の全身が脈打っていた。今にも消えそうな、儚《はかな》いものを捕まえたくて、声は自然と囁くようなものになる。

「おれのこと、好きなの……？」

「ああ。凄く好きだ」

「でも、これまでに一人だけ、好きになった人がいたって」

志季は、聖のことをずっと忘れられないでいるんじゃないのか？

「それもお前のことだよ。伝える気はなかったけどな」

「うわあ、……凄い。……わあ……」

（志季が、おれのこと、好きって言った）

どうしよう。嬉しい。嬉しすぎて、想いを返してもらえたことが予想外過ぎて、泣いてしまいそうだった。天にも昇るというのは、きっとこういう気持ちのことを言うのだ。志季の言葉だけを永遠にリフレインして浸っていられる。

でも、歓喜に浸っている場合ではなかった。結局のところ断られたのだ。せっかく想いが通じていたと知ったのに、そんな理由で振られてたまるものか。

「志季の意気地なし」

「はあ？」

「弱虫。ヘタレ」

「何だと……？」

ぎろりと睨《にら》まれるが、そんな威嚇《いかく》に負けはしない。

「腰抜け。軟弱。怖がり屋」

「それ、まだ続くのかよ」

「試してもいないうちからできっこないって？　おれの本気を甘く見るなよ。おれのためみたいなこと言って、自分がもう痛い思いをしたくないだけだろ。志季ってそんな意気地なしだったのか」

「……そうだよ。お前にモンスターを見る目で見られたら、俺はたぶん死ぬからな」

「ええ？　死にはしないだろ？」

「死ぬ。間違いなく。心が死ぬ」

ふてくされたようにそう言うけれど、配られているお菓子を自分だけがもらえないとわかっている子供みたいな、寂しく哀《かな》しい目をしている。

伸ばした小さな手が誰にも届かず、うずくまるしかなかった幼子がそこにいる。

瑛都に拒絶されたら心が死んでしまうと言う。その言葉が、熱烈な愛の告白に他ならないことを、志季はどこまで自覚しているのだろうか？

「志季は賢いのに、馬鹿だなあ。モンスターっていうのはさ、自分の欲望や都合のために、他人をモノみたいに扱う、碓氷のような奴のことを言うんだよ」

志季への愛《いと》おしさがとめどなく溢れてくる。

この強くて脆《もろ》い人を、もうこれ以上誰にも傷つけさせたくない。あらゆる敵から盾となって守りたいし、これまで欲しいのにもらえなかったものを、全部あげたい。

（おれにはお金もないし、志季にあげられるものなんか、何もないけど）

だからせめて、心の中で輝く最高純度の想いを捧《ささ》げたい。

「今、志季には俺の頭の中が何色に見えてる？」

「凪にそよいで光ってる小麦畑みたいな、一面の金色」

「じゃあ、わかるだろ。おれが今、最高に幸せな気持ちでいるって。志季がおれを幸せにしてくれてるんだよ。志季が見ている色をおれにも聞かせてよ。同じものを見られなくても、想像してみる。そうやって少しずつ、おれと志季の世界を重ねていきたいんだ」

繕わない感情の色を見て、それがいいと志季が言ってくれたのだから、恐れるものなどもう何もない。自分の選択の結果何が起きようと、後悔だけはしない自信がある。

「志季はおれのことを、そんな風に思ってはくれないの？」

「お前本当は、俺の願望が生み出した妄想なんじゃないのか？」

現実主義のはずの志季が、中二病のようなことを言い出したので、びっくりした。

「何言ってるの？　志季、大丈夫？」

「だって都合が良すぎるだろ。お前みたいに外身も中身も綺麗《きれい》な人間が、俺の秘密を知った上で、それでも好きでいてくれるなんて」

ぶつぶつ言っていたかと思えば、突然、「ああ！　かっこ悪いな俺。くっそ……」と大声で言うからびくっとしてしまった。

「明日、卒業公演でリベンジする。俺にも挽回《ばんかい》のチャンスをくれ」

（かっこ悪くなんかないのにな。志季はいつでも凄くかっこいいのに）

それに、弱ったところを見せてもらえるのも、特別扱いみたいで嬉しい。瑛都の方はもう発熱しているようにぼうっとしてしまって、想いが成就した幸福に酔っぱらって、眩暈《めまい》までしていた。

ああ、そうか。今も口に出さない恋心が、志季には幸福な色に見えているのか。だとしたら、それはなんて素敵なことだろう。

「頬《ほ》っぺた、真っ赤。ほんとにお前って俺のことが好きだよな」

からかう言葉とは裏腹に、志季の指先が宝物を扱うように、そっと瑛都の頬に触れた。ずっとこんな風に触れてもらえるのを待っていたような気がする。優しい掌《てのひら》に、瑛都はうっとりと頬を寄せた。

「うん。大好き」

「そんなに俺をつけあがらせていいのか？　こっちはもうずっとぎりぎりのところで我慢してるってのに」

「我慢って何を？」

「お前を抱きたくてどうにかなりそうだってこと。同じ部屋でずっと寝起きしてたんだ。俺が夜中に、何度お前の寝顔を見つめてたか、知らないだろ？　あんまり可愛《かわい》いこと言うと、足腰立たなくなるまでやっちまうぞ」

頬の赤身が首筋を伝って全身に広がっていく。体中が心臓になってしまったみたいだ。

「こ、困るよ。明日、公演だし」

ぐいと引き寄せられて、抱きしめられた。狂おしく頬ずりされ、隙間なく強く抱かれて、息も止まる。

「好きだ、瑛都。好きで好きでたまらない。気持ちがぱんぱんに膨《ふく》らんで、爆発しそうだ」

(そんなこと言われたら、耳から溶けちゃうよ……)

くちづけられそうになって、瑛都は思わず志季の口を手で押し返した。

「何?」

「おれ、……碓氷にキスされた。逃げるためには仕方ないって、我慢したんだ。おれの口、汚いから」

思い出すたびに悔しくなる。自分の汚れが志季にまで伝染してしまいそうで嫌だった。

志季は瑛都の手をつかむと、逃げる唇を追いかけて、無理やりキスをしてきた。食べられてしまうんじゃないかというような激しいキス。吸い出す勢いで舌を絡め取られ、上口蓋をぞろりと舐《な》め上げられながら、尻の二つの丸みを摑まれ、ぐっと引き寄せられる。

(あ……)

「上書きできたか?」

真っ赤になって何度もこくこくと頷《うなず》くと、志季が色っぽい顔でふっと笑った。

「上書き用じゃないキス、していいか」

「駄目って言ったらしないのか?」

「する」

「じゃあ、聞く意味な――」

語尾は小さな水音に飲み込まれた。

(あげられるもの、何もないって思ってたけど)

目も眩《くら》むような快感に翻弄されながら、瑛都は思っていた。自分にも、志季に欲しがってもらえるものがあってよかった、と。

第十章

『兄弟よ。今宵《こよい》、この瞬間から、我らは敵だ！』

榊《さかき》が演じるオルフェが叫ぶと、舞台が暗転した。

暗闇の中で主役二人が舞台の下手にはけ、城の舞台装置が動かされていく。

大道具が移動する音が静まり、ライトが再び点《とも》った時には、舞台は既に夏の宮のテラスの場面に変わっていた。月が投影されている中に、瑛都《えいと》演じるロザリンド姫が一人、佇《たたず》んでいる。

古風なナイトドレスも銀の髪飾りがあしらわれたウィッグも、ゲネプロの時より重く感じられ、子供劇団で何度も舞台は踏んでいるはずなのに、脚が震えそうになっていた。直前に見せられた水川《みながわ》と榊の芝居が、あまりにも凄《すさ》まじかったからだ。

通し稽古の時にも、瑛都達一年組との実力差は歴然としていたが、本公演での二人は、今まで本気を隠していたのかと疑いたくなるほど、一皮も二皮も剝《む》けていた。

いや、そうじゃない。彼らは舞台を踏むたびに進化していくのだ。天才、化け物だ。

熱くなった観客達の心は、未《いま》だアデルとオルフェの元にある。ほとんどの観客が、瑛都の芝居など望んでいず、彼らの再登場を望んでいるだろう。アウェイの空気の中に立つ怖さを、瑛都は初めて知った。

竦《すく》む足に力を入れ、瑛都はロザリンドの想いを自らの内に引き寄せた。

やがて恐怖は消えて心が澄み、マウリシオを想う乙女の心が胸を浸してくる。恋を知った瑛都にとって、それはとても身近な感情だ。今こうして立っている爪先、髪の先まで、愛しい相手への恋心がひたひたになっている。

『あの方はご無事かしら。この月を、あの方もどこかでご覧になっているかしら』

切々とした独白が始まると、客席が水を打ったようになり、視線が瑛都に集まっていく。だが、完全な集中状態に入った瑛都には、既に客席の様子など意識の外だ。

麗しい王子の顔を月明かりの中に認めた時の驚き、喜び、そして恐怖。愛しい人を守るため、一刻も早く退けなければ。それでも、危険を冒して自分に逢《あ》いに来てくれたことに、ときめきが止まらない。

志季《しき》のマウリシオが足元に跪《ひざまず》き、目で愛を乞いながら、瑛都のロザリンドの手の甲に、口づけを落とす。二人を隔てる五十センチの距離が、まとっている服が、己の皮膚さえもが、邪魔だ。二人でぴったりと合わさって一つの塊になり、睦《むつ》み合いたい。

跪いている相手も同じことを思っているのがわかる。ただ手に口づけられているだけなのに、二人は心でセックスしているも同然だった。一国の王女と王子でありながら、なんて淫《みだ》らで、はしたない。

現実と芝居の境目が曖昧《あいまい》になり、見つめ合っているのが志季なのか、マウリシオなのかもわからなくなる。昨夜想いが通じ合ったばかりだからだろうか。互いの台詞《せりふ》に感情が乗り過ぎて怖いほどだ。

突然、瑛都の中に大河内《おおこうち》の言葉が降ってきた。

——表現者ってのは、ここ一番って時に裸になれる奴のことを言うんだと俺は思ってる。

瑛都の体験も思いも、全部瑛都だけの大事なものだ。でも今この瞬間、瑛都は己だけのものだったそれらを、真っ白に輝く水鳥の背に乗せて、客席に向けて解き放っていた。

ただの高校一年生の、個人的で歪《いびつ》でささやかに過ぎない、全ての思いを。全ての言葉を。全ての愛を。今の精一杯で摑《つか》んだ、一番善いものを。

この場を共有する、顔も見えない彼らと、分かち合いたい。

己を解放した途端、喜びが何倍にも膨れ上がって、多幸感に包まれ、自然に涙が溢れてきた。

『覚悟は決めた。俺はお前のためなら、罪人にも悪魔にもなれる。一生、お前を守ると誓うから、どうか俺のものになってくれ』

急に志季の声色が変わった。マウリシオとは口調も台詞も微妙に違う。みんなが見ている舞台の上で、王子ではなく志季が、姫ではない瑛都に愛を乞うているのだとわかった。

これが志季からの答え。

（ばか。リベンジするとは言っていたけど。こんな、ここ一番の大事な舞台で）

そう思うのに、困惑を凌駕《りょうが》する歓喜の痺《しび》れに包まれていく。今、志季にはきっと、眩《まばゆ》いほどの黄金色が見えているはずだ。

『返事は？』

『……喜んで』

万感の思いをただ一言に込める。志季が本当に嬉しそうに笑うから、瑛都の世界は七色のイルミネーションで埋め尽くされていく。

台本ではここで抱擁の後、暗転だ。なのに、志季は立ち上がり、瑛都の顎を持ち上げて、たっぷり十秒もキスをした。客席から沸き起こる怒号のような歓声も、今の瑛都には遠い。

舞台の袖にはけると、鬼のような顔をした大河内がカンカンになっていた。

「てめえら、好き勝手やりやがって。後でがっつり絞ってやるからな！」

「聞こえるでしょ？　凄い歓声だよ！」

駆け寄ってきた千景《ちかげ》が、瑛都の様子に気づき、言葉を飲み込んでタオルを手渡してきた。

震えが止まらず、涙が溢れ続けている。大河内が言っていたような演者の感動を、途中までは摑みかけていた、ような気がした。でもこれはきっと、恋の成就の喜びなのだろう。

舞台では、狂言回しの道化師ピッポが、二つの国の未来を予言して、どこへともなく去っていく場面が演じられていた。伊澄《いすみ》は素晴らしく集中しており、稽古では駄目出しされることが多かった長台詞も、難しいパントマイムも、次々に決めていく。

瑛都は知っている。伊澄が毎晩最後まで稽古場に残り、難所の練習を繰り返していたことを。ゲネプロの後では表情も変わって、もしかしたら瑛都達以上に、役に打ち込んでいたかもしれない。

「音無《おとなし》。よくやった」

舞台袖《そで》で大河内に褒《ほ》められるなり、音無は両手で顔を覆って泣き出した。

後は、主役二人が対峙《たいじ》するクライマックスを残すばかりだ。

「一年組の王子と姫、随分とまた客席をあっためてくれたねえ。俺達も負けないように頑張らないと」

水川がペットボトルの水を一口飲んで、スタッフの生徒に渡す。

「俺らもスペシャルバージョンの本気出そうぜ！　な、爽《そう》！」

彫刻のような美形で、芝居の時には神のように見えるのに、榊は口を開くと残念になる。今もはしゃいだ様子でいるところを、水川に冷たくあしらわれている。

「お前の言う本気は大概下劣。変な真似《まね》したら後で殴るからな」

二人の纏《まと》う雰囲気が急速に変わる。役に集中したのだ。瑛都には感情の色は見えないけれど、フレアのように立ち昇る二人のオーラが見えるような気がした。

舞台に向かって行く二人の背中を、ひたすらに眩《まぶ》しい思いで見送る。

いつかは自分も、彼らのいる高みへ。もし、その隣に志季がいてくれるなら、他に欲しいものなど何一つない。


公演は大成功のうちに幕を閉じた。

制服に着替え、メイクを落とした今でも、まだ体が十センチほど浮いているように感じられる。志季たちと合流しようと思って急いでいると、

「天国《あまくに》くん」

後ろから声をかけられた。振り向いた先には、垂れ目気味で甘い顔立ちの、上背のある少年が立っていた。

「僕のことわかる?」

第一印象は、この人女子にもてそうだな、というものだった。だが、記憶のページを遡《さかのぼ》っても、こんな知り合いには覚えがない。

じっと見つめるうちに、目の前の顔と懐かしい面立ちがふいに重なった。

「……松本《まつもと》くん?」

「久し振り」

松本くんが、どうしてここにいるのだろう。卒業公演のチケットは一般売りされず、今日舞

台を観に来ているのは、生徒の親ばかりだというのに。

しげしげと眺めて見ても、昔の面影がほとんどない。松本くんはそれぐらい劇的に変わっていた。

「随分変わったね。背もおれより高いし、凄くかっこよくなった」

瑛都の言葉を聞いて、恥ずかしそうに笑う。

「かっこよくなんかないけど、ありがとう。毎日牛乳飲んでたら、中一の頃から四十センチ以上背が伸びたんだ」

顔も体格もすっかり変わっているけれど、シャイな笑みだけは昔のままだ。

「どうしてここにいるの？　叡嶺に誰か家族がいる？」

「天国くんに会いに来たんだ。君の家に電話したら、君のお母さんが卒業公演のことを教えてくれた。ご自分は行けないからとチケットまで譲ってくださったんだ」

懐かしい友人が、別人級に大人っぽくなった姿で目の間に立っている。あまりに思いがけなくて、喜びと驚きがちょうど同量ぐらいで、うまく感情が処理できない。

今でも瑛都の中では大切な友達という位置づけだけれど、松本くんの方ではもう瑛都と関わりたくはないのだと思っていた。それなのに、松本くんの方から実家にコンタクトを取って、わざわざここまで会いに来てくれた。父絡みの騒動をニュースや何かで知って、瑛都のことを案じてくれたのだろうか。

最初の驚きから立ち直ると、ゆっくりと胸の奥に温かいものが満ちてくる。松本くんに怖い思いをさせたこと、その後何一つフォローできなかったことを、ずっと後悔していた。

「「あの時は」」

声が重なってしまって、互いに次の言葉を飲み込み、どちらともなく笑いだす。

「いいよ。松本くんから話して」

「ありがとう。それじゃ、先に話すね」

松本くんは裏庭の東屋《あずまや》に瑛都を誘った。普通にしていても笑んでいるように見える表情を引き締めて、松本くんは話し出した。

「君に、ずっと謝りたいと思っていたんだ。あの時、君に庇《かば》ってもらいながら何一つできなかった僕を、どうか許してほしい。あの日から後悔しない日はなかったよ」

この告白こそ、突然の再会や別人級の変貌より、もっと思いがけないものだった。

「おれが嫌になったんじゃないの？　乱暴なところを見せて、怖がらせてしまったんだと思ってた」

「まさか。そんなはずないよ。君が僕のためにあそこまで怒ってくれるなんて思っていなかったから、本当に嬉しかったよ。……怒らないで聞いてくれる？」

「何を言っても怒ったりしないよ」

「天国くんは、僕の目にはとても無垢《むく》で寂しい人だという風に映っていた。自覚はなかったけど、君を守ってあげたいと思っていたんだと思う。それなのに、いざとなると何一つできずに守られているしかない自分がショックで情けなくて、どの面下げて君の前に立てばいいのか、わからなくなってしまったんだ」

松本くんが瑛都のことを守りたいと思っていてくれたことは、意外だったけれど、素直に嬉しかった。彼の傍《そば》があんなに心地よかったのも、瑛都の寂しさに気づきながら、踏み込み過ぎないちょうどいい距離で見守っていてくれたからなのだと思えば得心がいく。

一方で自分はどうだったかと言えば、苛めっ子達から彼を庇いはしたけれど、大切なサンクチュアリを土足で踏み荒らされた癇癪《かんしゃく》だったと言う方が、より正確である気がする。

要は、松本くんよりずっと子供だったのだ。

叡嶺学園で過ごした濃密な一年で、自分も少しだけ大人になったと瑛都は思う。

大切な誰かを守りたいという燃えるような思いや、自分の限界を知って打ちのめされる無力感、そして嵐の中に放り込まれたような初恋を知った。

多くの痛みを、その時々でなけなしの力を振り絞りながら、必死で潜《くぐ》り抜けてきたつもりだ。

その傍には、いつも志季がいた。口も態度も悪くて、ほとんどの生徒からは恐れられているけれど、それは大きな秘密を抱えているがゆえに、人と距離を置かざるを得なかった志季なりの処世術だった。本当は人の痛みに誰よりも敏感で、自分のことより他人をまず優先してしまう、不器用で優しい人だ。

（今はもう、おれにも守りたいと思える人がいっぱいできた）

両親、大切な友人達、信頼できる先生や先輩、もちろん松本くんも。

でも、沈む船からたった一人しか救命ボートに乗せられないとするならば――。

（みんな、ごめん。究極の状況になってしまったら、おれはきっと志季を選んでしまう。自分は助からなくてもいいから、志季には生きていてほしいって、絶対おれは思うんだ）

一瞬一瞬の鮮やかさに瞬きすら忘れそうな、そういう愚かで輝かしい恋をしている。

松本くんの声で、瑛都は現実に引き戻された。

「次に同じことが起こったら、今度こそ僕が天国くんを守れるように、随分体も鍛えたんだよ。改めて僕と友達から始めてくれる？」

瑛都の心のメーターが、今度こそしっかりと大きく振れた。中学時代の一番の心残りが氷解するのだ。嬉しくないはずがない。

「もちろんだよ！　おれはずっと友達だって思ってた。松本くんがくれたロッカモンのフィギュアだって、島に持ってきてるんだ」

「それは嬉しいな。ねえ、僕のことをこれからは俊介《しゅんすけ》って呼んでくれないかな？　君のことも瑛都って呼ばせてほしい」

「うん、いいよ。しゅ、俊介」

ちょっと噛《か》んでしまったけれど、ちゃんと呼べた。胸がホカホカして、頬も熱くなる。そんな瑛都の様子を、俊介は優しげな目でじっと眺めていた。

「君がどんな風に成長しているかなって、ずっと想像していたよ」

「さほど変わり映えしなくてがっかりしただろ」

「まさか。想像の何百倍も綺麗だよ。心も姿も、君ほど美しい人はいない」

褒められるのは得意じゃないから、どんな顔をしていたらいいのかわからなくなってしまう。

「全然そんなんじゃないよ。ルームメイトからは、頭の中にロッカモンが詰まってるとか言われてるし。俊介は褒め上手だね。女の子にもてそうだ」

「好きじゃない相手にもてても仕方がないよ」

(否定しないってことは、やっぱりもてるんだな)

松本くん時代の俊介はもっと口下手で恥ずかしがり屋な印象だったけれど、三年もあれば人は変わるのだ。耳を愛撫《あいぶ》してくるような甘い言葉も、言い慣れているのか板についている。

さっきみたいな言い方、志季なら絶対にしないな、と瑛都は思った。絶対、もっと怒ったみたいな、ぶっきらぼうな言い方をする。

(別に、甘い言葉を言ってほしいわけじゃないけど。昨日、好きって言ってくれたし、舞台の上でも公開告白っぽいことしてくれたし)

恋が成就したばかりの心は、何度でも好きな人の方へと移ろって行ってしまう。俊介は苦笑を浮かべてそれを指摘した。

「今、他の誰かのこと考えていたでしょう？」

「あ、ごめん。まだ舞台の余韻《よいん》が抜けてなくて」

俊介はにじるように距離を詰め、滑らかな動作で瑛都の手を取った。

「……？」

東屋で手を取り合っている図は、三年ぶりに再会した旧友同士としては少し距離が近過ぎるようにも思ったが、きっと俊介はパーソナルスペースが近い人なのだろう。

「もうこの際だから言いたいことは全部言ってしまうけど、いずれ瑛都とはただの友達じゃなくて、もっと深い仲になりたいと思ってる」

「それって、親友ってこと？」

俊介が口を開きかけたその時、心臓まで凍りそうな冷たい声が響いた。

「人を待たせといて何やってんだよ、お前は」

いつの間にか、すぐ傍に志季が腕組みをして立っていた。舞台の上では夢のように甘い雰囲気だったのに、見上げた顔が声以上に怖い。

「志季！　松本くんだよ！　前に話しただろ、ほら、バナナのケーキの……」

志季は、ビームが出そうな強い視線一つで、瑛都を黙らせた。

(怒ってる？　おれ、何かした？)

「はじめまして。瑛都の中学時代の友人で、松本俊介と言います。さっきの公演で、瑛都の相手役をされていた方ですよね。お芝居、素晴らしかったです」

俊介は愛想よく演技を褒めた。それなのに、志季は目一杯冷ややかな顔で「そりゃどうも」と返しただけだ。初対面の時の、取り付く島もない志季に戻ってしまったようで、俊介の気持ちを考えると胃が痛くなりそうだった。

「失礼な態度をとるなよ。ごめん、俊介。志季は誰に対してもこんな風だから」

「全然気にしてないよ」

「志季とはルームメイトなんだ。それで、……うわっ？」

いきなり手首をつかまれて、勢いよく志季の胸に引き寄せられる。

「いつまでそいつの隣に収まってるつもりなんだよ。紹介するなら正確にしろ。瑛都のルームメイト兼クラスメイト兼恋人の志季、だろ」

恋人、というところで一段大きく声を張る。

「い、いきなり何言い出すんだよ。俊介がびっくりしてるじゃないか！」

（何してくれてるんだよ！　いきなりのアウティングとか！）

別に隠すつもりはないのだけれど、だからといって断りもなく、再会して間もない瑛都の旧友に個人的なことを暴露するのはいかがなものか。

（恋人、って言った）

後で叱《しか》ってやらなくちゃと思いながらも、頬が変な風に緩んでしまうのには参った。

俊介は一拍ほどの間、完全な無表情になったが、次の瞬間には元通りの優しい笑顔を取り戻していた。

「大丈夫だよ。美しい花の周りには、蝿《はえ》の一匹ぐらいいたかっているものだからね。でも、僕と瑛都の間には特別な絆《きずな》があるって信じてるから」

「ん？　ありがとう……？」

蝿の例えの意味もよくわからないまま、とりあえずお礼を言ってはみたが、志季の眉がぴくぴくと引き攣《つ》っているのが気にかかる。

その時、連絡船最終便案内のアナウンスが流れた。急いで連絡先を交換した後で、俊介が言った。

「名残惜しいけど、もう行かなくちゃ。長期休暇には是非会いたい。僕のいる大阪《おおさか》は、ここからなら近いから、君さえよかったらうちに泊まりに来ない？」

「冬休みは学園島に残ったから、夏は東京《とうきょう》に帰省することになると思う。予定がはっきりしたら知らせるよ。俊介、会いに来てくれてありがとう」

出航を見送りたかったけれど、叡嶺の生徒向けにも集合のアナウンスが入ったので、俊介とはそこで別れた。

志季はむっつりとへの字の口をしたまま、瑛都の手をぐいぐいと引っ張っていく。

「あいつの家には絶対泊まりに行ったりするな。あの野郎、優しそうな風情でとんだ食わせ者だ。宣戦布告して行きやがった」

　志季は誰に対しても愛想がないし辛口だけれど、俊介に対する当たりのきつさは異常だ。

「おれの友達の悪口言うなよ。俊介をなんでそんなに嫌うんだよ」

「ばーか。友達だと思ってんのはお前だけなんだよ。手を握られる以上のこと、されてないだろうな」

「え？　変なこと言うなよ。だって、松本くんだよ？」

　びっくりし過ぎて、呼び方が戻ってしまう。

「『松本くん』だからだろうが。小柄でぽっちゃりのおとなしい奴じゃなかったのかよ」

「ほんとにそうだったんだよ。凄くかっこよくなってたからびっくりした」

「やっぱりあいつがラスボスだったな」

「ラスボスって……」

　志季の取り越し苦労だとは思うが、そう言われてみれば、友情にしてはスキンシップや言葉の熱が少し過剰だった気もする。でも、この先もし志季の言う通りの意味で俊介から求められるようなことがあったとしても、何も変わらないのだから、志季の取り越し苦労であることに変わりはない。

「志季が心配することなんて、何もないのに。おれは揺れたりしないんだから。さっき俊介と話してて気がついたんだ。おれにとって志季と他の人とは、カラーと白黒ぐらいはっきり違う。

友達も家族も大事だけど、もし一人だけしか守ることができない状況になったら、おれは他の人全部を束にしたより、志季を選んじゃうんだろうなって」

「……本当にお前は恐ろしい奴だよ。破壊力をわかってないから始末が悪い……」

「えっ、おれ、何か変なこと言った？」

志季に手を引かれて行くうちに、校舎からずいぶん離れてしまったことに気づく。

「ねえ、後夜祭の準備は？　教室に行くんじゃないの？」

「行かなくていい。太刀川《たちかわ》達が万事うまく取り計らってくれる」

「でも、卒業公演に出たメンバーは全員招集かかってただろ」

公演に出た者達は、舞台衣装をまとって後夜祭に参加することになっていたはずだ。

「太刀川達に任せたって言っただろう。暗くなれば山車《だし》の上で手を振ってる奴の顔なんてろくに見えやしない。仮にばれたところで、お祭り騒ぎの余興ぐらいにしか思われないさ」

志季の王子の衣装を晴臣《はるおみ》が、瑛都の姫の衣装を千景が着てくれる手はずになっているのだと言う。

「どうしても今夜は二人きりになりたい、気を利かせてくれって言ったら、みんな張り切って協力してくれたぜ？」

「えええ……。どうするんだよ。後でめちゃくちゃ冷やかされるじゃないか……」

にやにや笑ってからかってくる眞秀《まほろ》の顔が浮かぶようで、頭を抱えていると、

「夜になるまで待てない」

真剣な声にどきっとした。志季は、声の通りに真剣で余裕のない表情をしている。沈んでいく太陽の色に染まった頬も、やけに光って見える目も、とても綺麗だと思った。

単に摑んでいるだけだった手を、志季が恋人繋ぎに変える。余裕でいるように思っていた志季の掌が僅《わず》かに汗ばんでいて、それを知っただけで、体温が上昇するのが分かった。

（どきどきする……）

胸が激しく弾んで痛みすら感じるし、喉元まで甘苦しい感情がひたひたに溢れている。でも、その感覚はけっして不快ではなかった。それどころか、永遠にこのまま夕映えの中に二人きりで閉じ込められて、手を繋いで歩き続けていてもいいような気さえする。

これから起こるであろうことが少しも怖くないと言えば嘘になる。けれど、期待の方がずっと大きい。

いくつかの言葉と、数えきれないほどの言葉にならない想い、そしてそれ以上のものを、一番好きな人とだけ分かち合うことができるなら、こんなに嬉しいことはない。

森の家に着くまで、ずっと手を繋いでいた。校内より酸素濃度は濃くなっているはずなのに、何だか息苦しいのは、心臓がずっと高鳴り続けているせいだ。

鍵を開けようとする志季が妙に手間取っていて、彼の緊張と焦りが伝わってくる。

扉を開けるなり、骨が軋《きし》むほどきつく抱きしめられた。

性の気配を濃密に漂わせた舌と舌との戯れだけで、瑛都の前は固く張り詰めてしまった。すぐに立っているのも難しくなり、膝がかくんと折れかける。

いつもより少し上ずって聞こえる声で、志季が言った。

「ベッド、行こう」


互いに服を脱ぎ捨てるまでは、あんなに余裕のなさを剝き出しにしていたのに、瑛都の体を見下ろしながら、触れようとしないのが訝《いぶか》しかった。何かを怖がってでもいるような、志季らしくもない不確かな表情で、じっと見つめてくるだけだ。

「……志季？」

もしかしたら、瑛都の体に失望して、盛り上がっていた気分が冷めたのかもしれない。不安が滲《にじ》む声で名前を呼ぶと、はっとしたように志季が身じろぎし、息を吸い込んでから、瑛都の髪に触れてきた。生まれたての仔猫《こねこ》に初めて触れるかのようにそっと、髪の表面を撫《な》で下ろしていく。何度も、何度も。

優しい接触が気持ちよくて、いろいろな不安で強張っていた体が、ゆっくりと解《ほど》けていく。好きな人に触れてもらえる喜びで、瑛都の顔には知らず知らずのうちに、内側から灯《とも》るような微笑《ほほえ》みが浮かんでいた。

髪を撫でる掌が、ゆっくりと瑛都の頬を包む。自分の方からも志季に触れたくて、頬にある志季の手に自分の手を重ねると、電流が走ったみたいに、その手がピクリと動いた。そしてまた、志季が動きを止めて、じっと瑛都の顔を見つめてくる。

気づいてしまった。

（もしかして、おれの反応を、色で確かめてるのかな？）

自分の反応をそこまで気にしているのか。瑛都より経験値はずっと高いはずなのに、酷く臆病な反応を可愛いと思ってから、胸がきゅっとなるほどの切なさと愛おしさを覚えた。

ここまで臆病にさせるだけのものを、きっとこれまでに沢山見てきたのだ。誰にも言えないまま、たった一人で。

竦んだ心を安心させてあげられるような気の利いたことは言えないから、志季が感情の色を見られる人でよかったと思う。瑛都が今どれほど幸せか、志季をどんなに大好きだと思っているか、全部見えているはずだから。

感に堪《た》えない様子で震える息を吐いた志季が、今度こそ瑛都の体に触れてきた。

体中を舐められ、乳首やペニスの先端や、その他あらゆる敏感な部位を指で刺激されて、変な声がいっぱい出た。恥ずかしかったけれど、志季が瑛都の反応を確かめ、そのたびに安堵《あんど》しているのが伝わってくるから、嬉しい気持ちの方が強い。

そして今は、二人が繋がる準備として、狭い場所を広げられつつある。

「ここ、どう？」

「どうって訊かれても、わかんない、し。お腹《なか》の中、重たい」

未知の感覚に翻弄されきっていて、自分が抱かれる方になったらしいことを考える余裕なんかなかった。

内側のある場所を指で押さえて揺するようにされると、お腹が張ってくるような感じがして、瑛都は焦った。

「あぁっやだっ！　そこ、変！　変だから……」

「ごまかしたって無駄。やだって言っても、悦《よろこ》んでるのが俺にはわかるんだからな」

さっきまで、あんなに遠慮がちで可愛かったのに。すっかり勝手知ったるという様子で言うから憎らしくなって、瑛都も言い返そうとする。

「悦んでなんか、……ひっ、あぁ！　あう、あぁん、ひあぁっ」

指を増やされ、もう何をされているのかもよくわからなくなる。

「もう、限界。お前の中に入りたい。俺を入れて、瑛都」

苦し気に目を眇《すが》めた志季の顎の先から、汗が滴り落ちてくる。瑛都が小さく頷くと、弾力のある先端が瑛都のそこにぴったりとくっつき、ぐっと圧がかかる。

（あ、挿《い》れられちゃう、入ってくる、あ……っ）

志季はゆっくりと腰を進めてきた。

　限界だと思っていたのよりさらに大きく、慎ましやかで狭い門が押し広げられていく。円く開かれたそこを、凄く硬くて太い、怖いようなものが、みちみちと蹂躪《じゅうりん》していった。

　凄い異物感。脂汗が出てしまいそうなぐらい、変な感覚。

「痛いか。痛いよな」

　痛くない、と頭を振るが「嘘をついてもわかるから」と言われてしまう。

「大丈夫、ちょっとだけ。我慢できないほどじゃない」

　やっぱり我慢しているのかと思わせたくなくて、もう一言、付け加えた。

「おれだって、舞台の上からもうずっと、志季とひとつになりたかった」

　志季がぐっと下唇を噛み、硬直する。次の瞬間、怒っているような真剣な顔で、ずん、と奥まで突いてくる。

「あぁ――っ!!」

　出し入れが始まってしまうと、痛みよりは衝撃が凄くて、最初は奥歯を食い締めるようにして耐えていた。だがその衝撃にも、脳より先にまず、体が慣れた。

（変な感じ。痛い、そうでもない？　やっぱり変な感じ）

　その変な感じが、ある時から斜めにずれて、何とも言い難い感覚に変容するのがわかった。それが快感の萌芽《ほうが》であることに気づけないまま、突かれるたびに、何かが更新されていくのだけがわかる。抜き出されるたびに、内側からとろとろに溶けていっているんじゃないかと錯覚する。

「聞こえるだろ。お前のあそこ、じゅぷじゅぷ言ってる」

繋がっている場所から絶え間なく不穏な水音が立っていることを指摘されて、脳が煮上がったようになる。

（おれ、凄く恥ずかしい格好で、お尻に志季のを入れられちゃってる。凄いことされちゃってる……）

これが、セックス。

「初めてなのにこんなに感じまくって、いやらしいな、瑛都」

気持ちがいい？　そうか、この感覚は、快感なのか。

そう悟った瞬間から、それは愉悦以外の感覚ではあり得なくなる。瑛都がそうと知る前から、恥ずかしいぐらい感じているのを、チカチカ瞬く脳内の色から、知られてしまっていたんだと気づいた。

はしたなく涎《よだれ》を垂らす性器の先端を志季の指先で潰され、文字通り身悶《みもだ》えする。

「……めえっ、さわ、ちゃ、ああっ、んあぁっ」

とても言葉を紡げる余裕はなくて、すぐに身に余る快感に思考が溶けて流れて消えてしまう。

全身をバネのように使って、志季が瑛都の奥を荒らし始めた。

こんな恥ずかしくていけないことを、志季としている。内側を滾《たぎ》った熱棒でぬちゃぬちゃと

捏《こ》ねられ、張り出したそれで敏感な箇所を繰り返し擦《こす》られ、揺さぶられる。瑛都にはどうされているのかわからない複雑な動きで、柔らかく強く抜き差しされるたびに、自分の体がより感じやすく、淫蕩《いんとう》に作り変えられていく。

「ホログラムみたいな虹色の中で、ピンクのカラーボールがあっちこっちで破裂してる。こんなの初めて見るわ。凄《すげ》えエロい」

「あぁ！　あぁあ、ああーっ‼」

もう何度目か数えきれない、雷に打たれたようなインパクトが全身を貫いて、瑛都の体が、がくんっ、と一度大きく弾んだ。何度もベッドの上で体が波打って、頭頂からつま先まで、さざ波のようなエクスタシーが伝播《でんぱ》していく。

「またイったな。こんな体で、今まで誰の手にも落ちてなかったなんて、奇跡みたいなもんだな」

絶頂の波がとめどなく押し寄せては、情け容赦なく瑛都をさらっていく。怖いから抗《あらが》おうとしても抗いきれず、波は高くなる一方で、沖の彼方《かなた》まで自分を連れ去ってしまう。

奉仕されるばかりでなく、自分の方からも何かしなくてはと思うのに、自分の体に与えられる悦びについていくことすらままならない。制御できない恥ずかしい反応も、いっぱい見られてしまった。そもそも志季の前では、蕩《とろ》けて溺《おぼ》れきっている自分を隠すことなどできはしないのだ。

志季はあの音無伊澄とも関係していたんだよなと、今一番思い出したくないことを思い出してしまって、嫉妬《しっと》でむかむかするのと同時に、これまでに一度も感じたことのない巨大な引け目が、凄い勢いで押し寄せてくるのを感じた。伊澄は見るからにセクシーだし、きっと瑛都なんかには思いもつかないような性技にも長《た》けているだろう。

（幻滅されたくない。固く退屈な体だと思われたくない。せっかく好きだと言ってくれたのに、その気持ちを少しだって減らしたくない）

なのに、どうしていいかわからなくて、とうとう瑛都は泣き出してしまった。

「ひくっ、うぅ、うぇ……」

「おい、瑛都？　どうしたんだよ、泣くなよ。気持ちいいんだろ？」

志季が焦った声を出した。上がったり下がったり、こんなに情緒不安定になるなんて、自分でもどうかしていると思う。早く泣き止まきゃと思うのに、感情まで裸になってしまったようで、こみ上げるものを制御できない。

「……あた、あたま、おかしく、なっちゃ……」

舌足らずな声しか出せないことが情けなくて、また涙が溢れた。

「落ち着けよ。ならないから」

「おれの、からだ……」

「大丈夫、大事にするし、絶対に壊したりしない。それとも、体きついのか？　もうやめたいか？」

必死で頭を振って、そうじゃないのだと、そんなことが怖いんじゃないと伝えようとするけれど、しゃくりあげてしまって言葉にならない。心の色が見えるくせに、ここぞという時の大事な気持ちは伝わらない。どうせなら、残らず汲《く》み取ってくれたらいいのに。

「ごめん、余裕なくて。初めてなのに、ちょっとがっつき過ぎたよな」

志季が腰を引こうとしたので、脚を巻き付けて繋がりを解かせまいとした。

「瑛都？」

「もっと上手に、なるから、……こんな、まぐろ、でも、……嫌いに、ならないで……」

しゃくりあげる合間に、必死で言葉を紡ぐ。志季が呆然《ぼうぜん》としたように顔を見つめてくるから、失言したかとまた怖くなる。昨日までの自分はあんなに勇気に溢れていたのに、ひとたび体を許しただけで、ここまで怯懦《きょうだ》になってしまうだなんて。

その時、瑛都の中に収まっているものが、さらに嵩《かさ》を増すのが分かった。

「ああぁっ！」

「どこがマグロだ、感じまくりのくせに！　お前の体、良過ぎるんだよ！　こっちは頭が煮え切って滅茶苦茶しそうなのを、必死でセーブしてるってのに」

「おっきぃ、中で、おっきく、あっ、ああんっ」

「……くっ」

志季は身震いをして、喘《あえ》ぐような息を吐いた。

「これ以上しゃべるな。……動くぞ」

そこからの志季は獰猛《どうもう》だった。猛然と腰を振りたくられて、悲鳴が甘く捩《よじ》れる。

「やあっ！　あぁあああんっ！」

「いいんだろ？　打ち上げ花火みたいにピンクを撒《ま》き散らしといて、嫌はないだろ。よければいいって言えよ」

「わかって、くせにっ」

今瑛都が、心も体も悦んでいることなどお見通しのくせに。

「それでも聞きたいんだよ。言葉でも言って聞かせてくれよ」

こんな時だけ甘えるのはずるい。でも、自分の体が志季を幸せにしていることが嬉しくて、体ばかりか胸の奥も濡《ぬ》れた。だから、恥ずかしさを堪《こら》えて、望まれた言葉を唇に乗せる。

「いい、よ、気持ちいい……っ」

志季は、瑛都の首筋に顔を埋《うず》め、染み入るような声で「幸せだ……」と言った。

「俺の人生に、こんな幸せが来るなんて。……生きててよかった」

幼子みたいな素直な声が、胸に迫る。

肉親の情に恵まれず、長い間、誰にも言えない秘密をたった一人で抱えてきた人。

その秘密ゆえに、人並みの幸福を望んではいけないと、全てを諦めて生きてきた人。

「これから、もっと幸せにする。ずっとおれが傍にいる。この先は絶対一人にはさせないから」

今の幸福がピークだなんて言わせないように、全ての寂しさを、自分が拭《ぬぐ》うと約束するから。深いところに志季の楔《くさび》を受け入れたまま、愛しい背中を抱きしめ、艶《つや》やかな黒髪をゆっくりと撫でる。

志季はしばらく無言で、背中を微《かす》かに震わせていた。

ようやく再開された行為は、先ほどまでよりずっと優しかった。激しく腰を振りたくるのではなく、粘膜に擦り付けるようなじりじりとした動きだったのに、信じられないぐらい感じた。もう瑛都は、自分がいつしか裏返ったような切ない声で、教えられたての快感を訴え続けていることにも気づいていない。

「俺もいいよ、……瑛都」

吐息交じりの色めいた声を耳殻の奥に落とされて、また感じてしまう。

「自分の手で好きな奴が感じてくれるのって、こんなに嬉しいものだったんだな。瑛都、好きだ。どうしようもなく好きだ。……お前に出会えてよかった」

全力疾走のような交わりの後、瑛都と志季はぐちゃぐちゃになったシーツの上に打ち上げられていた。荒い息を吐く火照《ほて》った体が二つ、並んでいる。

「おれ、ちゃんとできてた？　おれの体、変じゃない？」

自分の髪の先を弄《もてあそ》んでいる志季に向かって、懸案事項を訊ねてみる。

「あれだけ興奮した俺を見ておいて、それを訊くのかよ」

がっくりと首を折る志季の、肩から背中にかけてのラインが色っぽい。不安そうにしている瑛都の髪をくしゃくしゃと撫でると、少しだけ改まった顔になって答えてくれた。

「最高だよ。お前は凄く綺麗だ」

同じことを碓氷から言われた時には、気持ち悪くて吐きそうだったのに、志季から言われるとこんなにも嬉しいなんて。

「それに滑らかで、触れるところ全部吸いついてくる。凄く気持ちがいい」

「おれも同じこと思ってた。人の肌ってすべすべして、気持ちいいんだね」

「味を占めて、他の肌に興味を持つなよ」

「そんなわけないだろ。気持ちいいのは志季だからだよ。こんなこと、志季としかしないから」

こんなに気持ちがよくてふしだらでいけないことを、志季と分かち合えたことがとても嬉しい。

「お前、可愛いな。……これ以上可愛くするなよ。またしたくなる」

「いいよ。しても」

はにかみながら、こう言い直す。

「してよ。おれも、したい」


一晩中、何度も睦み合った。

もういい加減にしないと明日に障ることはわかり切っているのに、こうやってぴったりくっついていると、何度でも肌に火がついてしまう。理性が仕事をしていない。

「明日は、先輩達の卒業式だよ。少しは寝ておかないと」

瑛都が言っている最中から、悪戯《いたずら》な指が、長時間の交合ですっかり敏感になった奥へと忍んで来る。

「もう、駄目。駄目だって……」

拒んでいるはずの声が、自分の耳で聞いても甘い。

ずっとそうしてきたかのように、志季が自然な動作で瑛都の火照った腿《もも》を膝で開かせ、挿入してくる。そうやって挿れられながら、健気に猛《たけ》った先端を志季の指で苛められてしまうと、わけがわからなくなって、瑛都はただ身悶えることしかできなくなる。

二人がかりで使った一ダース入りのゴムは、最初に装着に失敗したものもあったりして、とっくに切れてしまった。

疲労困憊《こんぱい》しているのに止められない。さすがに苦しそうな様子で、志季が言った。

「これは、あれだな」

「エンドレス？」

「そう。いくらやっても復活しちまう。猿になりそう」

「おれも……」

尻だってじりじり痛むし、ずっと開かされていた股関節もがたがたなのに。

志季が瑛都の髪を指先に絡めて遊び始めた。

「志季、おれの頭をよく触るよね。色が珍しいから？」

「最初にお前が部屋に入ってきた時、蜂蜜みたいな色の髪が夜風になびいて、白い肌が輝いていて、天使みたいだって思ったんだ」

「おれもそうだった。出窓に座ってる志季を見た時、天使がいるって思ったんだよ」

思わぬ一致に喜んでいると、「調子いい奴だな」と言って志季が笑った。

「本当だよ。嘘じゃないってば」

「ついに天使を手に入れた」

憧れていたショーウィンドウの玩具《おもちゃ》を出してもらった幼子みたいに、黒曜石の瞳がきらきら輝いている。

そんな目をしたまま、最後の一回をお願いされたら、断りきれるはずがない。

導かれるまま、胡坐《あぐら》の形で座った志季の上に、ゆっくりと腰を落としていく。当たりどころがまた変わるのか、ゆっくりと揺さぶられただけで怖いぐらいに感じてしまう。

激しい抜き差しはなしの、口づけながらの優しい交合。あやされるようなそれの合間に、首筋を舐め上げられ、乳首をきゅっと吸い出されて、悩ましい喘ぎが漏れた。

揺さぶるだけだった動きが、やがて尻たぶを跳ね上げるような激しいものに変わると、はしたない声が止まらなくなり、切迫していく。

「俺の天使はこっちの具合も最高」

「そういうこと言うな！　馬鹿！」

「腹上死したらどうしよう」

「……ばか」

そうやって二人はまた、互いの体に果てなく溺れていった。


卒業式の後、船着き場で、三年生を見送った。

三年生それぞれの手には青いリボンが巻かれた筒があり、その胸元には白薔薇が飾られている。

寮の廊下で毎日のように顔を合わせていた先輩達は、島を出てそれぞれの道に進んでいく。会えなくなるのは寂しいけれど、お世話になった彼らの門出を笑って見送ろうと決めていた。

船に乗る直前、水川が瑛都に話しかけてきた。

「天国は叡嶺芸術大学《うち》に来るよね？」

水川と、卒業公演で相方だった榊は、役者の仕事と並行して、大阪にある叡嶺の系列大学演劇科に進学することになっている。

「えっ、……それは、そうできたらなとは思っていますけど」

瑛都も千景と並んで、来年度の特待生資格を得ることはできた。だが、全給付型奨学金付きでの大学入学資格を得られるかどうかは、これからの瑛都の頑張りにかかっている。

「天国と八鬼沼とは、また同じ板の上に立ってみたい。二年後に待ってるから」

柔らかに笑った水川の首に腕を巻きつけて、背中から抱き込むようにしたのは榊だ。

「そうそう。卒業公演、めちゃくちゃ気持ちよかったもんなー。射精するかと思ったわ！」

「暑苦しい。離れろ」

対する水川は、瑛都に対する時とは打って変わった冷ややかな声だ。

「冷たくすんなよ。舞台じゃ相思相愛だったじゃん。舞台の後でもさ――」

何か続けようとした榊の鳩尾《みぞおち》を、水川が容赦なく肘打ちし、榊が悶絶《もんぜつ》している間にさっさと船に向かってしまう。

卒業生ら全員が乗船すると、連絡船が離岸した。水川がデッキの上で大きく手を振っている。

「待ってるからな！」

その隣で、榊も大きな笑みを見せた。

「大河内センセがウザい時には連絡しろよー！」

「凜太朗《りんたろう》！　てめえウザいとか言ってんじゃねえぞ！」

生徒に交じって見送りに来ていた大河内が、大声で言い返している。

船上の先輩たちの姿が小さくなっていく。我慢していたものが滲んできて、遠ざかる船影がぼやけた。その時、鼻を啜《すす》り上げる音が聞こえてきた。顔中をぐしゃぐしゃにして、眞秀が泣いている。

「モモ。偉かったね」

大泣きしている眞秀の頭を、隣に立つ晴臣が優しく胸に引き寄せた。

千景の目も潤んでいる。

（志季は、この先どうするつもりなのかな）

つきあうことになったし、セックスもしたのに、そういう話はしなかった。志季がこの島に残っていたのは、聖《ひじり》を襲った犯人から瑛都を守るためだったと言う。碓氷が捕まったことで、その脅威は取り除かれたはずだ。ならば、元々考えていた通り志季が島を出て行ってしまう可能性もゼロではないのではないか。

（志季の口からそう聞くのが怖くて、ずっと訊けずにいたけど）

今この瞬間も、志季がこんなに欲しいのに、離れたくない。人の縁は儚いものだから、繋ごうとしなければ簡単に切れてしまう。努力して繋げられる縁であるなら、どんなことをしたって繋ぎたい。さっき先輩達を見送った時、心からそう思ったのだ。

「志季は、高校を続ける予定なの？」

恐る恐る問いかけた瑛都を、殺人ビームのような視線が照射した。

「何？　一度ヤったらお前の方は気が済んだって？」

「しーっ。声大きい！」

周りに聞こえそうで焦ってしまう。ただでさえ、昨夜の「お泊まり」の件で眞秀達から散々からかわれたばかりなのだ。もうあの騒ぎの再燃はこりごりだった。

「正直、叡嶺で学ぶべきことなんかもうねえなと思ってたよ。自活の目途は立ったし、やりたいこともあるしな。続けるにしろ、残りは消化試合みたいなもんだと思ってた」

やはり、この学校にいることは志季にとって時間の無駄なのか、と思うと胸が軋む。

「でもこの一年で、お前達といて気づいたことがある。学校って場所で学ぶのは、学科だけじゃねえんだな。芝居したりしゃべったりが、正直楽しかった。小学校に行ってなかったからか、中学では周囲と話が合わなくて、ほとんど話もしなかった。お前がいなかったら、高校でも同じだったと思う」

話の流れが変化したことに気づいて、どきどきしてきた。

「俺が始めたビジネスは、学歴がなくても成立するけど、高校は続ける。大学にも行くよ。俺には多分、足りないものがたくさんある。なくても生きちゃいけるが、あった方が絶対いいもの。残りの二年で、少しずつそういうものも学んでいければいいなと思う」

「じゃあ、一緒に二年生になれるんだね！　よかった。凄く嬉しい」

瑛都の声が喜びに弾けた。

「それじゃ、専門課程は？」

「言ってなかったか？　芸術芸能コース、演劇科だ。役者を目指すかどうかはわからないが、もう少し芝居を続けてみたくなった」

「やった！」

「お前、危なっかしいしな。第二の碓氷や楜沢《くるみざわ》兄が現れないとも限らないだろ。この学園にも、まだまだ掃除が必要そうだし」

「……うん」

志季が、自分達と過ごす二年を選んでくれた。その感動を胸の奥で噛み締めていると、志季が疑り深い猫みたいな目でじろじろ見つめてきた。

「つーか、お前から離れる可能性があると思われてたことが、凄えショックなんだけど。昨日、ずっと傍にいるとか言ってたくせに、高校を続けるのー？　とかしれっと聞いてくるお前の神経を疑うわ」

「そんなアホみたいな言い方してないし！」

「まあでもこうなると、お前と同室でよかったよな」

「こうなると、って何？」

「高校生の永遠のテーマ、恋人とセックスする場所問題。俺らはその点、したくなったら毎晩でもやれるんだなって」

「な、何言うんだよ。やらないよ！」

「まずは声を抑える練習からだな。お前のあの時の可愛い声、隣の奴に聞かせたくない。あれは俺だけのもんだから」

　からかうように言われて、かあっと顔が茹《ゆだ》ったようになった。そんなに声が出ていたとは知らなかった。

「しないから！　寮では！　絶対！」

「するだろ？　つきあいたての十代だぞ？」

「しないったらしない！　いい加減、その話題から離れろ」

「そんな。お前の抱き心地を知った後で、生殺しにもほどがあんだろ」

　そこで志季がわざと声を張った。

「あーあ。ケチだなー。瑛都のケチー」

「声が大きい！」

何の話、と寄ってくる眞秀達に、何でもないと慌てて手を振る。空がとても近くて、天頂に向かうほど、青紫が濃くなっていく。

学園島で過ごす二回目の春が来ようとしていた。

あとがき

はじめまして、またはこんにちは。夏乃穂足《なつのほたる》です。

本書をお手に取っていただき、ありがとうございます。

今作はキャラ文庫さんでは二冊目、トータルでは十五冊目の本になります。予定通りなら、わたしの誕生日の前日に発売日を迎えているはずで、きっとその頃にはこの本のことが気になって、ケーキどころかお茶も喉を通らないでいるんじゃないかなと思います。

瀬戸内海《せとないかい》に浮かぶ学園島、全寮制の男子校、役者を目指して競い合う美少年達、と自分好みの要素をこれでもかと盛り込んだ今作は、執筆している間、常に脳内物質が出ている感じで、めちゃめちゃ楽しかったです。……初稿の段階までは。

いやもう、蓋《ふた》を開けてみればいまだかつてない難産で、何度かPCを投げ飛ばしたくなりました。自分が書きたくて書いているわたしでもそうだったのですから、担当さまのご苦労は想像もできません。作品を鍛え直していただいたお陰で、何とか形にすることができましたが、手間のかかる作家で本当にすみません。精進します……。

でも不思議なもので、するっとふわっと脱稿まで行く作品より、うんうん唸りながら書いた作品の方が、後々愛着が湧くんですよね。さらに不思議なことに、終わってみると、「物凄くいい体験をした。はちゃめちゃに楽しかった！」という記憶に書き換えられてしまっています。

アイディアノートには、学園島の地図やロッカモンのマジロンの落書きが残っていますし、瑛都《えいと》と志季《しき》、そして彼らの学友達の悩みや成長に寄り添ううちに、わたしにとって最高に可愛くて大事なキャラクター達になりました。書ききれなかったシーンもたくさんあって、書きあがった瞬間には「もう一滴も出ません！」という気分だったのに、脱稿から数日が経った今では、まだまだこの世界に浸っていたかったという気持ちでいっぱいです。

イラストを担当していただいたのは、円陣闇丸《えんじんやみまる》先生です。憧れていた先生に描いていただけることになった時には、嬉しさのあまり電話口で騒いでしまいました。今から本の出来上がりが楽しみでなりません。円陣先生、どうもありがとうございました。

最後に、いつもたくさんの気づきをくださる担当さま、この本の出版と販売に関わってくださった全ての方々、そして本書に出会ってくださいました皆さまに、心より感謝申し上げます。

笑ったり泣いたりしながら少しずつ大人になっていく瑛都と志季の一年間の物語を、ほんの少しでも楽しんでいただけますようにと祈っています。

夏乃穂足

この本を読んでのご意見、ご感想を編集部までお寄せください。

《あて先》〒141-8202　東京都品川区上大崎3-1-1　徳間書店　キャラ編集部気付
「真夜中の寮に君臨せし者」係

【読者アンケートフォーム】
QRコードより作品の感想・アンケートをお送り頂けます。
Chara公式サイト http://www.chara-info.net/

■初出一覧
真夜中の寮に君臨せし者……書き下ろし

真夜中の寮に君臨せし者

……【キャラ文庫】

2020年6月30日　初刷

著者　夏乃穂足
発行者　松下俊也
発行所　株式会社徳間書店
〒141-8202　東京都品川区上大崎3-1-1
電話　049-293-5521（販売部）
　　　03-5403-4348（編集部）
振替　00140-0-44392

印刷・製本　株式会社廣済堂
カバー・口絵
デザイン　カナイデザイン室

ISBN978-4-19-900995-2

キャラ文庫最新刊

旅の道づれは名もなき竜

月東 湊
イラスト✦テクノサマタ

祖国を滅ぼした敵に復讐するため、竜をも貫く剣を手に入れたシルヴィエル。すると、解放された竜が、旅に同行すると言い出し!?

きみに言えない秘密がある

月村 奎
イラスト✦サマミヤアカザ

母を亡くし、天涯孤独となった明日真《あすま》。東京へと連れ出してくれた親友の蒼士《そうし》と同居する傍ら、彼への恋心を募らせる毎日で!?

真夜中の寮に君臨せし者

夏乃穂足
イラスト✦円陣闇丸

外界から閉ざされた孤島の全寮制男子校に、期待と不安を胸に入学した瑛都《えいと》。けれどルームメイトの志季《しき》は、初対面から不愛想で!?

式神の名は、鬼③

夜光 花
イラスト✦笠井あゆみ

覚醒したばかりの伊織《いおり》が失踪してしまった!? 直前に八百比丘尼《やおびくに》が接触していたことを知り、行方を追う櫂《かい》と羅刹《らせつ》だったけれど…!?

7月新刊のお知らせ

尾上与一　イラスト✦yoco　[花降る王子の婚礼（仮）]
川琴ゆい華　イラスト✦古澤エノ　[友だちだけどキスしてみようか（仮）]
沙野風結子　イラスト✦みずかねりょう　[疵物の戀（仮）]

7/28（火）発売予定